# JAUME I
# EL CONQUISTADOR
## (PRIMERA PARTE)

# EL PUÑAL DEL
# SARRACENO
### Albert Salvadó

A mi hijo Miquel, en homenaje a su desbordante imaginación. Él ha sido una inestimable fuente de inspiración.

ISBN: 978-99920-1-937-5
Depósito legal: AND.211-2012

© **Albert Salvadó** ®
**www.albertsalvado.com**

Diseño de la cubierta: Sarabia Photo

# ÍNDICE

PLANO DEL CASTILLO DE MONZÓN......................................6
ARAGÓN, CATALUÑA, BALEARES Y VALENCIA (SIGLO XII).............7
PRINCIPALES PERSONAJES HISTÓRICOS.........................8
PRÓLOGO.............................................11
1 - EL INFANTE........................................17
2 - VIRTUS UNITA FORTIOR.............................31
3 - UN INSTRUCTOR PARA UN NIÑO....................51
4 - LOS TOBILLOS DE UN REY..........................65
5 - LA ESCUELA DE LOS SONIDOS.....................77
6 - EL TRAIDOR.......................................99
7 - LAS DOS ÚLTIMAS LETRAS........................111
8 - ¿HACIA DÓNDE SOPLA EL VIENTO?................125
9 - UNA REINA PARA UN REY.........................137
10 - UNA NUEVA LECCIÓN..............................157
11 - UN SARPULLIDO...................................169
12 - LOS MUNDOS PEQUEÑOS.........................193
13 - EL AZOR..........................................207
14 - EL PRECIO DE LA LIBERTAD....................219
15 - LOS ESCALONES QUE CONDUCEN AL TRONO...................233
16 - LA ÚLTIMA LUCHA................................249
EPÍLOGO............................................261
OTRAS OBRAS DE ALBERT SALVADÓ....................265

Albert Salvadó

# PLANO DEL CASTILLO DE MONZÓN

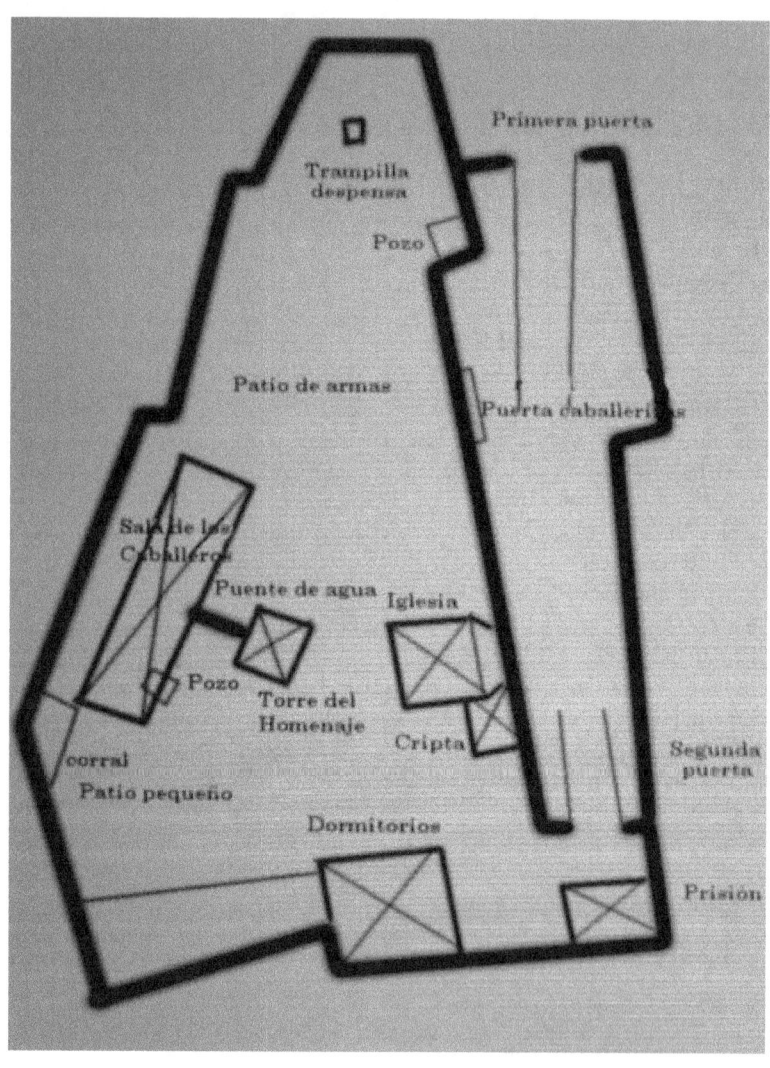

# ARAGÓN, CATALUÑA, BALEARES Y VALENCIA (SIGLO XII)

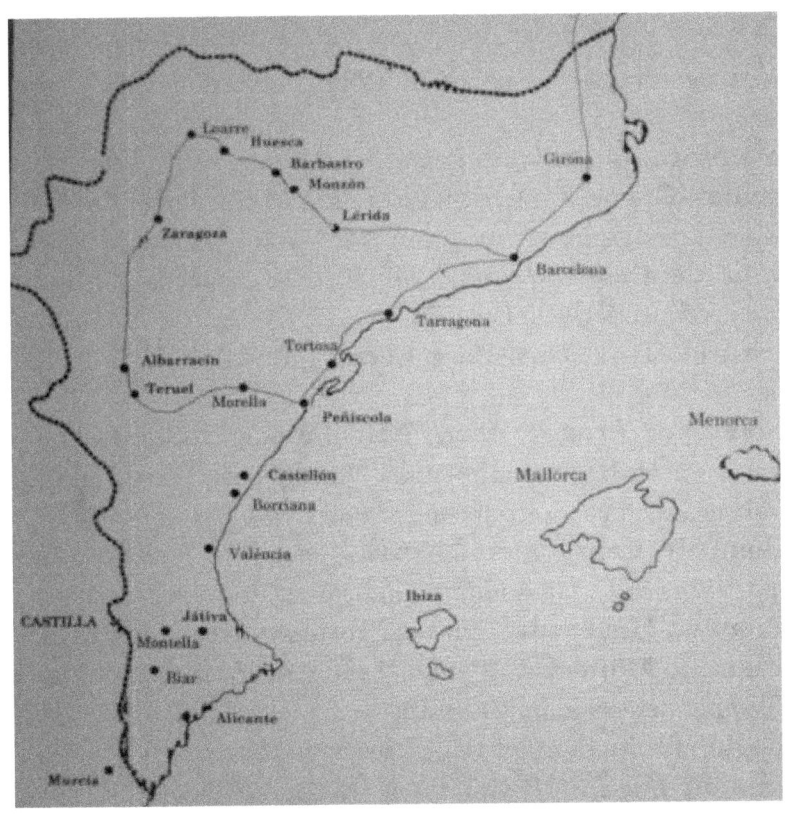

Albert Salvadó

# PRINCIPALES PERSONAJES HISTÓRICOS

**Alfonso IX de León**: 1170-1244. Casado con Berenguera.
**Aurembiaix, condesa de Urgell**: 1200-1231. Amante de Jaume I.
**Blasco de Alagón**: Muerto en 1239. Mayordomo de la casa de Barcelona
**Berenguera de Castilla:** Esposa de Alfonso IX de León.
**Eixemén Cornell**: Muerto en 1222. Mayordomo de Pedro I. Consejero de Jaume I
**Leonor de Castilla:** 1203-1251. Primera esposa de Jaume I. Hija de Alfonso VIII de Castilla.
**Fernando III de Castilla y León**: 1199-1252. Hijo de Alfonso IX de Castilla.
**Fernando de Aragón:** Abad de Montaragón. Tío de Jaume I.
**Guerau de Cabrera**: 1158-1265. Vizconde de Girona, de Áger y de Cabrera. Usurpador del condado de Urgell.
**Guillem de Cervera**: 1156-1244. Consejero real de Jaume I. Señor de Juneda y Castelldans. Padrastro de Aurembiaix.
**Guillem de Montcada**: Señor de Tortosa y barón de Fraga.
**Guillem de Mont-rodón**: 1170-1230. Gran Maestro de la orden del Temple de Aragón y Cataluña.
**Honorio III**: Sucesor del Papa Inocencio III.
**Inocencio III:** 1160-1216. Papa. Es quien decide la tutela de Jaume I.
**María** (reina): Muerta en 1213. Madre de Jaume I y esposa de Pedro I.

**Pedro Ahonés**: Muerto en 1226. Consejero de Jaume I. Miembro del Consejo de Regencia.

**Pere Cornell:** Mayordomo del reino de Aragón (1236). Cuñado de Pedro Ahonés y sobrino de Eixemén Cornell.

**Pedro Ferrandes de Azagra**: 1192-1246. Señor de Albarracín. Gobernador de Aragón, desde el Ebro hasta Castilla.

**Pietro di Benevento**: Cardenal diácono de Sta. María in Acquino. Notario apostólico. Él liberó a Jaume de las manos de Simón de Monfort.

**Rodrigo Lizana:** Señor de Lizana.

**Sancho de Rosellón**: Muerto en 1233. Tío de Fernando de Aragón, tío abuelo de Jaume I. Regente del reino durante la minoría de Jaume.

# PRÓLOGO

Vestía un hábito marrón. Era delgado y se apoyaba en un largo bastón para subir el empinado camino que conduce a la muralla. Se detuvo en dos ocasiones. La larga caminata, desde Barbastro hasta Lleida, le había cansado y, además, el día anterior no había probado bocado. Aunque él no comía demasiado. La meditación y la oración requieren de una mente clara y, para eso, hay que mantener el estómago limpio.

Respiró hondo y alzó la mirada para contemplar los pasos que aún le quedaban por dar. Largo es el camino del deber, pero hay que recorrerlo cuando por medio anda una promesa que debes cumplir.

Un hombre bajaba tirando de un burro cargado con piezas de cerámica, y el monje le detuvo.

—¿Podéis darme un poco de agua? —preguntó.

El hombre le ofreció agua de la jarra que llevaba consigo y vio cómo el pobre monje engullía el líquido en largos tragos.

—Buen hombre, ¿Sabéis si el rey Jaume, nuestro señor, se encuentra en el castillo? —preguntó, una vez hubo saciado su sed.

—Sí, allí está. Hace días que llegó a Lleida —dijo, abrió la alforja y le alargó un pedazo de pan—. Si tenéis que subir la cuesta, necesitaréis fuerzas.

—Rogaré a Dios para que te otorgue todas sus bendiciones y te conceda ciento por uno.

Cuando el monje llegó ante las murallas del castillo respiró hondo, cruzó el puente levadizo y traspasó la puerta guardada por los soldados. Dejó atrás la muralla que rodea toda la colina y las casas de los nobles, y se detuvo un instante frente a las obras de la nueva catedral que sustituiría a la anterior, la de Santa María la Antigua, consagrada sobre la mezquita musulmana de la Suda. Allí, el monje se persignó. Aún no estaba acabada. Era el encargo que el maestro Pere Sacoma había recibido del obispo Gombau de Camporrells, muerto tres años antes del nacimiento del rey Jaume, y que su sucesor Berenguer de Erill había heredado con entusiasmo.

—Una catedral es más importante que la casa de un noble. Es la casa de Dios y es un bien para todos. Por eso debe ser prioritaria —decía Berenguer de Erill, a Pere Sacoma, cada vez que sospechaba que el maestro de obras prestaba demasiados oídos a Arnaldo de Sanauja, señor de las Borges Blanques, quien también le había encargado las obras de su palacio de la Paería, junto al río Segre.

—Señor obispo, todos mis esfuerzos son para vos y para vuestra obra —respondía el artista.

Sin embargo, el palacio se acabó y la catedral seguía a ritmo lento. El buen Pere no podía decir al obispo que Arnaldo de Sanauja cumplía puntual y religiosamente y que, por contra, el clérigo encargado de los pagos de la iglesia le retenía el dinero y perdía los días entre largas discusiones de las facturas.

No estaba acabada, pero ya se adivinaba la forma, y el monje se persignó, allí, porque ya no le quedaba resuello para seguir andando y acercarse hasta la antigua. Dios, en su infinita bondad, lo comprendería y sabría perdonarle. Cuando menos, así lo esperaba y lo deseaba.

—¿Adónde vais, hermano? —preguntó el oficial que estaba al mando de los soldados de la puerta.

El monje se detuvo. Todavía no se había recuperado del esfuerzo que había supuesto la empinada cuesta, su respiración era pesada y se apoyó en el bastón.

—Traigo un encargo para al rey Jaume —respondió, y se sentó a la sombra mientras un soldado se dirigía a las dependencias de los secretarios.

Poco después, Guillem de Cervera le recibía en el castillo.

—¿Qué es eso tan importante que debéis comunicar al rey? —preguntó el caballero al monje.

—Forma parte de un secreto de confesión y no os lo puedo decir a vos.

—¿Podéis revelar un secreto de confesión a otra persona, aunque sea el rey? —se extrañó el de Cervera.

—Cuando quien hizo la confesión me ha concedido su permiso, sí.

Cervera lo contempló. Sólo era un monje y seguramente el rey no estaba para chismorreos.

—El rey está muy ocupado. No sé si os recibirá.

—Vengo de Barbastro, y no me iré sin haber hablado con el rey Jaume. Y si es necesario, moriré aquí mismo, porque así lo juré a los pies de la cama de un moribundo. Hacedle llegar esto y que sea él, quien decida —respondió el monje, metió su mano bajo el hábito y sacó una daga sarracena con la hoja curvada y una piedra roja en el puño.

Cervera la examinó. Curiosa pieza. Y miró de nuevo al monje. Era viejo, muy viejo. Tan anciano que no llegaba a comprender cómo había podido hacer un viaje tan largo a pie.

—La voluntad de un moribundo es sagrada y da fuerzas a la nuestra para cumplir los encargos —dijo el monje, adivinando el pensamiento del caballero.

—Tendréis que esperar. El rey ha salido a cabalgar —y señaló una silla.

El monje tomó asiento, mientras el caballero se dirigía al despacho real. El anciano sacó de debajo del hábito el pedazo de pan que le había proporcionado el hombre del burro y lo mordió. La meditación es buena, pero también lo es un pedazo de pan.

Mucho rato después, Cervera regresó. El monje ya había dado buena cuenta de su ligero refrigerio y se sentía mejor.

—El rey os recibirá de inmediato —dijo el caballero, y en su rostro se adivinaba su sorpresa y su incredulidad.

El monje se levantó y le siguió por los pasillos hasta una puerta pequeña custodiada por un soldado, que se apartó y la abrió. Dentro de unos instantes habría cumplido la última tarea que todavía le quedaba por hacer y, cansado y viejo como estaba, podría retirarse a reposar y esperar pacientemente la llegada de la misericordia del Señor.

Nada más entrar, el rey vino hacia él. Era joven, alto y fuerte, rubio y con un rostro de formas agradables que tenían su máximo exponente en unos ojos grandes y azules. Traía el puñal en su mano y lo examinaba con mucha atención. Pero su sorpresa aumentó al reconocer al hombre que le visitaba.

—¡Dios mío! —exclamó, y señaló al monje con el dedo—. Pero si... Este puñal es... —y se quedó boquiabierto.

—El mismo —se inclinó el monje ligeramente, en una reverencia.

Jaume anduvo unos pasos, lo tomó por el brazo y le invitó a sentarse junto a él.

—¿De dónde venís?

—De Barbastro.

—Habéis llegado muy cansado. ¿Tenéis hambre?

—He comido un pedazo de pan.

—¿Tan sólo un pedazo de pan? Poca cosa es —respondió Jaume y le ofreció de la fruta que había sobre la mesa.

El monje tomó una manzana y la mordió.

—Dejadnos solos —ordenó el rey.

Cervera abandonó el despacho real y cerró la puerta. ¿Quién era aquel monje? Su cara le resultaba familiar, pero no recordaba dónde lo había visto antes. Y regresó a su despacho, muy preocupado.

Llevaba un rato sentado cuando, de pronto, le recordó.

—¡Santa María! —exclamó, y se puso en pie de un salto—. Pero si es...¿Qué ha venido a hacer?

Y se acercó a la ventana, mientras su memoria le traía hechos y episodios ya olvidados. ¡Cómo pasa el tiempo!

# 1 - EL INFANTE

Corría el año 1214 de Nuestro Señor.

Al frente, abriendo camino, iban tres escuderos a caballo. Vestían la cota, la túnica de malla de hierro, y se protegían la cabeza, el pecho y la parte superior de las espaldas con el almófar, sobre el que lucían el casco de hierro. Mantenían las lanzas levantadas y los escudos a punto. Detrás, otro escudero conducía el carruaje de formas cuadradas y ruedas macizas, con cortinas en las ventanas y la cruz roja, el emblema de los caballeros templarios, pintada en las puertas. Dos caballos tiraban de él. El camino era muy irregular. No para un caballo, pero sí para un carruaje pesado que obligaba al conductor a corregir la trayectoria y a permanecer atento a las reacciones de los animales. Finalmente, cerrando la comitiva, tres escuderos se tragaban todo el polvo que levantaban los que les precedían.

La rueda del carro hizo un salto al pisar la piedra que sobresalía y, dentro del carruaje, Pietro di Benevento, cardenal diácono de Santa María de Acquino y notario apostólico, un hombre gordo que sudaba como un cerdo, sintió la punzada en los riñones. Maldijo aquel viaje, pero inmediatamente pidió perdón y agachó la cabeza para que Dios no lo castigase aún más. En cada parada había añadido otro cojín al asiento de madera, duro como una piedra y corto de pierna, que le obligaba a sentarse de lado para poder aposentar todo su trasero. Sin embargo, el camino era tan malo que de poco había servido. Sentado frente a él viajaba Guillem de Mont-rodón, gran maestro de la Orden del Temple de Aragón y de Cataluña, y, a su lado, un mozalbete de seis años que parecía un gusano delgado y esmirriado, con cara de asustado, que permanecía encogido en el pequeño espacio que su enorme cuerpo le dejaba libre.

El prelado se arregló la sotana roja, arrugada por el largo camino, y con sus manos rechonchas, enfundadas en guantes y repletas de joyas, puso en su lugar el birrete de tela que le cubría la coronilla, medio calva. De su pecho colgaba una gran cruz dorada que se balanceaba a un lado y a otro cada vez que las irregularidades hacían temblar el carruaje. Hacía días que no llovía y la tierra estaba seca. Por fortuna las cortinas le libraban de engullirse el polvo que los caballos levantaban.

Podía haberles dejado en Lleida y que se las apañasen solos, pero Inocencio, el tercer Papa que llevaba aquel nombre, había sido muy claro con sus órdenes. Benevento no podía abandonar aquellos parajes hasta que el infante Jaume hubiese llegado sano y salvo al castillo de Monzón. Esas fueron las últimas voluntades de la reina María, esposa de Pedro de Aragón y de Cataluña, el monarca que se enfrentó a Simón de Montfort, que perdió la vida y casi un reino y que había dejado unas tierras empobrecidas, una economía maltrecha y unos nobles descontentos.

—¿Falta mucho para llegar? —preguntó Benevento.

—Unas diez leguas —sonrió Guillem de Mont-rodón.

Habían dejado atrás el castillo de Binéfar. No se habían detenido, porque ya iban muy retrasados, y se habían detenido en una posada que pertenecía a un mudéjar, que se había quedado a vivir cuando aquellas tierras fueron recuperadas de manos de los sarracenos y se convirtieron en cristianas.

A Mont-rodón le hacía gracia el prelado. Era gordo y blando como la manteca, con el vientre que le colgaba y la cara redonda y roja, con todas aquellas pequeñas venas que delataban su pasión por la buena mesa y el mejor vino. Habían abandonado Lleida muy temprano, cuando el sol apenas despuntaba, y bien podían haber hecho el viaje en menos tiempo, pero durante todo el trayecto Benevento no cesaba de quejarse y les había obligado a detenerse quince veces. Para rezar, decía, pero se escondía tras los matojos y se agachaba como una mujer para poder aligerar sus líquidos. Si fuese más delgado y más atlético le habría ofrecido un caballo y otro gallo le habría cantado. Aquel tramo final era muy malo. Guillem de Mont-rodón habría preferido tomar la montura, pero tenía que rendir los honores al prelado.

Hacía rato que no hablaban y Mont-rodón había observado con detenimiento al prelado y al infante. Él, maestro de la orden de los templarios, a pesar de que ya empezaba a ser mayor, detalle que se descubría con sólo echar una mirada a las arrugas de su rostro y a la barba blanca, se mantenía ágil y estaba habituado a cabalgar. Vestía la cota y el almófar, como los escuderos. Pero, a diferencia de ellos, su cabeza estaba cubierta por el yelmo, el casco puntiagudo que posee una lengua de hierro que protege la nariz. Y sobre la cota lucía el manto blanco con la cruz roja bordada sobre el pecho. Junto a él, en el banco, reposaban la coraza, las perneras, las rodilleras y las tobilleras de acero que le proporcionaban defensa segura ante el enemigo. Se había liberado de ellas para sentarse con mayor comodidad y ahora respiraba más ligero, a pesar de que se sentía inquieto y preocupado. Le habían escogido para hacerse cargo del infante que les acompañaba. Una decisión personal del Papa Inocencio III.

Mont-rodón pensaba en el difunto rey Pedro. El padre del joven Jaume en ciertos aspectos fue un desastre y el reino acabó dividido por todas las absurdas y estúpidas decisiones de un hombre que había vivido para acostarse con todas las mujeres que pululaban a su alrededor, hasta que se enfrentó a Simón de Montfort y murió en Muret. De eso hacía poco más de un año, durante el cual el señor de Montfort, conde de Evreux y de Leicester, había procurado por todos los medios obtener el reino que Pedro había dejado escapar de las manos. Si no hubiera sido por la reina María, que viajó a Roma e imploró la protección apostólica, ahora aquellas tierras quizás le pertenecerían. Evidentemente habría que añadir que Fernando de Aragón —abad de Montaragón y tío de Jaume— y Sancho de Rosellón —conde de Provenza, de Rosellón y de Cerdaña y tío de Fernando— también aspiraban al trono y se opusieron encarnizadamente a las pretensiones del señor de Montfort. A veces la codicia de algunos trabaja en bien de todos. Si Montfort hubiese accedido al reino... ¿Qué habría sucedido? Ninguno de los nobles deseaba caer en manos de un animal que había pronunciado una frase terrible al entrar en Carcasona: «Matadlos a todos, que Dios ya escogerá a los suyos en el cielo». Eso dijo cuando le preguntaron cómo podían distinguir a los herejes de los fieles. Y no quedó nadie vivo, ni hombre ni mujer ni niño, porque él, según manifestó, no podía perder el tiempo leyendo los corazones y separando los unos de los otros. A Dios también le correspondía una parte en aquella guerra.

El prelado, aunque no hablaban, también meditaba sobre el mismo asunto. Volvió la cabeza y miró al mozalbete que viajaba con ellos. Seis años contaba. Iba vestido con unas medias de color verde, unos zapatos ligeros, el vestido hasta media pierna ceñido con un cinturón de cuero con ornamentos rojos y un sombrero tocado con una pluma, que no se había quitado en todo el viaje.

¿Qué era aquel infante? ¿Rey o moneda de cambio?, se preguntaba Benevento. ¿Tal vez un error de Dios? ¿O un milagro...? Porque Dios no comete errores y, si eran ciertos los rumores que corrían sobre su concepción, bien podía hablar de un prodigio.

El desgraciado huérfano seguía mirando el suelo con aquellos ojos asustados, los mismos que había tenido desde que abandonaron Montpellier y los mismos que había mostrado cuando estaban en Lleida, en la sala grande de la casa de Guillem de Cervera, ante el obispo Berenguer de Erill, que se mostraba más pendiente de hablar con Pere Sacoma que por otros temas.

Tampoco podía contar demasiado con Guillem de Montcada, a pesar de que asistió, pero se mostró más interesado en cortar la supremacía del comercio textil de la ciudad de Lleida sobre Barcelona, después de que Ramón Berenguer obtuviera la señoría sobre los riegos del Segriá y que la villa se convirtiese en punto de encuentro de todas las cabezas de ganado procedentes del Valle de Arán, de los Pallars y de los Valles de Andorra.

Evidentemente, asistieron todos los nobles, desde Girona pasando por Vic hasta alcanzar Monzón y adentrarse en las tierras de Aragón, que habían reclamado al infante para librarse de Simón de Montfort.

¡Menudo lío!, pensaba Benevento. Tras la derrota de Muret, de la muerte del rey Pedro y, tras haber escuchado a la reina María y las noticias de Guillem de Cervera sobre la verdad del rostro de quien había tomado la antorcha de la cruzada contra los cátaros, el Papa reflexionó. Si Montfort obtenía la corona de Aragón y de Cataluña, el equilibrio de poderes se rompería. Por eso decidió que:

—Iréis a Montpellier y arrancaréis a Jaume de las manos de Montfort. Dios así lo quiere.

Benevento sabia que, cuando Inocencio III decía que Dios así lo quiere, no quedaba otra opción. Viajó hasta Montpellier, donde las luchas continuaban porque diversos caballeros refugiados en Narbona vivían una guerra interminable, y le dijo, a Montfort:

—Dios así lo quiere.

No fue fácil conseguir que el cardenal Pierre de Douai le apoyase sin reservas. Sólo entonces, el vencedor de Muret comprendió que su negativa a entregarles a Jaume significaría una nueva cruzada, pero esta vez él sería el indigno. «Dios así lo quiere». De manera que, capituló y Benevento partió hacia Lleida.

Allí todo pareció calmarse, pero solo en apariencia. Fernando de Aragón, hermano del difunto rey Pedro, tío de Jaume y abad de Montaragón, no asistió a al ceremonia de coronación del nuevo rey. Tampoco Sancho de Rosellón, nombrado por Inocencio III regente del reino durante la minoría de edad del nuevo monarca. Y es que ambos, como muy bien sabían todos, pretendían el reino y no querían prestar un juramento de fidelidad que les cortaría el paso, aunque sólo fuese moralmente, hacia los peldaños que conducen al trono.

El acto de juramento tuvo lugar en casa de Guillem de Cervera, señor de Juneda y Castelldans. Las Cortes de Monzón lo habían nombrado embajador ante Roma para solicitar que el Papa ordenarse la libertad de Jaume. Y lo había conseguido.

Ahora Benevento se preguntaba cuánto tiempo seguiría vivo aquel niño dadas las circunstancias. ¿O, quizás, si había nacido milagrosamente era para vivir largos años?, reflexionaba el prelado, y observaba al mozalbete que ya era rey. ¿De veras era rey?

Una nueva piedra del camino le obligó a maldecir en voz baja.

—¡Puta piedra! —exclamó, casi sin abrir la boca, mientras entornaba los párpados y apretaba los labios para disminuir el dolor. Y, después, añadió—: ¡Oh, Dios misericordioso! Perdonad al más humilde de vuestros servidores y al mayor de vuestros pecadores —e hizo la señal de la cruz.

Ya volvía a sentir la necesidad de aligerar los líquidos y miró de nuevo al niño.

Era rubio, como su madre y, si conseguía sobrevivir, tal vez sería fuerte como su padre. Sí, un prodigio debido a las circunstancias y aquel mozalbete estaba allí y ostentaba los títulos de señor de Montpellier, conde de Barcelona y rey de Cataluña y de Aragón. Y todo porque su abuelo Alfonso de Aragón, que había concertado matrimonio con Eudocia Comné, hija del rey Manuel, el emperador de Constantinopla, mientras la posible futura esposa viajaba desde Oriente rompió su palabra y tomó por mujer a Sancha, hija del rey de Castilla. ¡Menudo lío! Los pobres desgraciados que acompañaban a Eudocia, al llegar a Montpellier y enterarse del desastre, se horrorizaron. ¿Cómo podían regresar y explicar la situación al emperador? Y, entonces, se produjo el primer milagro. Guillermo de Montpellier la solicitó por esposa, pero los nobles que la acompañaban se negaron. La hija de Manuel de Constantinopla no se casaría con nadie que no fuese rey o emperador. Finalmente, el señor de Montpellier la tomó por esposa, no sin antes firmar el compromiso de que sus descendientes serían los herederos de su nombre y de sus posesiones, aunque fuesen mujeres.

Los enviados de Manuel de Constantinopla fueron muy hábiles. Guillermo de Montpellier, después de que Eudocia le diese una hija, cuyo nombre fue María, acabó perdiendo todo su amor por su esposa y tomó otra mujer, Agnés de Marañón, prima de Sancha de Castilla, de quien tuvo un hijo llamado Guillermo, y seis más. A la muerte del señor de Montpellier, cuando su hijo Guillermo reclamó el nombre y el señorío, María viajó a Roma y su abogado ganó Montpellier, el título y las tierras para su hijo Jaume. El Papa Inocencio comprendió enseguida que Guillermo era fruto del adulterio, porque la verdadera esposa del señor de Montpellier todavía vivía cuando Agnés ocupó la cama señorial y echó a Eudocia, la madre de María.

¿Era éste el gran milagro o aún hubo otro mucho mayor?, se le escapó una sonrisa al prelado. Dicen que Pedro I, el rey que había sucedido a Alfonso de Aragón, se casó muy a su pesar con María y que ni la tocaba. Ella vivía en Montpellier y él donde quería. Fue en Miravalls, donde le ofrecieron una espléndida hembra como nunca había visto otra igual, y llegada la noche, a oscuras, María tomó su lugar en la cama y, de una sola vez, quedó embarazada. Así se lo habían explicado a Benevento.

¿Leyenda o... realidad? ¡Qué más da! Lo cierto era que nació Jaume y que Dios así lo había querido, tal como decía Inocencio III. Y ahora era rey.

Jaume, le pusieron por nombre. ¿Otro prodigio?

Cuentan que era invierno, a comienzos de febrero, y la reina María echada en el lecho de su habitación daba de mamar a un precioso niño rubio de ojos claros que había parido unos días antes. De pronto la puerta se abrió con violencia y apareció el rey Pedro.

—¿Dónde está mi hijo? ¿Es fuerte? ¿Está sano? —gritó.

María apartó el niño de su seno y se lo mostró. Pedro se acercó y lo tomó en sus manos.

—Hace dies días que os mandé recado de que estaba a punto de parir —dijo la reina.

—Asuntos del reino me retenían.

—¿Habríais venido si hubiese sido una niña?

Pedro la miró con rabia. Luego miró al niño.

—Se llamará Pedro, como yo —sentenció.

—Dios decidirá su nombre —replicó María y señaló una mesa larga que ocupaba un rincón, donde había doce pequeñas estatuas y doce velas encendidas—. Como no veníais, pregunté a monseñor qué nombre sería el más adecuado y me respondió que encendiese doce velas a los doce apóstoles. La última en apagarse me indicaría su nombre.

Pedro miró la mesa, dejó al niño en brazos de su madre, se quitó la capa con energía y la lanzó sobre la mesa derribando velas y estatuas.

—Ahora ya puedo decidir el nombre de mi hijo.

—Señora, ha quedado una encendida —dijo una doncella.

Pedro y María miraron hacia donde señalaba la criada. Quedaba una vela en pie y encendida.

—Es la del apóstol San Jaume —dijo la doncella.

—Es un milagro —corearon las damas presentes.

—Se llamará Jaume. Es la voluntad de Dios.

Y ahora era Jaume I de Aragón y de Cataluña. Aunque heredaba unas tierras que su padre había empeñado. ¿Y ahora qué?, se preguntaba Mont-rodón. Miró a Jaume. ¿Qué debía de estar pensando aquel infante? Un niño que casi no había conocido a su madre ni a su padre. Lo arrancaron de los brazos maternos a los tres años y lo entregaron a Simón de Montfort, tras prometerlo a una hija suya. Después, los cátaros hicieron caso omiso de las amenazas del Papa, Montfort escuchó la llamada de Inocencio III y emprendió la cruzada, mientras los nobles engañaban al rey Pedro y le ofrecían hembras para que se enfrentase a su posible futuro consuegro.

¡Mala historia!, pensó Mont-rodón. Mal momento para coronar rey a un niño de seis años que no sabía ni dónde se encontraba ni adónde iba ni lo que le esperaba.

—Deberíamos detenernos y dar gracias a Dios —se oyó la voz de Benevento.

Maestro Guillem sacó la cabeza por la ventanilla y ordenó detener el carruaje. Un escudero descabalgó, abrió la puerta y dispuso el taburete para permitir que el prelado bajase. Los que los escoltaban contemplaron aquel saco de grasa que descendía con dificultad, se alejaba y se escondía tras los árboles. El paisaje había cambiado y la tierra yerma dejaba paso a otra más frondosa. Nadie más abandonó la silla.

—¿Vos no tenéis que rezar? —preguntó Mont-rodón a Jaume, que negó con la cabeza, sin despegar los labios—. ¿Tenéis hambre?

El niño invirtió el movimiento de su cabeza y asintió. Maestro Guillem abrió la alforja y cortó un pedazo de pan y otro de queso. Había sido un largo camino y dentro de poco llegarían a Monzón. Jaume no se había quejado ni una sola vez. Y sólo tenía seis años. Por lo menos aguanta, pensó Mont-rodón. No pedía nada, no hablaba, no lloraba ni reía. Ni siquiera sonreía. Sólo miraba con sus ojos grandes, azules y asustados y asentía o negaba con la cabeza, sin despegar los labios.

La reina María murió en Roma y el Papa se sentía obligado con él, a pesar de que Pedro había vivido una existencia de vicio y, además, se le enfrentó. Explicaban que Pedro la noche antes de la batalla de Muret, donde perdió la vida, le ofrecieron una muchacha aún sin desflorar. Ese detalle le excitaba sobremanera, saber que era el primero. A la mañana siguiente no se tenía en pie, porque la tarea de romperle el velo sagrado se le hizo más difícil de lo que imaginaba. En misa, al día siguiente, mientras escuchaba la lectura de las Sagradas Escrituras, se dormía. Mont-rodón estuvo allí. Después... ¡No! No había después. Pedro murió y basta. ¿Quizá en pecado? Dios tiene extrañas maneras de escribir la historia.

*** ***

Tenían previsto cruzar las puertas del castillo antes de que la oscuridad les alcanzase, pero las constantes paradas para rezar los retrasó y la luna los sorprendió cuando dejaban atrás la población de Monzón y enfilaban la cuesta que conduce al castillo, imponente y fantasmal sobre la colina que permite contemplar el llano. Al norte y al este, frondosa y bañada por las aguas del Sosa, que, poco más allá, se unen a las del Cinca. El sur, árido y estéril, es la puerta de las tierras desérticas que se adentran en los dominios sarracenos. Y el castillo de Daroca, más al sur, es la frontera que separa dos mundos con costumbres diferentes, razas diferentes y dioses aparentemente distintos.

Los caballos arrastraron el peso del carruaje con esfuerzo para escalar el último tramo. Tras salvar el estrecho paso empedrado, los escuderos descabalgaron y condujeron las monturas a las caballerizas, la cueva excavada en la roca, bajo el castillo. Mientras el carruaje prosiguió hasta la puerta, cruzó la segunda muralla, custodiada por los soldados y el conductor lo detuvo en el patio que hay delante de la torre del Homenaje, frente al edificio de los dormitorios, donde les aguardaban dos monjes y seis escuderos con antorchas encendidas.

El escudero que conducía el carruaje puso pie en tierra y preparó el pequeño taburete que servía de escalón.

Ahora Benevento podría dar gracias a Dios y rezar en la iglesia de Santa María, la capilla que construyeron cuando echaron a los sarracenos y el castillo pasó a manos de los templarios, pensó Mont-rodón, pero el prelado ya había agotado toda su devoción, rehusó la invitación y se retiró, llevándose consigo una bolsa de comida. Por si se levantaba a medianoche a orar.

Maestro Guillem dejó a Jaume en manos de los dos monjes y les ordenó que lo condujesen a la cocina.

—Poca cosa nos queda, maestro —dijo uno de los monjes—. La guerra ha dejado la alacena vacía y los campos todavía no han dado frutos.

Entonces les entregó el zurrón.

—Tomad. No hay mucho, pero su estómago no es grande.

Se dirigió a la sala de los caballeros, el edificio grande que ocupa el mirador que da al Cinca. Entró en la sala desnuda de todo tipo de decoración, como corresponde a la austeridad de los templarios, y se liberó del yelmo y de los guantes, que dejó sobre la mesa larga de madera. Allí le esperaba Juan Miravell.

—¿Habéis tenido buen viaje, maestro Guillem? —preguntó el caballero.

Era fornido y macizo como un roble. También vestía el manto blanco con la cruz roja en el pecho. Tenía el cabello grisáceo, los ojos castaños, y una ancha cicatriz que le cruzaba la mejilla izquierda y que le obligaba a entornar ligeramente el ojo. Un recuerdo de la batalla de Las Navas de Tolosa.

—Ya le tenemos aquí —dijo maestro Guillem, sin responder a la pregunta de su interlocutor. ¿Buen viaje...? Había hecho otros mucho peores—. Deja que se reponga del camino. Después, comienza con él y conviértelo en caballero. Procura que aprenda todo cuanto hay que aprender para poder luchar. Me temo que lo necesitará, y antes de lo que pensamos.

—¿No le han jurado fidelidad en Lleida? —preguntó Juan.

—Es el rey Jaume y así lo han aceptado los nobles, pero ni Sancho de Rosellón ni Fernando de Aragón han venido —meneó la cabeza a derecha e izquierda Mont-rodón—. Y eso no es buena señal.

—Haré cuanto esté en mi mano.

—A partir de ahora es tu escudero y aspirante a caballero. Los monjes, que le enseñarán a leer y a escribir. Pero, recuerda que, vistas las circunstancias, le será más útil una espada que una pluma —coronó Mont-rodón, y se retiró. En lo alto de la escalera, se detuvo y añadió—: Si en lugar de ocho años lo consigues en sólo tres, tanto mejor. De manera que, si tienes que ser duro con él, no te reprimas.

—Lo confiaré a Mateo, que ya entrena a Ramón Berenguer de Provenza. Recibará la mejor instrucción —respondió el caballero.

Miravell conocía muy bien a su maestro y sabía que aquel tono escondía mucho más de lo que decía. ¡Tres años! Y Jaume tenía seis. ¿Qué esperaba? ¿Un milagro?

Había formado a muchos caballeros y conocía el oficio. Su fama alcanzaba los confines del reino y decían que era duro y exigente hasta el extremo de extenuar a sus hombres. Pero él hacía caso omiso de esos comentarios. Tenía muy claro que esta vida también es dura y que el resultado es lo que cuenta.

Jaume, bajo su tutela aprendería a ser un hombre, sonrió.

# 2 - VIRTUS UNITA FORTIOR

En el interior de las murallas se alzaban cinco edificios y un patio grande, bajo el que, a más de treinta codos de profundidad, había un recinto que servia de almacén y de despensa, al que se accedía por medio de una trampilla y una larga escalera de caracol que, curiosamente, cambiaba de sentido a media altura, punto en donde más de un novato había dado un traspiés y se había fracturado una pierna. Nadie era capaz de explicar la razón por la que los sarracenos habían dispuesto la escalera de aquella manera tan curiosa, pero la habían respetado.

Tras ascender por el estrecho paso y dejar atrás las caballerizas, nada más cruzar la puerta del castillo, a la izquierda, tal como ya había visto Jaume, se encontraba la prisión. Era edificio de dos plantas con una terraza coronada por las almenas de defensa. Un poco más allá, pegado a la muralla, se levantaba el edificio de los dormitorios, de dos plantas y un subterráneo que se adentraba en la montaña y que estaba coronado por una terraza con almenas. Frente a los dormitorios, en medio del castillo, se alzaba majestuosa una torre de base cuadrada que sobrepasaba en altura todas las demás construcciones. Era la torre del Homenaje. A Jaume le sorprendió que el acceso se encontrase seis codos por encima del suelo y que tuviesen que trepar por una escalera de madera que se podía retirar. Lo mismo sucedía con la sala de los caballeros, la mayor de las construcciones, que sí tenía puerta, pero que no se podía acceder a la terraza desde el interior, sino que lo hacían a través de unas aberturas a ocho codos de altura que habían de alcanzar por medio de escaleras que también se podían retirar.

La curiosidad de Jaume, el tercer día, le llevó a formular muchas preguntas.

—Cada edificio, incluida la iglesia, se convierte en un reducto defensivo. Si el enemigo consigue entrar en el castillo, podemos hacernos fuertes en cualquiera de los edificios. Son fortalezas dentro de otra fortaleza —le había explicado Mateo.

Junto a la sala de los caballeros, por el lado sur, había otro patio, mucho más pequeño que el de armas, y un corral con gallinas, conejos y dos cerdos.

Finalmente, en la muralla que da sobre el pueblo, en el lado opuesto a la sala de los caballeros, se erguía la iglesia bajo la cual, a través de una reja, se accedía a la cripta, donde reposaban los cuerpos de los monjes y de los templarios que habían muerto.

—¿Y para qué sirve este arco que une la torre del Homenaje con la sala de los caballeros? —preguntó a Mateo.

—Recoge el agua de la lluvia de la torre, la añade a la que cae sobre la sala de los caballeros la conduce al pozo que se encuentra bajo los muros. Así, siempre tenemos agua y no dependemos de nadie.

—¿Y aquel depósito? —preguntó, señalando la muralla sobre el pueblo.

—Hay otro canal que recoge el agua de la iglesia y de los dormitorios y la conduce hasta el otro extremo de la muralla, donde se decanta por medio de dos depósitos —explicó el caballero.

Otra cosa que sorprendía era que el castillo, desde que cayó en manos de los templarios, parecía más un monasterio que una fortaleza. No había mujeres ni niños, excepto Ramón Berenguer, conde de Provenza y primo de Jaume, honor que aquel muchacho de sólo ocho años poseía a pesar de que su tío Sancho, regente del reino, continuase empleándolo a título honorífico desde que fue destituido por el rey Alfonso de Aragón.

Siguiendo las instrucciones de Miravell, Mateo inició a Jaume en el manejo de las armas, pero enseguida descubrió que los progresos serían lentos. Ramón Berenguer era ágil y se movía como una ardilla, pero Jaume no corría como su compañero ni guardaba el mismo equilibrio cuando los encaramaba a la barra que había montado entre dos piedras. Era patoso y se caía. Tampoco tenía mucha fuerza en los brazos. Así que decidió que le entrenaría con una espada de madera y que le apartaría del resto de soldados y de escuderos, que también se entrenaban en el patio de armas.

Sin embargo, por mucho que se esforzaba, Mateo no conseguía que Jaume mostrase interés ni pretase atención a sus explicaciones. Y cuando le reprendía aún era peor, porque el niño agachaba la cabeza y los ojos se le humedecían.

—Está mal destetado —decía Mateo cuando su superior le preguntaba sobre los progresos del niño rey.

Miravell le había ordenado que cuidase de los dos infantes y que los tratara por un igual, con dureza y rectitud, olvidando quién era aquel pequeño y el lugar que la vida le tenía reservado. De manera que Mateo no toleraba errores ni tenía en cuenta que Jaume aún no había cumplido los siete años. Tras unas semanas comenzó a compararlos y a enfrentarlos para azuzar al niño rey, pero era evidente que Ramón Berenguer despuntaba netamente, hasta el punto que Jaume se sentía tan disminuido que procuraba escaparse cada vez que se presentaba la ocasión. Dos años de diferencia, cuando se trata de edades tan tiernas, son un abismo, y el pobre Jaume no tenía nada que hacer. Poco a poco, su interés disminuía, siempre estaba triste y sus progresos eran lentos y difíciles.

Llegada la tarde se dirigían a la sala de los caballeros con Gualberto, el monje que les martirizaba con el latín y con la lectura de las Sagradas Escrituras. Aquí también era superado por Ramón Berenguer.

El hermano Bernardo, un monje gordo y de voz chillona lo lavaba, lo vestía y recibía algún que otro mordisco cuando Jaume ya estaba harto de aguantarle.

Los dos niños comían con Guillem de Mont-rodón, cuando éste se encontraba en el castillo, y solos, cuando el superior de los templarios se ausentaba, que era a menudo. Cuando regresaba, maestro Guillem les preguntaba lo que habían aprendido y se interesaba por sus progresos y hablaba con Gualberto y con Miravell. Sobretodo con Miravell.

—¡Bien! —movía la cabeza a derecha e izquierda su preceptor en el manejo de las armas—. El conde de Provenza es fuerte y despierto, siempre está atento y aprende deprisa. Pero el rey no ha sido bendecido por la gracia de Dios. Cada día muestra menos interés por las armas y Mateo no ha conseguido demasiados progresos con él. Me preocupa su falta de carácter, que acabe siendo un rey marioneta y que los nobles se lo coman entero.

—Quizá deberías ser más duro con él.

—Mateo lo ha probado todo. Incluso yo, pero no es como su padre, sino blando como su madre. Si levantas demasiado la voz se hunde, baja la cabeza, se sienta en un rincón y aunque lo castigues no sacas nada en claro.

34

Después maestro Guillem llamaba al hermano Gualberto. Tal vez el rey destacaba en otros aspectos, pensaba, pero las quejas del monje se sumaban a las del caballero.

—Siempre acabo leyendo yo —explicaba el monje con un gesto de impotencia—. Si éste es el rey que el Altísimo nos ha reservado, andamos apañados. Tal vez es el castigo que el Todopoderoso nos envía para que purguemos las culpas del rey Pedro, que Dios haya perdonado.


Durante aquellos meses Jaume creció y engordó un poco. De manera que ya no era el gusano esmirriado que llegó. Pero maestro Guillem contemplaba con preocupación la falta de progresos. Los días se sucedían, y las semanas, y los meses, y nada cambiaba. Concluida la jornada, el niño se retiraba a los dormitorios, a los que se accedía por una escalera de piedra exterior que se alargaba en forma de balcón. Bernardo le ayudaba a desnudarse y lo metía en cama. Antes, rezaba sus oraciones bajo la atenta mirada del hermano Gualberto, que le corregía cuando pronunciaba una palabra en lugar de otra, cosa que era frecuente. Su cabeza vagaba lejos de allí.

—Ha de existir algo que mueva su interés —reflexionaba Mont-rodón, y su preocupación aumentaba día tras día.


Durante aquel tiempo Jaume no abandonó el castillo y siempre tenía a su lado un caballero o un soldado que le vigilaba. Las órdenes de maestro Guillem eran estrictas. Mientras permaneciese dentro de las murallas no podía sucederle nada, y bajo ninguna circunstancia debía traspasar la puerta. Todos los campesinos y los sirvientes que subían de la población que se alzaba junto al río y los frailes que venían de la iglesia de San Juan, cuando cruzaban la muralla, eran controlados y registrados y ningún peregrino podía moverse libremente en el interior de las murallas, sino que sólo se le permitía acercarse a la iglesia, comer en un rincón y no podía pernoctar, sino que bajaba para dirigirse a las dependencias de los monjes de la iglesia de San Juan.

De vez en cuando el castillo recibía visitas. Sobretodo las de Pere Cornell, Vallés de Antillón y Eixemén Cornell. Sólo en ellos confiaba el maestro. A veces llegaban juntos y permanecían largo rato reunidos con Mont-rodón. A veces sólo llegaba uno. Casi siempre Eixemén Cornell, el mayor de los tres y el más reflexivo, a quien maestro Guillem le tenía gran aprecio. Con él podía dialogar sin tener que aguantar demasiadas quejas, porque Vallés de Antillón levantaba la voz enseguida e insultaba a todos los nobles y Pere Cornell, aunque era más reposado y más parecido a su tío Eixemén, acababa por sumarse a las quejas. Claro que tampoco había para menos. El reino no iba por buen camino y el regente no hacía nada para corregir la situación y acallar el descontento de los súbditos, sino que se pasaba el día enfrentándose a los prelados y defendiéndose de todos los intentos por tomar decisiones en su lugar.

En los últimos dos meses las visitas se habían multiplicado. Aquel día acababa de recibir a Eixemén Cornell que le traía nuevas de la corte, de Barcelona, de Lleida y de las tierras cercanas a Peñíscola, donde los sarracenos habían establecido la puerta del reino de Valencia y aprovechaban la inactividad de los cristianos para rehacer sus fuerzas.

Eixemén ya era mayor, pero sus ojos se mantenían vivos y alerta. Vestía ligero, porque su cuerpo ya no soportaba por mucho tiempo el peso del arnés, que sólo empleaba en la batalla.

En aquel tiempo todo había cambiado para ir a peor y las disputas de los nobles crecían sin parar. Menos mal que el cardenal Pierre de Douai había firmado una tregua con los sarracenos que les mantenía quietos y el conde Sancho había otorgado una gracia especial por la que las ciudades quedaban exentas de nuevos impuestos hasta que el niño rey no alcanzase la pubertad. Dos tímidas medidas que permitían mantener las fronteras en una paz inestable, y calmar a algunos nobles y comerciantes. Sin embargo, los campesinos seguían con sus quejas. Y en medio de toda aquella historia había una ofensa difícil de pagar.

Fernando de Aragón, abad de Montaragón y hermano del difunto rey Pedro, se sintió profundamente dolido cuando se le excluyó de la regencia. Él era hermano carnal del difunto rey y tío del nuevo monarca y el tiempo había contribuido a agrandar la ofensa, más que a diluirla. ¡Buena la había hecho el rey Pedro! Escuchó las voces que buscaban el provecho de los nobles y dejó un reino empobrecido y descontento, después de dilapidar la herencia de Alfonso de Aragón, el abuelo de Jaume y padre de Pedro, y de no haber sabido aprovechar el éxito alcanzado frente a los almohades.

Guillem de Mont-rodón le había servido con devoción y participó en la batalla de Las Navas de Tolosa, en La Carolina, en Jaén, donde la balanza se inclinó por primera vez del lado de los cristianos. Recordaba la alianza entre Alfonso VIII de Castilla, Pedro I de Aragón y de Cataluña y Sancho VII de Navarra. *Virtus unita fortior.* La unió da la fuerza. Y él permaneció todo el tiempo junto a su rey, a la izquierda del altiplano, lugar que correspondió al ejército que llegaba de Aragón, mientras los castellanos ocupaban el centro y los navarros la derecha. Las fuerzas de Muhammad al-Nasir no pudieron con unos caballeros que venían dispuestos a demostrar que Dios era más grande que Alá y que el Altísimo no había olvidado a su rebaño. Fue una gran victoria y una semana más tarde el rey Pedro conducía a sus hombres hasta las puertas de Úbeda y la tomaba, tras asaltar las murallas y doblegar toda resistencia. Otra gran victoria que le proporcionó un inmenso prestigio, desde el rincón más escondido de la cristiandad hasta los palacios de Granada. ¿Pero... y después?

¿Qué sucedió? Sólo un año y la derrota de Muret, la muerte y el desastre de la corona. En aquel descalabro maestro Guillem también participó y nada pudo hacer para evitar que los hombres de Montfort ensartasen el cuerpo del rey con sus lanzas ni para impedir que los soldados desnudasen su cadáver y le dejaran tendido, allí, a merced de las aves de rapiña. Él se encontraba en otro lugar cuando sucedió. Y él recogió los despojos del monarca y lloró su muerte.

Pedro I no supo aprovechar el éxito de Úbeda ni tuvo en cuenta la situación interna de su reino ni hizo gala de sentido común para descubrir el engaño. Tampoco tuvo fuerza de voluntad para dejar a un lado las faldas y no mezclarlas con la política, ni prestó oídos a sus prudentes palabras. A pesar de los éxitos de Las Navas de Tolosa y de Úbeda, maestro Guillem no podía decir que fue un buen rey. Ahora solo tenían un infante y un nutrido grupo de nobles que llenaban su bolsa sin ver la realidad, entre envidias y luchas, procurando obtener el máximo beneficio y olvidando que en Las Navas de Tolosa vencieron porque todos iban a una. *Virtus unita fortior*. ¿Dónde habían quedado aquellas palabras?

—Se han formado facciones alrededor de cada uno de ellos —decía Eixemén, mientras Mont-rodón contemplaba el patio desde la ventana—. Pedro Ahonés, Atorella, Eixemén de Urrea, Arnaldo de Palacín, Bernardo de Benavente y Blasco Maza, entre otros, apoyan a Sancho de Rosellón. Y, por otro lado, Blasco de Alagón, Rodrigo Lizana y Pedro Ferrandes de Albarracín prestan su apoyo a Fernando. Aragón y Cataluña no andan de la mano y el abad de Montaragón reclama un lugar que cree que por derecho le corresponde. Incluso está dispuesto a tomar las armas y proclamarse monarca de Aragón.

—Si no conseguimos detenerles, Cataluña y Aragón volverán a ser dos reinos, en lugar de uno. Fernando es abad y no tiene nada que hacer en el trono.

—Fernando dice que Sancho quiere coronarse rey y que él no se lo permitirá. Jaume aún no puede tener descendencia.

—¡Y él tampoco, si cumple con las leyes de Dios! —gritó Mont-rodón—. El Papa Inocencio tiene muy claro que Dios está por encima de todo y lo aplica tanto al espíritu como a la carne. No deseo blasfemar, pero creo que haría bien en quedarse con un sólo mundo y no pretender mandar en los dos, porque esto anima a Fernando.

—No eres el único que piensa así. Y el Papa no es el único que cree que Dios también gobierna la política. El cardenal Douai no para de entrometerse y Sancho no está contento. La iglesia manda más que el regente y toma decisiones por encima de todos. Douai se ha reunido con los prohombres de Barcelona y ha pactado con ellos, ha viajado a Peñíscola y ha firmado un armisticio con los sarracenos sin contar con Sancho, ha dictado disposiciones fiscales y ha condonado deudas. ¡Demasiadas decisiones! Los nobles no paran de criticar a Sancho, porque el único que les ayuda, dicen, es el cardenal. Los comerciantes se quejan de que las rutas del mar no son seguras y la corona no tiene dinero ni puede hacer nada. No disponemos de una flota para protegerles. Fernando de Aragón critica a Sancho y dice que él es un miembro de la iglesia y que él debería ser el regente. El problema es que a Sancho ya se le han hinchado las narices y las palabras han empezado a subir de tono —explicó Eixemén.

—Una guerra interna sería lo peor en estos momentos. Los sarracenos no perderían la ocasión e intentarían recuperar parte de las tierras que tanto esfuerzo nos han costado.

—Montfort también anda por medio. Sancho tolera e incluso protege a los hombres buenos venidos del norte y el Papa ya ha enviado dos cartas para ordenarle que los meta en prisión, pero él no hace el menor caso —siguió dibujando Eixemén el desastroso cuadro que aparecía—. Inocencio aún podría lanzar una nueva cruzada contra los cátaros, y esta vez sería en Cataluña.

—Cuando todo se tuerce, lo hace de veras —negó con la cabeza baja el superior de los templarios.

—Maestro Guillem, ven conmigo a Barcelona. Sancho ha escrito a Inocencio para decirle que tiene las manos atadas y el Papa le ha concedido gracia para crear un consejo asesor con representantes de los dos reinos, el de Cataluña y el de Aragón. Así podrá detener a Fernando y cortar sus pretensiones —Eixemén hizo un silencio, y añadió—: Alguien ha pronunciado tu nombre para que te hagas cargo de los impuestos.

Mont-rodón levantó la cabeza y se quedó mirándole.

—Siempre se acuerdan de ti cuando hay un trabajo ingrato que nadie quiere. Enfrentarse a los nobles no será sencillo y hacerles ver que la corona necesita dinero, todavía menos —afirmó lentamente, se volvió hacia la ventana y centró su atención en la escena que tenía lugar en el patio, al otro extremo de la torre del Homenaje, delante de la iglesia de Santa María.


La espada era casi más grande que el niño, que no podía sostenerla con las dos manos, pero hizo un esfuerzo y consiguió alzarla un palmo del suelo, mientras los brazos le temblaban y extendían el temblor por todo su cuerpo.

Mateo avanzó un paso hacia Jaume y agarró las dos manos infantiles con la suya para ayudarle a coronar el esfuerzo de levantar la espada.

—¡Así, bien derecha! —exclamó, y dejó las manos del niño.

Tan sólo duró un instante y la espada se inclinó hacia la izquierda y ella y Jaume estuvieron a punto de estrellarse contra el suelo. Menos mal que el instructor volvió a enderezarla.

—Mejor lo dejamos, que aún no tenéis suficiente fuerza en el brazo —dijo el caballero con un gesto resignado y la entregó a

Ramón Berenguer, que la alzó hasta mantenerla bien derecha. Aunque tampoco fue sin esfuerzo.

Entonces ordenó a Jaume que tomase la espada de madera y le encaró hacia el palo.

—Primero a un lado y luego al otro —dijo, y se apartó.

Jaume levantó la espada de madera, hizo un paso hacia adelante y descargó el primer golpe.

—¡No! —gritó Mateo desesperado—. Los pies bien firmes. No podéis golpear con un pie levantado. Además, los quiero rectos. ¡Rectos!

Le quitó la espada de madera de las manos y ordenó a Ramón Berenguer que le mostrase cómo había de hacerlo.


Mont-rodón se apartó de la ventana. Eixemén, también había contemplado la escena.

—¿Progresa? —preguntó.

—Lentamente... —dijo Mont-rodón muy preocupado—. Si no se despabila tendremos un rey títere en manos de los nobles —guardó un instante de silencio y añadió—: Si es que lo tenemos. Recuerda que es hijo único y el único heredero. He reforzado la guardia, porque si él muere...

—Tienes razón —afirmó Eixemén—. Con unos cuantos años más podría tener descendencia y a los nobles no les quedaría más remedio que calmarse. Tenemos que esperar que el tiempo haga su labor.

—No sé si dispondremos de tiempo para que consiga levantar esa espada y que se le levante la que lleva entre las piernas —sopló con fuerza, movió la cabeza a derecha e izquierda y exclamó—: ¡No sé si saldremos de ésta!

—¿Me acompañarás a Barcelona?

—Sí. Y aceptaré el cargo, a pesar de que no me hace ninguna gracia, pero necesitamos ganar tiempo y, quizás, es nuestra única oportunidad.

*** ***

Inocencio III murió aquel mismo año tras convocar el IV Concilio de Letrán y dejar bien establecido y firmado que Dios manda sobre todos los hombres y sobre toda la cristiandad.

Su sucesor, Honorio III, llegaba con las ideas claras y decidió continuar la política y las directrices de su predecesor. El poder es un monstruo que lo devora todo, pensaba Mont-rodón. Pero ponía sumo cuidado en no pronunciar ninguna palabra en voz alta.

Mientras, en Barcelona, el regente Sancho recibió por tercera vez el encargo de limpiar el reino de los últimos cátaros y volvió a hacerse el sordo. Los cátaros venidos del norte aportaban riqueza y seguía los dictados de los nobles y de los comerciantes que no veían con malos ojos la presencia de quien traía dinero para gastar y llenaba sus arcas. Por otro lado, Mont-rodón consiguió imponer su política fiscal, no sin importantes concesiones, y la economía comenzó a mejorar. Sin embargo, el problema entre Sancho y Fernando seguía presente y el tiempo no había podido ni diluirlo ni disminuirlo. Y otro problema se sumaba.

—Me han dicho que Jaume es un niño tímido —dijo un día el regente, en Lleida, en el castillo, mientras contemplaba por la ventana el avance de las obras de la nueva catedral, en una de las visitas que maestro Guillem le hacía para rendirle cuentas de las finanzas.

Mont-rodón escudriñó aquellos ojos pequeños y aquella sonrisa de zorro, con los labios delgados, que todavía arrugaba más la cara del conde. Bajo la túnica de anchas mangas, de rica tela y con bordados, se escondía un cuerpo viejo que había perdido la mayor parte de la fuerza de otros tiempos. Sin embargo la edad y la pérdida de agilidad no habían disminuido la codicia. Dentro de aquel corazón que movía la sangre de su delgado cuerpo permanecía como una espina clavada la ofensa que significó que Alfonso de Aragón, unos años después de que le nombrara conde de Provenza, le hubiese desnudado de todas las posesiones para dejarle tan sólo un título honorífico, pero vacío de contenido. La vida da muchas vueltas y ahora era regente y, si sabia jugar bien sus cartas, podía acabar siendo rey.

—Aún es muy joven para apuntar un carácter —respondió maestro Guillem.

—El rey Pedro, que Dios haya perdonado, dejó un reino destrozado y empobrecido. No podemos tolerar que caiga en manos de alguien sin carácter y sin fuerza. ¿Estáis de acuerdo conmigo? —preguntó el regente, y se volvió para ver la cara de Mont-rodón.

—El rey Jaume aún es un niño —repitió maestro Guillem, de pie, serio y sin apartar la mirada de su interlocutor.

—Sólo le tenemos a él. Y eso es un problema. Dios sabe que rezo cada noche para que crezca pronto, pero no sé si el reino podrá aguantar tanto tiempo sin tomar decisiones —sonrió Sancho.


A la mañana siguiente maestro Guillem abandonó Lleida camino de Monzón en compañía de cuatro escuderos, muy preocupado por el tono con que el regente había pronunciado sus últimas palabras.

A media tarde, justo antes de llegar a Binéfar, ordenó que se detuvieran en un pequeño albergue para dar descanso a las monturas y beber agua. Entonces vio a un soldado que discutía con el herrero.

—Tengo mucha prisa —decía el soldado.

—Todos tienen prisa y todavía no he acabado con este carro, que vendrán a buscar hoy mismo —le contestó el herrero—. Si tanta prisa tienes, ya te puedes largar.

—¿Cómo quieres que me vaya sin una herradura? ¿Acaso no ves que anda cojo? Sólo tienes que reponerle una. Hazlo ahora mismo y podré marcharme.

—Pues, o pagas bien el trabajo o tendrás que esperar.

—Piensa que quien se espera es el conde Sancho. Cuando se entere de que me has hecho perder el tiempo, enviará a sus hombres y te arrepentirás.

Maestro Guillem bebía agua del pozo y, al oír el nombre del conde, se apartó de sus escuderos y se dirigió hacia los dos hombres que discutían.

—Si te espera el conde Sancho, quiere decir que llevas un mensaje importante —sonrió.

El soldado se volvió hacia él y le miró.

—¡Señor! —dio un paso atrás cuando vio la vestimenta e intuyó la calidad de quien le hablaba—. Eso es lo que le estoy diciendo a este idiota, pero no quiere escucharme —se quejó.

—Vengo de hablar con él y no estaba de muy buen humor —comentó maestro Guillem—. Harías bien en reponer la herradura lo antes posible.

—¿Lo ves? —se encaró el soldado al herrero, que no despegó los labios, dejó el trabajo, movió su cuerpo cuadrado con aquella camisa que se adivinaba blanca en otro tiempo, pero que ahora estaba sucia de polvo, de grasa y de ceniza, tomó el caballo del soldado, se quejó, maldijo hasta el último diablo del infierno y lo entró en el establo para ponerle a la herradura que le faltaba.

Mientras el herrero se dedicaba a su tarea, maestro Guillem invitó al soldado a acercarse al pozo y hablaron un rato. Los cuatro escuderos se habían sentado a la sombra. Si su señor conversaba, ellos bien podían descansar. La conversación se alargó hasta que, con mucha habilidad, maestro Guillem le sacó el motivo de su viaje que, si no hubiera sido por aquel accidente, no habría interrumpido.

—Llevo una carta del comendador de Loarre. Hemos detenido a Lluís de Estemariu.

¡Madre de Dios!, se quedó boquiabierto maestro Guillem, nada más oír aquel nombre. ¡Pero, si había huido a Tierra Santa!, recordó. Éstas eran las noticias después de la derrota de Muret.

—Lluís de Estemariu... —murmuró maestro Guillem, mientras su mente le retornaba la imagen del caballero, y muchas otras—. ¿Cómo ha sido?

—Viajaba disfrazado de peregrino, pero le han descubierto en Loarre y le mantienen prisionero en el castillo. Debo hablar con el regente y comunicarle la buena nueva.

Maestro Guillem se quedó pensativo y, entonces, tuvo una inspiración.

—No sé si encontrarás al conde Sancho en Lleida. Según me ha comunicado esta mañana, tenía previsto salir camino de Barcelona —informó al soldado. Y mentía a medias, porque era cierto que Sancho le había manifestado su deseo de retornar a Barcelona, pero no había dicho que el viaje fuese inminente.

El herrero acabó con la herradura y el soldado se fue corriendo con la intención de no detenerse hasta llegar a Barcelona, tras dar las gracias a maestro Guillem. Esto proporcionaba una ligera ventaja al superior de los templarios que no podía desaprovechar. De manera que él también continuó su viaje, pero, ante la sorpresa de los escuderos, no se detuvo en Monzón, sino que siguió hacia Huesca, que tampoco visitó, y no se detuvo hasta Loarre.

La imponente fortaleza se alza en mitad de las bajas montañas, mientras la niebla, que muchas mañanas rodea la base, da la impresión de que todo el castillo, con sus murallas de defensas redondas y la gran torre cuadrada que ocupa el centro, permanece suspendido en el vacío en una apariencia fantasmagórica. Sólo cuando la niebla se levanta, el caminante descubre las inmensas rocas que la naturaleza ha dispuesto en medio de los pequeños valles, como si ya hubiera pensado que allí se construiría un castillo. Los almohades estudiaban con un detalle exquisito los accidentes del terreno y aprovechaban todas las defensas que la propia naturaleza les ofrecía.

El comendador recibió al visitante con muestras de afecto y le ofreció queso y vino. Maestro Guillem y los escuderos llegaban cansados y sucios por el polvo del camino. Desde que habían abandonado Binéfar sólo se habían detenido unas horas para dormir al raso. El comendador, tan pronto tuvo noticia de quien había llegado, escogió sus mejores galas para hacer los honores a tan alta dignidad y, siguiendo las costumbres de la hospitalidad, le ofreció vestidos limpios, que el maestro templario rehusó amablemente. No se quedaría mucho tiempo.

—Debo felicitaros por haber detenido a Lluís de Estemariu —dijo, después de brindar con el comendador.

Ocupaban una sala que tenía vistas sobre todo el valle, ricamente decorada con tapices y rodeada por todo tipo de armas, con una gran mesa repleta de manjares que las sirvientas habían dispuesto junto a las jarras y los vasos de vino. Estaban sentados, mientras dos soldados hacían guardia en la puerta y otros nobles escuchaban.

—¿Así que el regente ya está al corriente? —preguntó el comendador, y miró con orgullo a sus vasallos.

—Hace muy poco me encontraba con él, en Lleida — respondió maestro Guillem.

—Un golpe de fortuna —exclamó el comendador con una chispa de humildad, pero eufórico—. Nadie le había reconocido, porque iba disfrazado de peregrino, pero se produjo un altercado entre dos campesinos que discutían por una gallina y los soldados le preguntaron si podía ser testigo. Él contestó que no había visto nada, pero uno de los soldados había servido a sus órdenes y reconoció su voz. Le retiraron la capucha y se quedaron pasmados —explicó con una sonrisa de satisfacción.

—Eso es lo que ha contado el soldado que llevaba vuestra carta, y os felicito una vez más. Ha sido más que un golpe de fortuna. Una providencia —le devolvió la sonrisa maestro Guillem—. He venido a hacerme cargo del prisionero.

—Supongo que traéis una orden firmada por el regente —intervino uno de los caballeros, que parecía el consejero más importante del comendador, que se puso en guardia y miró a maestro Guillem con desconfianza.

—No es necesario. Lluís de Estemariu es un templario y, por tanto, está bajo mi jurisdicción —respondió maestro Guillem. Entonces se volvió hacia el comendador—. Vos habéis obtenido un gran éxito que, a buen seguro, será recompensado con generosidad, pero la tarea de juzgarlo nos corresponde a nosotros.

—Pero... —insistió el caballero.

—Estoy confeccionando una lista de las ciudades, monasterios y castillos que necesitan ayuda económica para reconstrucciones —le cortó Mont-rodón, sin mirarle, dirigiéndose al comendador, como si formase parte de otra conversación—. A veces no sé muy bien qué criterios aplicar y creo que la exención de ciertos impuestos podría ser un buen camino. ¿Qué pensáis vos?

Las dudas del comendador se desvanecieron. Más valía estar a bien con quien maneja las finanzas del reino. De manera que, a pesar de todas las protestas de su consejero, y que le sabía muy mal no ser él quien entregaría personalmente el prisionero a la justicia, capituló.

\*\*\* \*\*\*

La puerta de la celda se abrió y la luz de la antorcha penetró en aquel agujero lleno de hedores rancios y agrios de orines, mientras el soldado pronunciaba el nombre que le acababa de proporcionar el comendador.

De entre las cinco sombras, una se levantó. Vestía un hábito de peregrino, zurcido por diversos costados, pobre y arrugado, con una capucha que colgaba de sus espaldas.

—Acompáñame —ordenó el soldado.

Poco después la luz hería las pupilas de Lluís de Estemariu y le obligaba a llevarse la mano a la frente y entornar los párpados hasta que se habituaron de nuevo al sol. Tenía el cabello rojo y una espesa barba, también roja. Era muy alto y apuesto y miraba con unos ojos azules, fijos y duros, mientras conservaba la cabeza bien derecha sostenida por un cuello de toro que se alzaba sobre unos hombros anchos y fuertes. Según como se le miraba, parecía un gigante.

—Quedas bajo la custodia de maestro Guillem de Montrodón —sentenció el comendador.

—Maestro Guillem —agachó la cabeza ligeramente el prisionero, a modo de saludo. Aún así, era más alto que el superior de los templarios.

—Hermano Lluís —le devolvió el saludo su superior, mientras contemplaba la pinta que hacía con aquellos harapos de pedigüeño.

Lluís de Estemariu en otro tiempo fue la mejor espada del reino y, ahora, era prisionero por un pecado que nadie se explicaba y por el que podía ser condenado a muerte. Sí, un caballero templario que abandonó a su rey en un acto inexplicable de cobardía, dejándole sólo en Muret, tras haber intentado atacarle y después de herir gravemente a un caballero, que murió aquel mismo día.

¡Ay!, exclamó maestro Guillem y meneó la cabeza a derecha e izquierda. Había sentido gran afecto por aquel hombre y estaba convencido de que existía una razón para tan extraño comportamiento, pero huyó sin más explicaciones y no se defendió de las acusaciones que contra él habían vertido.

Tal vez debería dejarle en aquel agujero y que los jueces tomasen la decisión. Sin embargo, el afecto que sentía en tiempos pasados le había conducido a salvarle de una ejecución casi segura. El afecto y... quizá algo más.

# 3 - UN INSTRUCTOR PARA UN NIÑO

**A** media mañana maestro Guillem, Lluís y los cuatro escuderos llegaron a Monzón. El comendador de Loarre le había ofrecido dos almogávares.

—Estos mercenarios son ágiles y fuertes —le había dicho el comendador—. Los campesinos se apartan con temor y respeto cuando los reconocen vestidos con la camisa corta, las polainas y las abarcas de cuero. El prisionero parece muy fuerte y no sé si podréis controlarlo con tan sólo cuatro escuderos. Nosotros tuvimos que emplear unos cuantos más para reducirlo.

—Os lo agradezco, pero no creo que los necesite —había respondido maestro Guillermo.

—Pues a él le daré una mula, en lugar de un caballo. Nunca no se sabe. ¿No sería mejor que lo llevaseis atado? —aún había insistido el comendador.

—Ya está bien así. No os inquietéis, que ya me las compondré.

Y se las había apañado muy bien. Claro que Lluís tampoco había intentado huir.

Maestro Guillermo dirigió su montura hacia las caballerizas y descabalgó. Un soldado se hizo cargo del caballo, lo liberó de la coraza que colgaba de la silla y se lo llevó. El superior de los templarios hizo una seña a Lluís para que le siguiese y subió hasta las murallas.

Era la primera vez que Lluís veía aquel castillo. El emplazamiento era bueno y las defensas seguras. Elevado y de difícil acceso. Un lugar perfecto para proteger a sus moradores y vigilar el llano. Ésta había sido su conclusión. Dentro del castillo descubrió la capilla de Santa María y el patio de armas que daba a la parte anterior de la torre del Homenaje. Más allá, estaba el pozo que servía para almacenar el agua que caía del cielo y, mirando hacia el sur, en el lado de la muralla que da a la colina que se alza al otro costado, vio los corrales de las gallinas y de los cerdos, de donde emergía el hedor del estiércol que servía para adobar la tierra del pequeño huerto.

Dios parecía haber trazado una línea y los hombres habían situado el castillo justo en medio, para dejar bien claro que allí se alza la frontera entre el verdor y el color de arcilla que se extiende hacia el sur. Aquella fortaleza había sido sarracena, sin duda, porque aquel afán de aprovechar el agua llevaba el sello de los adoradores de Alá, que eran muy conscientes de su valor y veneraban el líquido de los cielos. Lluís había visitado las tierras de más allá del mar, los desiertos áridos que se extienden al este y al sur de Mediterráneo, y conocía muy bien esta faceta de los enemigos seculares de la cristiandad.

Justo cuando cruzaba la puerta, antes de llegar al patio, los dos niños observaron al peregrino con cara de sorpresa. Iba sucio y por su talla parecía un cíclope surgido del fondo de una cueva. Sólo le faltaba el ojo en la frente.

—¡Prestad atención! —gritó Mateo, y Jaume se encaró de nuevo al palo y siguió golpeando.

A derecha y a izquierda, a derecha y a izquierda... Ya estaba más que harto de repetir cada día lo mismo y sus golpes eran blandos y sin energía.

Maestro Guillem se dirigía hacia la sala de los caballeros y Lluís se detuvo un instante. En aquel momento apareció Miravell. Como cada mañana venía para controlar el entrenamiento. Pasó por delante del peregrino y lo saludó con una inclinación de cabeza. Pero, de pronto, cuando ya le había dejado atrás, se volvió. Aquel hombre, alto y fuerte como un toro, no tenía aspecto de peregrino. Se acercó y buscó su rostro bajo la capucha, y en aquel instante le reconoció.

—¡Dios del cielo! ¡Una aparición! —exclamó con dureza en sus ojos—. Pensaba que ya no volvería a verte nunca más.

—Los designios del Señor son inescrutables —respondió Lluís, retirando la capucha.

—Y su providencia, también.

—¡Golpead con firmeza! —gritaba Mateo—.Vigilad vuestros pies. ¡Golpead!

—No me grites —contestó Jaume, enfadado, y tiró la espada al suelo—. Estoy cansado. Soy un niño.

Mateo se quedó mudo.

—Un niño que debe ser fuerte y valiente —dijo Miravell, apartó la mirada del peregrino y la clavó en Jaume—. El palo es vuestro enemigo y vos debéis vencerle.¿Qué pasaría si el palo pudiera defenderse?

Jaume le devolvió la mirada y, después, posó de nuevo sus ojos en el recién llegado. ¡Es un gigante!, exclamó en su interior. Y durante unos momentos se sintió cohibido por la voz firme de Miravell. Recogió la espada y se dirigió hacia el palo, pero no pudo descargar el golpe, porque Miravell le dio un puntapié en el trasero, justo para desequilibrarlo, y el pobre Jaume cayó al suelo y perdió otra vez su espada.

Ramón Berenguer dio un paso al frente para ayudar al rey, pero Mateo lo detuvo.

—Cuando ataquéis, estad atento —dijo Miravell, en una lección magistral—. Debéis saber quién tenéis frente a vos y quién tenéis detrás —sonrió. Después borró la sonrisa, miró a Jaume y arrugó el entrecejo—. ¡Arriba! —ordenó, y el niño, entre sorprendido, desconcertado y asustado, se levantó.

Miravell se plantó delante de Jaume con los brazos en jarras, mientras sacaba pecho.

—Ahora, yo soy el palo y vos me atacáis.

Jaume agarró con fuerza la espada de madera, medio tembloroso. Habitualmente Miravell no era tan duro, cuando se metía de por medio. Pero aquel día, quizá por la presencia del peregrino o, tal vez, para hacer una demostración de sus dotes de instructor...

—¿Sois una nena o un hombre? —bramó Miravell. Y como Jaume no reaccionaba, le dio la espalda y gritó bien alto—: ¡Tenemos una muchachita tierna entre nosotros!

El infante alzó los ojos hacia maestro Guillem, que se había detenido y no perdía detalle de cuanto sucedía.

Jaume vio que su primo, Ramón Berenguer, permanecía quieto e impotente, mientras que el peregrino, aquel gigante del pelo rojo, le miraba con simpatía en sus ojos, invitándole a defenderse de aquel ultraje. A Ramón Berenguer tampoco le caía bien Miravell, a pesar de que a él le trataba con más consideración. Alguna vez habían hablado los dos niños y la rivalidad que su mentor procuraba crear entre ellos había sido sustituida por una cierta complicidad.

Entonces Jaume, animado por un gesto de Lluís, unos cortos movimientos con la cabeza, arriba y abajo acompañados de una sonrisa, mantuvo la espada bien firme con ambas manos y se lanzó sobre Miravell, pero el caballero se apartó, el niño cayó de bruces y la espada se fue mucho más allá.

—¡Adelante! —repitió la orden Miravell—. Y recordad que debéis mantener los pies firmes.

Jaume se arrastró hasta la espada, la agarró, se levantó una vez más y se lanzó hacia el caballero, que, de nuevo, se apartó y, en esta ocasión, le propinó un puntapié en el trasero y volvió a revolcarlo por los suelos.

—Demasiados golpes para un culo tan tierno —se escuchó la voz de Lluís.

Miravell le miró con dureza.

—Soy yo, quien decide cómo hay que actuar para que el culo de un niño sea lo bastante duro por ser culo de caballero —dijo con una sonrisa, que no era precisamente de simpatía—. De manera que no te metas —añadió, y se encaró a Jaume.

—Eres uno de los brazos más fuertes del reino, pero no olvides que, por más golpes que le propines, no deja de ser un culo infantil —insistió Lluís.

Miravell iba a replicar, pero de pronto sintió el golpe en su trasero y se quedó boquiabierto, mientras maestro Guillem dejaba escapar una sonora carcajada, que fue coreada por Lluís. Mateo y el joven Ramón Berenguer hacían esfuerzos para no partirse de risa. Miravell dio media vuelta y tuvo que bajar los ojos para contemplar a Jaume plantado delante de él, que blandía la espada y le desafiaba.

—Yo creía que el culo de un caballero es tan duro que no notaba los golpes —dijo el niño, también con rabia contenida y con ganas de proseguir el combate.

El caballero se sintió ridículo, alargó la mano deprisa, agarró al niño por la pechera y lo alzó un palmo del suelo, pero Jaume le mordió la mano. El caballero le soltó y Jaume cayó al suelo, mientras su instructor se frotaba la mano y caminaba hacia él con los labios fruncidos.

Lluís se interpuso entre el caballero y el niño con la intención de defenderle. Inmediatamente, un escudero que había presenciado la escena, bajó la lanza y se acercó para apuntar al corazón del peregrino, pero no tuvo tiempo para nada más. La mano de Lluís se movió con inusitada rapidez, tomó la punta de la lanza, arrastró al soldado hacia él y lo golpeó en la cabeza con su puño, dejándolo tendido. Un segundo escudero que también corría hacia él no fue capaz de reaccionar a tiempo y cayó al suelo empujado por el pie que le alcanzó el estómago. Inmediatamente aparecieron tres soldados más que rodearon a Lluís espada en mano.

—¡Basta! —escucharon la voz de maestro Guillem.

Jaume se levantó e hizo ademán de atacar a Miravell, que se apartó, pero el niño no bajó la espada, sino que le propinó un puntapié en el tobillo y, cuando el caballero encogió la pierna, Jaume le golpeó a derecha e izquierda con la espada, con el puño y con los pies, como si fuese un vendaval, mientras gritaba con rabia, hasta que Lluís le detuvo.

—¡Basta, por favor! Habéis vencido —dijo Lluís con una carcajada, mientras miraba los zapatos del niño.

Jaume también se miró los pies y, después, alzó los ojos y sonrió satisfecho.

—¿De veras he ganado? —preguntó.

—Teniendo en cuenta la diferencia que hay entre vos y Miravell, es evidente que le habéis humillado —se inclinó respetuosamente—. Como también es evidente que no es un buen instructor.

Miravell le miró con odio, más que con rabia, y avanzó con el propósito de atacarle, pero la voz de maestro Guillem le detuvo de nuevo.

—¡Vamos! —ordenó a Lluís.

—Ya tendremos tiempo para acabar esta conversación — murmuró Miravell entre dientes, muy cerca de Luís. Y el tono no dejaba lugar a ninguna duda sobre sus intenciones.

Lluís asintió lentamente y siguió a maestro Guillem hasta desaparecer por la puerta de la sala de los caballeros. Tiempo habría para acabar aquella conversación, pensó, porque tiempo era lo único que le sobraba.

Nada más llegar a la sala de los caballeros, maestro Guillem ordenó a los soldados que les dejaran solos.

—Sigues siendo el mismo. Siempre que hay un altercado, estás en medio —dijo, mientras contemplaba a Lluís de pies a cabeza—. Y sigues siendo tan bueno como siempre.

—Hacía tiempo que no vapuleaba a nadie y quería comprobar si aún me siento fuerte —sonrió Lluís—. Pero no soy el mismo. Os lo puedo asegurar.

—¿Y te sientes fuerte?

—Creo que sí.

—¿Como siempre lo has sido?

—Sí —afirmó el prisionero.

—¿Entonces, por qué dejaste sólo al rey? —preguntó maestro Guillem, pero Lluís agachó la cabeza y permaneció en silencio—. De acuerdo. No quieres hablar del tema —dijo. Durante el viaje ya lo había intentado unas cuantas veces y Lluís tampoco había respondido. Se volvió hacia la mesa, sirvió un par de vasos de vino y le tendió uno—. Sigues siendo el mismo, sin duda, aunque lo niegues, y estos años no te han cambiado. Alto y fuerte, atlético y orgulloso, como cuando servías a Ramón Roger, conde de Foix, que también luchó en Muret. Pero los tiempos cambian y no aportan nada bueno. Después de la boda de su hijo Roger Bernardo con la vizcondesa Ermesenda, justo el mismo año del nacimiento del rey Jaume, puso los pies en Castellbó y en la

Cerdaña. Eso ya lo sabes muy bien, pero lo que posiblemente desconoces es que ha iniciado una disputa con el prelado de la Seu de Urgell, Pere de Puigverd, que reclamaba sus derechos sobre el señorío de los Valles de Andorra, mientras que sus habitantes ya han reconocido, hace siete años, que los señores de Castellbó han sustituido a los Caboet. Otra disputa que todavía contribuye más a desmembrar un reino que hace aguas por todas partes —guardó un corto silencio y preguntó—: ¿Es que nadie tiene sentido común? ¿Ni noble ni prelado?

—¿Me habéis sacado de Loarre y me habéis traído aquí para explicarme vuestras preocupaciones?

—No, pero como el tema que me interesa, tú no quieres tratarlo... —respondió maestro Guillem y Lluís siguió callado. Respiró hondo y apuró el vaso de vino. Lluís todavía no lo había probado—. Un reino hecho trizas. ¡Lleno de agujeros! ¿Y qué tenemos para taparlos? —calló y se dirigió a la ventana. Entonces dijo, como si cambiase de conversación—: Lleva entre nosotros meses y aún no puede sostener una espada bien derecha —señaló al niño.

—Porque no tiene un buen instructor —contestó Lluís.

—¿Cómo crees que habría que instruirle, si es débil y carece de fuerza? Cae a menudo y no puede correr como los otros niños.

—La fuerza se obtiene. Y este niño tiene coraje. No hay más que ver cómo ha atacado con orgullo.

—Los mejores caballeros han surgido de tus manos, pero no has respondido a mi pregunta. ¿Cómo le instruirías?

—Cada niño es único. Tienes que buscar lo mejor que hay en él y sacarlo fuera. No he respondido a vuestra pregunta, porque no hay respuesta. Debo observarlo, agrandar lo que ya es bueno y procurar corregir lo que puede romperse. Sobretodo los tobillos.

Mont-rodón se volvió de un salto.

—¿Qué quieres decir con eso de los tobillos? ¿Has visto algo?

—¿Todos estos meses y no habéis descubierto que este niño tiene los tobillos delicados porque sus pies son planos? —rió Lluís, incrédulo—. ¿O, quizás, pensáis que cae por casualidad?

—¿Hay solución para sus tobillos?

—¡Por supuesto que sí! No es la primera vez que me encuentro con un niño de estas características. No es ningún defecto y el tiempo los fortalecerá.

—No disponemos de tiempo.

—Entonces buscad a alguien que sepa cómo trabajarlos.

—¿Y si tú te hicieras cargo de él?

—No puedo. Soy un prisionero —sonrió Lluís.

Maestro Guillem se dirigió hacia la ventana. Era una habilidad suya muy característica, eso de iniciar otra conversación cuando un camino se le cerraba. Como bien decía; si Dios cierra una puerta, es porque ha abierto una ventana.

—Cuando teníamos que enfrentarnos a Muhammad al-Nasir, en Las Navas de Tolosa, y el rey Alfonso de Castilla exigió ocupar el centro de la batalla, nuestro rey Pedro protestó y la alianza estuvo a punto de romperse —dijo con mucha calma, contemplando el llano. Entonces se volvió hacia Lluís—. Supongo que no has olvidado que fuiste tú quien pronunció las palabras «*virtus unita fortior*». La unidad da la fuerza. Y aquellas palabras nos hicieron reflexionar a todos. Ten presente que aquella frase significó la mayor victoria de la cristiandad —le miró directamente a los ojos, a muy poca distancia—. Ahora nos encontramos en una situación parecida. Cataluña y Aragón no siguen el mismo camino y si no disponemos de hombres fuertes, perderemos todo cuanto hemos construido durante estos últimos años.

—¿Y yo qué pinto en esta historia?

—Traicionaste a un rey y pende sobre tu cabeza una sentencia —respondió maestro Guillem, y señaló hacia el patio—. Si consigues que salte, corra y luche como el otro niño, serás perdonado.

—¿Por eso me habéis traído hasta aquí? ¿Para hacerme cargo de un niño? —preguntó, con sorpresa.

—¿Aceptas?

Lluís le miró fijamente y luego miró al niño.

—¿Quién es?

—El rey Jaume.

Lluís se volvió como un relámpago y se quedó mudo, mientras sus ojos se abrían de par en par. Después miró de nuevo aquel niño. ¡Dios mío!, exclamó internamente. ¡El rey!

—¿Ordenáis a un prisionero, a un traidor que abandonó a su padre, que se haga cargo de la educación del rey? —preguntó, confuso y desorientado.

—No te he traído ni atado ni encadenado. Incluso has tenido ocasión de huir. Sin embargo, no lo has hecho. ¿Por qué?

—Teníais buena compañía.

—No me hagas reír —replicó maestro Guillem, negando con la cabeza—. Cuatro hombres, a pesar de que vayan armados, no son ningún impedimento para ti. Te he visto escapar de situaciones bastante más complicadas.

—Siempre he confiado en vos, en vuestra rectitud y en vuestra justicia.

—Excepto en una ocasión.

—Tenía mis razones. Y eran poderosas. Os lo aseguro.

—Que no me has comunicado. Pero que, si consigues que el rey aprenda, te las podrás guardar —se alejó unos pasos, hasta la mesa, y tomó una manzana—. Te conozco muy bien y sé que eres caballero de palabra. De manera que ni siquiera te lo ordenaré. Te lo pido, y a cambio te ofrezco la libertad. Y, quizás, la vida, porque, si abandonas estos muros, ahora que todos saben que estás aquí, no llegarás muy lejos. ¿Aceptas? —repitió la pregunta.

—¿Por qué me hacéis este ofrecimiento?

Maestro Guillem le miró a los ojos.

—No es ningún favor. Pronto descubrirás que no es fácil educar a un niño que está mal destetado —dijo lentamente, procurando disculpar a Miravell y empleando las palabras que ya había escuchado de labios de Mateo.

—¿Qué queréis decir, con eso de mal destetado?

—Le arrancaron de brazos de su madre cuando tenía tres años, se lo llevaron a Montpellier, con Simón de Monfort, y éste tuvo buen cuidado durante tres años más para que no fuese capaz de tomar una sola decisión por sí mismo —explicó maestro Guillem. Inspiró, se mordió el labio inferior, y sopló—. ¿Podrías hacerlo mejor que Miravell?

—Por supuesto —asintió Lluís con fueza.

—¿Entonces, aceptas?

—Acepto, pero cuando el rey Jaume sea mejor que el otro niño, quiero la libertad absoluta.

—¿Qué significa la libertad absoluta?

—Podré abandonar la Orden del Temple y dirigirme a donde desee.

Maestro Guillem escudriñó los ojos del peregrino. No valía la pena seguir hablando, porque si preguntaba las razones, tampoco se las diría. Y, además, no disponía de tiempo para perderlo en discusiones.

—De acuerdo. Así será —aceptó—. Pero yo soy quien decidirá cuándo has cumplido tu tarea —añadió, y Lluís dejó el vaso en la mesa—. ¿No vas a probar el vino?

—Ya os he dicho que había cambiado. He aprendido a vivir con muy pocas cosas —respondió Lluís—. Pero continuo manteniendo mi palabra. En ese aspecto no he cambiado.

Maestro Guillem llamó al soldado de guardia.

—Acompáñale a los dormitorios y proporciónale ropa y habitación —ordenó.

—¿Cómo se lo tomará Miravell?—preguntó Lluís.

—Esto es cosa mía —respondió el de Mont-rodón.

Una vez solo, se sentó en la silla, clavó los codos sobre la mesa y reflexionó. ¿Por qué Lluís quería abandonar los templarios? ¿Por qué callaba cuando le preguntaba por la muerte del rey Pedro? Y ahora aceptaba entrenar el hijo del hombre que dejó morir. ¿No había sido un error, escogerle a él? Con Lluís nunca se sabe. Había entrado en la Orden del Temple años atrás y había viajado a Tierra Santa. Allí defendió y protegió a los peregrinos y aprendió muchas cosas nuevas. Incluso decían que había hecho amistad con los seguidores de Alá y había convivido con ellos. Nadie sabía lo que le enseñaron, pero tenía razón. Había regresado muy diferente. Ya no parecía el hombre buscapleitos, compañero de juerga del rey, aunque a veces tenía reacciones extrañas, como hacía un rato, en el patio, con Miravell, sino que maestro Guillem juraría que se había convertido en un hombre prudente y reflexivo. Curiosa metamorfosis. Quizá algún día le preguntaría sobre lo que le había ocurrido en Jerusalén. ¿Le respondería? ¿Puede que hubiera visto a Dios...? No, pensó maestro Guillem, un hombre que ve a Dios cambia en otro sentido. Y por lo que se refiere a la amistad con el rey Pedro, ¿qué había cambiado? ¿Por qué lo abandonó aquella mañana, poco antes del inicio de la batalla?

¡Bien! A Miravell le agradaba enfrentar a sus alumnos. Era un buen caballero y un buen instructor, pero con Jaume no podía. No se había equivocado con Lluís, que en sólo unos momentos había conseguido desvelar en Jaume un proyecto de caballero que, hasta entonces, había permanecido escondido y, además, con una sola ojeada había descubierto lo que ninguno de ellos había sido capaz de ver. Nunca, en todos aquellos meses,

Jaume había reaccionado con tanta fuerza, sino que, poco a poco, se había ido apagando.

Si Miravell quería enfrentamientos, los tendría, porque la rivalidad entre los dos instructores crecería y aquello convenía a la instrucción del rey.

Como muy bien había dicho a Eixemén Cornell, no había tiempo y tenía que arriesgarse. De manera que juntó las manos y rezó.

—¡Dios mío! Ayúdame y guía mis pasos.


El soldado condujo a Lluís hasta el edificio de los dormitorios. Allí le proporcionó ropa, aunque no fue fácil porque las dimensiones de aquel cuerpo no se adaptaban a las tallas normales. Una vez escogida la vestimenta, le dejó solo. Entonces, el caballero se despojó del hábito de peregrino y descosió el bajo de la túnica para recuperar el puñal que había escondido y que los soldados de Loarre no habían descubierto. Lo contempló con una sonrisa. Era una daga sarracena, de hoja curvada y afilada, con el puño trabajado y una piedra roja que relucía como el sol. ¿Quién podía imaginar que lo llevaba oculto en la tela? Maestro Guillermo tenía razón. Si hubiera querido escapar, nadie se lo habría impedido, pero por el momento estaba más seguro dentro que fuera. Sobretodo ahora que todo el reino ya estaba al corriente de su regreso.

*** ***

Una semana después llegó un mensajero del conde Sancho. La carta que traía para maestro Guillem dejaba claro que el regente estaba furioso. Quería, a cualquier precio, que le entregase a Lluís de Estemariu, porque la traición a un rey es un acto que debe juzgar la más alta autoridad. Sin embargo, el maestro de los templarios le contestó con otra carta en la que le manifestaba que el caballero sería juzgado por quien tenía aquella potestad y según las reglas de la orden a la que pertenecía. Y él, evidentemente, era la máxima autoridad. De manera que ya se cumplía la condición que señalaba la ley.

El mensajero regresó con otra carta del regente. Si no le entregaba al de Estemariu, vendría él a buscarle personalmente. En esta ocasión, maestro Guillem respondió con muy pocas palabras, únicamente para manifestar que había apelado al Papa Honorio y que en tanto no tuviera respuesta el prisionero permanecería en Monzón.

Aquí, por el momento, acabó la disputa. Lluís seguiría en manos de los templarios. Después, ya discutirían.

# 4 - LOS TOBILLOS DE UN REY

El monje andaba deprisa, agachaba la cabeza para saludar a los hermanos con los que se cruzaba y seguía con paso firme hacia la abadía del castillo de Montaragón. El abad contemplaba los pasos del monje desde la ventana de su despacho. Le había visto subir el camino que conduce a la puerta principal, tirando del asno que se negaba a avanzar.

Era joven y delgado, su hábito estaba cubierto de polvo y no se detuvo hasta que el secretario de Fernando de Aragón le cortó el paso.

—Dios os guarde de todo mal, hermano. Tengo que hablar con monseñor Fernando —dijo el monje, casi sin aliento.

—El señor sea con vos. Reposad, hermano —le contestó el secretario—. ¿Qué os hace correr de esta manera?

—Traigo noticias de Monzón

—Lo que tenéis que comunicarle a él, me lo podéis decir a mí.

El monje dudó durante breves momentos.

—Son noticias importantes y me ordenó que sólo hablase con él —dijo, finalmente.

El secretario se puso tenso, pero sonrió. Un buen secretario siempre sabe hasta dónde puede llegar.

—Reposad y respirad. Dios nos dice que todo tiene su tiempo y que nada sucede sin que Él lo determine —señaló el secretario una silla vacía, entre las ocupadas por los que habían solicitado audiencia—. Avisaré a monseñor Fernando.

El monje tomó asiento y respiró hondo. La cuesta era empinada, dura y difícil y los últimos escalones hasta el primer piso del edificio que mira hacia el sur, pegado a la muralla norte, le habían obligado a sacar la lengua. Además, el viaje en asno resultaba largo y agotador, el sol quemaba y el hábito le producía calor. Menos mal que no llevaba nada debajo y que el sombrero le protegía de los rayos del astro rey. Pero aquel maldito animal, al ver la larga subida hacia la cumbre, se había plantado y le había obligado a seguir a pie y tirando de él.

La puerta se abrió, un hombre bien vestido salió de espaldas, haciendo una reverencia, y el secretario entró. Monseñor recibía a los comerciantes y a los campesinos de Huesca, de Angües y de toda la región que rodeaba el castillo. Suyas eran aquellas tierras.

Poco después el secretario llamó al monje, mientras se volvía de espaldas y también dedicaba una reverencia al hombre que ocupaba la estancia.

—Que no nos moleste nadie —se escuchó la voz de Fernando de Aragón.

El secretario asintió, lenta y ceremoniosamente, se apartó para dejar entrar al monje y cerró la puerta. Entonces miró con superioridad a todos los presentes, que también le miraron.

Levantó la frente con orgullo. ¿Si era el secretario particular, por qué no estaba al caso de todo?, se preguntó con un gesto de evidente disgusto. ¿Era más que él, un triste y sucio monje?, se quejó en silencio, y se sentó para redactar la carta que tenía que enviar a Sancho de Rosellón, y que no era más que otro reproche, de los muchos que Fernando le mandaba para dejar muy claro que era un mal gobernante y que el reino funcionaría mejor en otras manos.

El abad, que ya había dejado atrás los cuarenta años, aguardaba de pie. Vestía la sotana marrón con el manto blanco y alargaba la mano redonda en consonancia con su cuerpo. El monje se arrodilló para besar el anillo de quien había tomado el hábito más de veinte años atrás, en el monasterio de Poblet, y que había obtenido el cargo más el alto de la abadía por intercesión de su hermano Pedro, rey de Aragón y de Cataluña.

—La paz del Señor sea contigo, hermano Jesús —dijo el abad y retiró la mano, al tiempo que limpiaba la piedra roja del anillo para que recuperase el brillo y hacía un gesto de disgusto —. Muy importante ha de ser tu misión, cuando llegas tan sucio y no tienes ni tiempo para lavarte.

—Perdonadme, monseñor —echó una ojeada a sus manos sucias y las escondió en el hábito—. No he podido venir antes porque me vigilan. Maestro Guillem ha dado órdenes estrictas y nadie puede abandonar el castillo a menos que exista un motivo poderoso y él otorgue su permiso.

El abad hizo un gesto con la mano para ordenar al hermano Jesús que se levantase.

—¿Cómo lo has conseguido, entonces? —preguntó con parsimonia.

—He hecho llegar una nota a la iglesia de San Juan, al hermano Manuel.

El hermano Manuel. ¡Buena pieza, el hermano Manuel!, sonrió el abad. Corrían rumores sobre su exquisita habilidad para aprovecharse de las debilidades y de las carencias de las esposas de los habitantes del pueblo de Monzón y, según apuntaban, más de uno de los muchachos se le parecía. Sin embargo, se le podían disculpar aquellas inclinaciones, porque poseía otras cualidades muy estimadas y, por el momento, nadie se había quejado. Además, quien esté libre de culpa, que tire la primera piedra.

—¿Y no podías escribirme?

—Es delicado dejar constancia de ciertos nombres.

El abad asintió. Había sido un acierto escoger al hermano Jesús. Era discreto y prudente. Además, no hacía estragos entre las mujeres. ¡Claro que no! En el castillo de Monzón no había ninguna.

Se sentó, se arregló la sotana con elegancia, cruzó las manos sobre la barriga y asintió de nuevo para que el monje prosiguiese.

—Lluís de Estemariu se mueve libremente por todo el castillo. Incluso le permiten que salga.

Los dedos del abad se clavaron como garfios sobre la mesa, se levantó de un salto y sus ojos se abrieron de par en par. El hermano Jesús guardó silencio, mientras Fernando respiraba hondo y se apartaba de la mesa.

Lluís de Estemariu, el traidor que abandonó a su hermano, el hombre que tendría que haber muerto y que, por ser templario, Guillem de Mont-rodón había reclamado para ser juzgado conforme a su regla. Él, Fernando de Aragón no estaba de acuerdo, pero no se opuso, tal como había hecho el conde Sancho, porque el maestro de los templarios apeló a Roma y, evidentemente, ganó el pleito. De esta manera su opositor al trono quedaba una vez más en ridículo y él como el abad reflexivo y sensato. El Papa Honorio dictaminó que Lluís sería juzgado en Monzón. No se sentía demasiado inclinado a escuchar las protestas de Sancho, porque el conde también hacía oídos sordos a sus peticiones para que apresara a los cátaros. Sin embargo, que maestro Guillem le hubiese liberado...

—¿Por qué? —preguntó.

—Es el instructor del rey Jaume.

—¿El instructor del rey? —gritó Fernando. ¡Ya sólo le faltaba aquella noticia! ¿Acaso maestro Guillem se había vuelto loco?—. ¿Y Juan Miravell, qué dice?

—Ocupa el lugar de Mateo de Llusá y se ocupa personalmente de Ramón Berenguer. Cuando estén preparados, el rey y su primo se enfrentarán —explicó el monje—. Éste ha sido el reto que les ha lanzado maestro Guillem para espolearles y conseguir una buena enseñanza para los niños.

—¿Y cómo le entrena?

—No le entrena.

Fernando tardó en reaccionar.

—¿Y si no le entrena, qué hace? ¡Venga! ¡Explícate! —exclamó, nervioso.

—Juegan.

—¿Juegan? —se quedó boquiabierto Fernando— ¿Juega con él...? —repitió la pregunta, el hermano Jesús asintió de nuevo y el abad se quedó callado y pensativo—. Ese cerdo siempre ha tenido ideas muy originales —dijo. Entonces alzó la voz—. ¿Progresa el rey?

—No lo sé, monseñor. Desde que Lluís se hace cargo de él nadie sabe nada. No empuña ni la espada de madera... —abrió los brazos el hermano Jesús—. Juegan a todas horas —entonces sonrió—. El hermano Gualberto está muy contento. Dice que el rey es inteligente y despierto y que ha cambiado. Ha aprendido a leer como es debido y sigue sus explicaciones con respeto e interés. Incluso hay momentos que...

—Interesante. Muy interesante —cortó el abad las explicaciones del hermano Jesús, que hablaba con admiración—. ¿Qué más tienes que comunicarme?

Albert Salvadó

—Eixemén Cornell, Vallés de Antillón y Pere Cornell visitan con frecuencia el castillo y maestro Guillem se muestra preocupado porque el rey todavía es demasiado joven para tener descendencia.

—Maestro Guillem es una de las grandes inteligencias del reino y ve más allá que la nariz de Sancho —sonrió el abad—. De eso no tengo la menor duda, aunque tampoco se necesitan demasiadas luces para superar la estupidez del regente. ¿Y qué hacen estos tres caballeros, allí? —preguntó.

—Buscan buenos consejeros para el rey. Bernardo de Benavente y Blasco Maza han unido sus fuerzas a las del conde Sancho. Cornell dice que se preparan para entrar en Aragón. También hay noticias de Provenza, donde podría estallar una revuelta para quedarse con el condado y dejar a un lado a Ramón Berenguer, que también es demasiado joven para hacerse cargo de sus posesiones.

—Parece que la juventud no tiene buen futuro —dijo y negó la cabeza—. ¿Hay algo más?

—Dicen, pero sólo es un rumor, que Lluís de Estemariu, cuando acabe su trabajo con el rey, será perdonado y abandonará la orden de los templarios.

—¿Cuándo será eso?

—Cuando maestro Guillem lo considere oportuno.

—De acuerdo. Lávate y descansa. Regresa a Monzón y mantenme bien informado. Sobretodo de cuando Lluís de Estemariu abandonará el castillo. Ese detalle me interesa especialmente.

—Sí, monseñor —se inclinó el hermano Jesús en una reverencia, y abandonó el despacho.

El abad se dirigió a la ventana y contempló el llano. Huesca permanecía tranquila.Fijó la mirada en el sur, en los campos que se extendían hacia la tierra yerma, frontera con los sarracenos. Gente curiosa, los moros. Habían construido las mejores murallas y sabían cómo buscar agua y cómo emplearla, abrían canales para regar los cultivos y sacaban fruto de la tierra seca. Además, a ellos les debían muchos otros conocimientos. Habían estudiado las plantas y podían curar enfermedades que en otro tiempo eran sinónimo de muerte. ¡Alá!, gritaban cuando entraban en batalla, y a aquel nombre se le oponía el de San Jorge, bien firme. Aquellos parajes habían sido suyos durante siglos y ahora retrocedían, pero ¿cómo podrían seguir recuperando terreno si Aragón y Cataluña luchaban entre ellas?

Frunció el ceño y negó con la cabeza. Aragón y Cataluña no andaban parejas y estaban perdiendo la razón. Sancho acabaría por atacar. ¿Y con quién contaba él? Con Pedro Ferrandes de Albarracín, señor poderoso que ocupaba el recinto amurallado que habían levantado los seguidores de Alá; Rodrigo Lizana, que desde Teruel le enviaría refuerzos, hombre prudente y muy religioso que ayudaba a la construcción de la catedral; y Blasco de Alagón, que cubriría el flanco de Zaragoza, mientras que él, en Huesca, podía disponer de todas las fuerzas que le eran leales. Ya había hablado con todos ellos y ahora estaban en manos de Dios. Podía plantear una batalla a campo abierto, pero era preferible esperar que el primer movimiento fuese por parte del conde de Rosellón. Así Roma se pondría de su parte y Sancho caería en desgracia.

De manera que Jaume es un niño inteligente, meditó. No eran ésas, las noticias que le habían llegado cuando Juan Miravell se hacía cargo de su entrenamiento. En manos de Lluís de Estemariu llegaría muy lejos y se convertiría en todo un hombre y en un bravo soldado. Traidor o no, no podía menospreciar al nuevo instructor. Le avalaba una bien ganada reputación.

Se apartó de la ventana. Lluís de Estemariu... el traidor. Pero, no podía negar que destacó en la batalla de Las Navas de Tolosa como un valiente capaz de hacer temblar al enemigo. ¿Por qué abandonó a Pedro? Ésta era la gran incógnita, pero ya tendría ocasión de preguntarle, cuando los torturadores le arrancasen una confesión. Según la ley, sólo se puede someter un caballero a la tortura en caso de traición y éste era el cargo que pesaba sobre su cabeza. Era duro como un navarro y tozudo como un aragonés, aunque fuese catalán, pero acabaría hablando.

Si había vuelto, tal vez era porque Dios le había reservado alguna tarea que sólo él podía cumplir. Curiosa providencia, que escoge a quien dejó morir al padre para salvar al hijo, sonrió. Pero cuando acabase y abandonara la protección de Monzón, su trabajo habría concluido y entonces... ¿O, quizá, no tendría que esperar tanto?

Llamó al secretario. Que todos se fueran, que hoy no recibiría a nadie más, le ordenó Abandonó el despacho sin mirar a los que aguardaban en la antesala y se dirigió a la capilla. Le agradaba contemplar cómo trabajaban los artesanos y los artistas que la decoraban. Por lo menos, aquellos momentos de éxtasis ante las pinturas del techo, con los ángeles y toda la corte celestial, le permitían reflexionar a unos niveles que no conseguía en ningún otro lugar.

Llegó a la capilla y observó el trabajo paciente y meticuloso de los artesanos que habían montado un andamio para alcanzar la techumbre y decorar los arcos y las vueltas con pinturas celestiales. Respiró hondo, miró la talla de la Virgen, se arrodilló, juntó las manos y rezó.

—Dios todopoderoso, te lo ruego. Señálame el camino y conduce mis pasos para mayor honra y gloria tuyas. Virgen Santísima, interceded ante vuestro Hijo para que escuche mis oraciones y me conceda la luz y la victoria.

*** ***

Miravell había aceptado que Lluís se hiciese cargo del rey, aunque le costó y protestó, pero, finalmente, se conformó con Ramón Berenguer. Desde aquel mismo instante ordenó a Mateo que regresara con los soldados y puso sus cinco sentidos en el joven conde. Había un reto de por medio y no podía fracasar.

Sin embargo, no paraba de preguntarse qué perseguía Lluís, y aprovechaba todas las ocasiones para hablar con maestro Guillem y hacerle ver que aquella decisión había sido un error.

—Estamos perdiendo el tiempo —le dijo un día—. Conmigo el rey aprendía a sostener una espada, pero ¿qué hace con ese imbécil? ¿Os habéis fijado? Le ha metido dentro de los zapatos unas piedras planas y le obliga a andar todo el día.

—Antes de metérselas las ha trabajado para que se ajusten —respondió maestro Guillem.

—Juegan a todas horas —menospreció Juan—. Le hace bailar como a una danzarina, lo levanta y lo hace volar agarrándolo sólo de las manos. Después se arrastran por el suelo como un par de gusanos y saltan como niñas, de puntillas. Además, le está enseñando juegos malabares con tres piedras. ¿Qué queremos: un rey o un bufón? —no paraba de quejarse.

—Tú procura que Ramón Berenguer aprenda y no te preocupes por el rey.

—¿Sois consciente que ya llevamos semanas así? —insistió Juan.

—Déjale hacer.

—Pero…

—Déjale hacer —concluyó maestro Guillem. ¡Ya estaba harto de oír siempre la misma canción!

Miravell se marchó enfadado. Él no se fiaba de un hombre que abandonó a su rey.¿Y si algún día volvía a traicionar a su señor?

Maestro Guillem también se mostraba preocupado e inquieto. Había repetido hasta la saciedad que no podían dormirse, pero Lluís sonreía y le respondía que todo buen trabajo requiere su tiempo.

¡Tiempo! ¡Maldito tiempo! ¿Por qué todo se reduce al tiempo?, exclamaba Maestro Guillem

No le extrañaba que Miravell se mostrase nervioso. Él también lo estaba, y más todavía cuando un día encontró al rey y a Lluís sentados a la mesa, en la sala de los caballeros. Era media mañana y ni siquiera habían salido al patio. ¿Y qué hacían? Lluís ponía una copa junto a su codo, la empujaba y la atrapaba al vuelo, antes de que se estrellara contra el suelo, mientras Jaume reía y procuraba imitarle.

Otro día les descubrió en el patio pequeño, el que había junto a los dormitorios, corriendo tras las gallinas. El juego consistía en ver quien cogía más.

Pero la tarde que el hermano Bernardo vino a verle para decirle que el caballero y el rey estaban pintando con los pies...

—¿Con los pies? —preguntó.

—Se han descalzado y toman la pluma con los dedos de los pies —explicó el monje, mientras abría las palmas de las manos hacia el cielo—. Creo que se han vuelto locos.

¡Aquello era la gota que colmaba el vaso! ¿Pero, a qué jugaba Lluís? ¿Acaso no era consciente de que no podían perder el tiempo?

De manera que llamó al caballero.

—¿Cuándo comenzarás a entrenar al rey? —le preguntó. Estaban en la sala de los caballeros, solos.

—Ya lo hago —respondió Lluís.

—¿Dibujando con los pies? —se enfadó maestro Guillem.

—¿Por dónde comenzáis a construir una casa? ¿Por el tejado?

—No te he pedido que levantes una catedral.

—No —negó Lluís, con la cabeza—. Me habéis pedido que construya un rey. No sé qué es más difícil.

74

—¿Cuándo le veré empuñar la espada?

—Cuando pueda mantenerse bien firme.

—¿Y cuándo será?

—Cuando haya llegado el momento.

Y aquí concluyó la conversación, aunque no la preocupación del superior de los templarios.

# 5 - LA ESCUELA DE LOS SONIDOS

La noche era oscura y el viento soplaba por los pasillos del castillo. Un candil iluminaba la parte baja del balcón que conducía al piso superior de los dormitorios. El soldado que vigilaba frente al corral se puso en guardia cuando la luz se apagó. Bajó la lanza, apuntó hacia adelante, dio un par de pasos y observó con atención. La débil luz de las dos antorchas de la sala de armas llegaba tan mortecina que los rincones parecían la boca de una cueva. Se dirigió hacia el candil que había dejado de arder, procurando no perder detalle de su entorno. Con los ojos bien abiertos siguió avanzando y se detuvo cuando la lanza acariciaba los escalones.

—Salid de ahí —ordenó, pero nadie respondió.

Entonces pegó un salto y, de un sólo golpe, se plantó bajo la escalera, mientras sostenía con fuerza la lanza. Allí no había nadie y se relajó. Sólo es el viento, sonrió. Aquella noche soplaba con fuerza. Iría en busca de fuego y lo encendería de nuevo, concluyó. Pero, cuando ya se volvía, recibió el puño en la cara y cayó tendido.

La sombra, grande, se agachó para comprobar que el soldado ya no podía hacer nada y arrastró el cuerpo hasta la oscuridad. Después se levantó, subió la escalera y recorrió el balcón sin hacer el menor ruido. Se escurría como un fantasma. Llegó a la puerta de la habitación del rey y la abrió despacio.

Jaume dormía plácidamente, y así siguió hasta que una mano le despertó y le asustó. Iba a gritar al ver la sombra que permanecía junto a su cama, pero aquella enorme mano le tapó la boca.

—Silencio —escuchó la voz, al oído, y acabó de despertarse para descubrir que era Lluís—. Levantaos y acompañadme —ordenó el caballero, que no iba vestido, excepto con la camisa de dormir. Sus pies estaban desnudos.

Jaume se levantó sin despegar los labios y buscó los zapatos, pero Lluís le detuvo.

—Los zapatos hacen ruido.

Jaume siguió a Lluís y atravesaron la puerta de la habitación. El soldado de guardia había desaparecido. Siguieron andando hacia la escalera, bajaron y, entonces, Jaume le vio tendido. Lluís se llevó el dedo a los labios y le ordenó silencio.

Una vez llegados al patio, el caballero se detuvo. Otro soldado hacía la ronda por la muralla. Esperó hasta que desapareció y condujo al niño hasta la capilla.

Dentro, las llamas de las velas temblaban y proyectaban sombras que asustaban.

—Las sombras nos esconden y el viento apaga nuestros pasos —dijo, con un susurro.

—¿Adónde vamos? —preguntó Jaume.

—Adonde nadie podrá encontrarnos.

—Es de noche... —tembló ligeramente el niño.

—¿Y qué?

—Tengo miedo.

—¿De qué?

—Del viento —contestó el niño, mirando a un lado y a otro, mientras escuchaba el silbido que emergía de los rincones.

—El viento canta con la voz del miedo. Por esto hace uuuuuu... —sonrió Lluís.

Aquella noche el caballero tenía una extraña mirada.

—¿Sentís que las entrañas os cantan? —preguntó.

—Sí —respondió el niño, sin dejar de escudriñar su entorno.

—Porque el miedo os afloja el culo y seguro tenéis ganas de cagar.

—Sí —repitió Jaume y tuvo de hacer un esfuerzo para no ensuciarse.

—El miedo no existe, excepto en vuestro interior.

—Estoy a punto de hacerme pipí —se quejó el niño y cerró las piernas.

—Entonces, hablad al viento y decidle que no os da miedo.

—No me das miedo —dijo Jaume, con voz rota y temblorosa—. ¿Ya puedo regresar a mi habitación? —imploró.

—Veo que todavía tenéis miedo —sonrió Lluís—. Eso significa que el viento no os ha entendido.

—Pues, se lo he dicho bien claro.

—Pero no en su lenguaje.

—¿Y cuál es su lenguaje?

En aquel preciso instante el viento sopló con mayor fuerza y de todos los rincones se alzaron voces que pronunciaban uuuuuu... Jaume miró la enorme cruz que se proyectaba en la pared, se agarró a la camisa de Lluís y empezó a temblar. Entonces, el caballero dijo:

—Uuuuuu... Éste es su lenguaje.

—Uuuuuu... —dijo Jaume. Y cada letra era de un tono diferente, a causa del temblor.

—Poned las manos en el bajo vientre. Aquí, bajo el estómago —señaló Lluís. El niño le imitó—. ¡Muy bien! Ahora hablad al viento con su voz hasta que las manos tiemblen. Uuuuuu... —dijo, y el niño le imitó.

—Ya tiemblan —exclamó, tras repetir cinco veces aquel sonido.

—Pues, ahora, el miedo ya no está en vuestras entrañas, sino en vuestras manos. Echadlo lejos, muy lejos —alzó Lluís las manos y las sacudió.

Jaume hizo otro tanto, más de una vez, para estar bien seguro de que el miedo se marchaba.

—Habéis vencido al viento —sonrió Lluís.

—¿Y ahora? —preguntó Jaume, más calmado.

—Ahora jugaremos al escondite.

*** ***

Miravell se levantó de un salto. Mateo le había despertado y temblaba de pies a cabeza.

—¿Qué significa que no está? —preguntó.

—Ha desaparecido. La habitación del rey está vacía —repitió el caballero.

Miravell agarró la espada y salió corriendo, se encaramó de un salto a lo alto de las escaleras, recorrió todo el balcón que daba a la parte alta de los dormitorios y entró en la habitación de Jaume, donde le esperaban dos soldados.

—La ropa está aquí —señaló Mateo.

—¿Y qué hacéis aquí parados, como estúpidos? —gritó a los dos soldados—. ¡Despertad a todo el mundo!

Los soldados salieron deprisa y Miravell se dirigió a la habitación de Lluís. También estaba vacía. ¡Por todos los santos del cielo!

Soldados con antorchas entraban a salían por todas las puertas registrando hasta el último rincón.

Miravell, ya vestido y en mitad del patio, dirigía la operación. Mateo, a su lado azuzaba a los soldados. Todo el castillo de Monzón fue registrado de arriba abajo. Entraron en todas las dependencias, bajaron al almacén, fueron a ver a los monjes y pidieron permiso para registrar incluso sus aposentos, pero fue inútil. Allí no había nadie.

El sol despuntaba por el horizonte. Maestro Guillem estaba de viaje y no regresaría hasta dentro de una semana. ¡Dios mío! ¿Cómo se lo explicaría? ¿Y qué había hecho el loco de Lluís?, no paraba de preguntarse Miravell. Porque la conclusión era más que evidente. Si él y Jaume no estaban, significaba que había raptado al rey. ¡Madre de Dios! No, si él ya lo había dicho. ¿Quién podía fiarse de alguien que abandonó a su rey? ¡Era un traidor! Él le habría hecho vigilar, pero el maestro de los templarios le dijo que Lluís gozaría de total libertad.

—¡Maldito seas! —gritó Miravell con los puños cerrados—. Cuando te encuentre, te mataré. ¡Ensillad los caballos!

—Nadie puede haber abandonado el castillo —dijo Mateo.

—Estás hablando de Lluís de Estemariu, que es mucho más que nadie —replicó Miravell.

Ya se dirigían a las caballerizas cuando apareció el hermano Bernardo resoplando y con cara de asustado. Sudaba con gruesas gotas que le caían de la frente y respiraba entrecortado. Así que se calmó un poco, dijo:

—Están en la sala de los caballeros.

Miravell dejó caer el yelmo y echó a correr hacia la puerta del castillo, los soldados le siguieron, cruzaron el patio, rodearon la torre del Homenaje y entraron espada en mano, a punto de atacar, pero la escena que se les ofrecía a los ojos les dejó boquiabiertos. Jaume, en camisa de dormir, tenía frente a sí un tazón de leche y comía pan y queso, mientras que Lluís, también en camisa, mordía una manzana.

—¿Qué hacéis aquí? —fue la única pregunta que se le ocurrió a Miravell.

Jaume alzó la mirada y respondió:

—Desayunar —como si fuese la mayor evidencia de este mundo.

—¿Desayunar?

—Desayunar —repitió Lluís e hincó sus dientes en la manzana.

Miravell, lleno de rabia se disponía a atacar a Lluís cuando la manzana se clavó en la puna de su espada y todos los presentes se quedaron pasmados.

*** ***

Maestro Guillem no podía creérselo. Era la historia más absurda que había oído en toda su vida, y estaba allí sentado, delante de Miravell y de Lluís, que discutían con vehemencia. Menos mal que no habían llegado a las manos o, peor todavía, a las espadas.

—A ver si lo entiendo —alzó los brazos y los hizo callar—. ¿Qué objeto tiene escaparse de noche y esconderse en el confesionario de la iglesia de Santa María? —preguntó a Lluís.

—Me habéis dado total libertad para formar a un rey y ahora Jaume ya no tiene miedo.

—Y por poco nos matas a todos de un susto —intervino Miravell— ¿Qué querías? ¿Dejarme en ridículo?

—No hay que esforzarse mucho para conseguirlo —respondió Lluís, y Miravell estuvo a punto de levantarse, pero Guillem le detuvo.

—¡Basta de tonterías! —exclamó el maestro de los templarios. Se encaró hacia Lluís—. ¿Quieres explicármelo?

—Antes de ir a la habitación del rey, salí del castillo y volví a entrar —respondió Lluís—. Si alguien quiere burlar la vigilancia y matar al rey, lo tiene muy fácil —se volvió hacia Miravell—. Tus soldados se duermen.

—Serán castigados. A partir de hoy un soldado hará guardia dentro de su habitación.

—De ninguna manera —negó Lluís—. Tú cuida del conde de Provenza, que yo ya procuro por el rey.

—¿Entonces, qué quieres? —preguntó maestro Guillerm.

—Que nadie pueda entrar en el castillo, que ellos entiendan que la vida de un rey depende de lo que sean capaces de hacer, que no se duerman ni un instante, que Miravell establezca más guardia y también quiero escoger un soldado de confianza que siga al rey a todas partes, de día y de noche, cuando yo duerma. Pero el rey ha de dormir solo.

—Tienes que impedir, a cualquier precio, que pueda salir de nuevo —ordenó maestro Guillem a Miravell.

—No me habéis entendido —negó Lluís de nuevo—. Hemos de saber dónde se encuentra en todo momento, pero si sale de noche, nadie ha de impedírselo.

—¿Te has vuelto loco?

—No, no y no —repitió Lluís—. Debo sacar de dentro del rey el hombre que se esconde.

—Eso puedo hacerlo yo —se quejó Miravell.

—Has aceptado el reto y has dicho que Jaume jamás vencerá a Ramón Berenguer. De manera que ahora no quieras echarte atrás.

Maestro Guillem guardó un instante de silencio. Le gustaba la situación. Aquellos dos hombres estaban dispuestos a hacer cualquier cosa para demostrar cuál de los dos era el mejor y había tomado la decisión de dejar en manos de Lluís la educación del rey para que le convirtiese en caballero. Sabía muy bien que cuando el de Estemariu daba su palabra, la cumplía. Sin embargo, dejar que el rey se moviese con entera libertad...

—Si has demostrado que alguien puede entrar en el castillo, es demasiado arriesgado y demasiado peligroso —dijo.

—No ha demostrado nada. Sólo ha dicho que lo ha hecho, pero nadie le ha visto abandonar las murallas —sonrió Miravell.

—¿Dudas de mi palabra? —se puso en guardia Lluís.

—¡Basta! —se levantó maestro Guillem—. Cierto o no, el susto ha sido demasiado grande como para no tomar medidas. Además, no puedo perder el tiempo en absurdas discusiones.

—¡Exacto! —exclamó Lluís—. No disponemos de tiempo. Si debo formarle, ha de ser a mi manera. En caso contrario, ya podéis encerrarme en la mazmorra —amenazó Lluís.

—De acuerdo —aceptó Guillermo—. Escogerás a los hombres que han de seguirle. Pero si, por desgracia, le sucede algo, lo pagarás muy caro —le devolvió la amenaza—. Recuérdalo: muy caro. Y esta vez no te escaparás. Juro por Dios, que te perseguiré hasta el fin del mundo.

—Así sea —respondió Lluís.

—¡Amen! —exclamó Miravell, se levantó y abandonó la estancia con paso firme y decidido. Era evidente que no le había sentado nada bien que Lluís le hubiera dejado en ridículo una vez más.

Cuando se quedaron solos, maestro Guillem se levantó de la silla y sopló.

—Obligarle a andar descalzo... —murmuró. Después alzó la voz—. ¿Y si hubiese enfermado?

—Estamos a las puertas del verano y llevábamos con nosotros una manta. No había peligro —explicó Lluís.

—¿Seguro que ya no tiene miedo o no lo manifestaba porque tú estabas a su lado? —preguntó.

—Esta noche lo sabremos.

—¿Nos has preparado otra sorpresa?

—Todo depende de él —sonrió Lluís—. Si queréis, podréis verlo por vos mismo —le invitó.

—Miravell nos acompañará.

—No tengo ningún inconveniente. Así aprenderá alguna cosa útil.

Maestro Guillem lo miró a los ojos y negó con la cabeza.

—¿Cómo se te ocurrió clavar una manzana en la espada de alguien que llega furioso? Miravell podía haberte matado.

—No fui yo —respondió Lluís.

—¿No? —se sorprendió maestro Guillem. Entonces puso unos ojos como platos—. ¿Fue...? —preguntó.

Lluís asintió lentamente, maestro Guillem se quedó con la boca abierta, simuló que tomaba una manzana y que la clavaba en la punta de una espada imaginaria.

—¿Y qué hiciste tú?

—Lo mismo que Miravell: poner cara de idiota.

De pronto ambos estallaron en una sonora carcajada.


Aquella noche, Guillermo, Miravell y Lluís bajaron al patio y se escondieron entre la torre del Homenaje y la sala de los caballeros, bajo el arco que servía para recoger el agua de la lluvia. Desde allí divisaban la puerta de los dormitorios.

Ya era más allá de medianoche cuando Miravell empezaba a notar que los párpados le pesaban. ¿Qué estaban esperando allí?, se preguntaba, y dirigía miradas a Lluís, que no dejaba de observar aquella puerta elevada más de cuatro codos del suelo. Junto al balcón había un carro.

—¿Tenemos que permanecer aquí mucho rato? —se escuchó la voz de maestro Guillem, y Miravell asintió con la cabeza para manifestar que estaba de acuerdo, que ya había aguantado demasiadas tonterías.

—Espero que no —respondió Lluís.

Miravell cada vez estaba más convencido de que no había sido una buena decisión dejar que se hiciese cargo de la educación del rey, pero maestro Guillem todavía protegía a aquel desgraciado. Cambió de postura y descansó una pierna. Miró de nuevo hacia la puerta del dormitorio. La había mirado cien veces y no sucedía nada. Iba a retirar sus ojos cuando algo se movió. Acababa de aparecer una sombra, pequeña. Inmediatamente después, la figura de Jaume se destacó en la pared y cabalgó la barandilla del balcón para dejar fuera las piernas, colgando.

Maestro Guillem se asustó e hizo ademán de echar a andar, pero Lluís le detuvo.

—No tiene más que siete años —dijo en voz baja, pero con un tono de preocupación.

—A punto de cumplir ocho —corrigió Lluís.

—Pero aún tiene siete —replicó Miravell.

—Y toda la agilidad de un niño de siete años. No sufráis, que ya lo ha hecho otras veces.

—¿Y si al caer le fallan los tobillos? —levantó la voz maestro Guillem.

—¡Psst! Silencio —le cortó Lluís y señaló la pared donde la figura del niño rey era una sombra que se escurre.

Jaume se colgó del balcón y sus pies alcanzaron la barandilla de madera del carro. Cuando se sintió seguro, soltó las manos y permaneció en equilibrio. Entonces se agachó y descendió por la rueda. Se movía como un gato. Iba vestido con una camisa y unas medias, calzaba polainas ligeras y se cubría con una capa oscura. Se quedó quieto un instante, miró a un lado y a otro para asegurarse de que nadie le había visto. Entonces echó a correr hacia la iglesia.

Sobre la muralla un soldado hacía guardia. El niño se agazapó, se cubrió con la capa, que la oscuridad de la noche convertía en sombra, y esperó hasta que el soldado le dio la espalda. Entonces, corrió de puntillas a lo largo del muro hasta cruzar la reja que daba paso a las escaleras que conducían hasta la cripta, y por allí desapareció.

—¿Adónde va? —preguntó Juan.

Lluís echó a correr hacia la reja. Los otros caballeros le siguieron y el soldado se volvió al escuchar los pasos y bajó la lanza.

—¿Quién vive? —exclamó.

—¡Silencio! —ordenó Lluís en voz baja, pero firme, y abrió la puerta procurando no hacer ruido.

—¡Señor! —se cuadró el soldado al ver a maestro Guillem detrás de él.

Los tres caballeros traspasaron la puerta y descendieron por la escalera de la cripta. Al final había una sala, únicamente iluminada por la débil luz de una vela, donde se alineaban los nichos excavados en la pared de roca. Llegados al último tramo, Lluís se pegó al muro y siguió avanzando lentamente hasta alcanzar la esquina. Entonces, atisbó con sumo cuidado, procurando que los otros dos caballeros no se dejasen ver. Después se apartó y cedió su lugar a maestro Guillem.

El maestro de los templarios sacó tímidamente la cabeza por la esquina y la luz de la vela le mostró a Jaume sentado en medio de la sala, entre las tumbas. ¿Qué hacía allí?, se preguntó, y se volvió hacia Lluís para preguntarle, pero éste se llevó el dedo índice a los labios y le rogó silencio.

Un instante después escucharon la voz del niño.

—Uuuuuu... —decía, como si quisiera espantar a los muertos.

—¿Qué hace? —musitó Miravell.

Pero, como toda respuesta recibió la señal del silencio que le hacía Lluís.

Así permanecieron un buen rato, hasta que Jaume se levantó y, tranquilamente, se dirigió hacia donde ellos estaban.

Albert Salvadó

Pisándose los unos a los otros, los tres caballeros subieron la escalera de la cripta y se escondieron en el otro extremo de la iglesia. El niño rey volvió a escurrirse por el patio y escaló de nuevo el carro y el balcón, para desaparecer por la puerta del dormitorio. Entonces, y sólo entonces, abandonaron su escondrijo.

—¿Qué significa todo esto? —preguntó Miravell.

—Que si los espíritus de los muertos ya no le dan miedo, no tendrá miedo de nada —respondió Lluís.

—¡Bien! —afirmó maestro Guillem con un movimiento seco de su cabeza—. Pero aún no es capaz de sostener bien derecha una espada.

—Pero ya corre con agilidad. De manera que ahora llega el paso siguiente —sonrió Lluís.

—¿Cuál es ese paso? —preguntó Miravell.

—Es muy tarde y tengo sueño —respondió Lluís, bostezando—. Nos esperan acontecimientos interesantes.

*** ***

Había cambiado. De eso no había duda. Ni para maestro Guillem ni para Miravell. Jaume no era el niño de hacía unos meses atrás, el infante desvalido que había llegado muerto de miedo y que lloriqueaba por las noches. Y éste era el milagro que había obrado Lluís en muy poco tiempo. Nadie podía negarlo, a pesar de que Miravell seguía con sus comentarios ácidos.

Aquella mañana Jaume llegó al rincón que había delante del corral para recibir una nueva lección. Aquél era el lugar que Lluís había escogido para estar lejos de Miravell, pero el niño, al contrario que en otras ocasiones, sólo encontró una espada de veras clavada en el suelo y bien derecha. Las de madera habían desaparecido.

—¿Habéis descansado bien? —oyó la voz de Lluís, a sus espaldas.

El niño se volvió, le miró y sonrió, mientras asentía. Prácticamente no había dispuesto de tiempo para conocer a su padre, el rey Pedro I de Cataluña y de Aragón. Ni siquiera lo recordaba. Y el niño debía depositar su amor en alguien, y su confianza, porque un muchacho siempre ha de crecer con una imagen a la que imitar. Después, cuando haya aprendido, él ya formará su propio carácter. Y, hasta el presente, el único que merecía tal honor era el hombre que tenía delante. Se entendían muy bien. ¡A las mil maravillas! Era diferente de todos los demás. Le escuchaba y hablaba con él. No como con un rey, sino como lo que era, un niño. Y jugaban. Sin embargo le dedicaba la atención y el respeto que corresponde a tan alta dignidad. Incluso, cuando era necesario, se imponía y le exigía, sólo que el trabajo era un constante descubrimiento de nuevas sensaciones y un despertar a un mundo desconocido y lleno de atractivos.

Quizá debería explicarle lo que había sucedido aquella noche, pero prefirió callar. Era algo suyo, personal, y como decía Lluís no hay que alardear de las batallas cuando uno se siente satisfecho y orgulloso consigo mismo, porque lleva escrito en la cara el signo de la victoria. Y aquella mañana, nadie podía negar que Jaume era un ganador.

De manera que contempló la espada, que se mantenía tiesa y clavada en el suelo, y preguntó:

—¿Dónde están las de madera?

—Ya sois capaz de manejarlas con habilidad. El palo ya ha recibido bastante y os respeta. No necesitáis pegarle más —dijo el caballero, y sonrió—. Y por lo que respeta a Miravell, su culo también ha recibido un buen tiento. Ha llegado la hora de cambiar de arma y subir un escalón más hacia el trono —explicó.

—¿Qué haremos hoy? —preguntó el niño.

—Aprenderemos a pronunciar otra vocal.

—El hermano Gualberto ya me ha enseñado todas las letras y dice que mi pronunciación es bastante buena —rió el niño.

Sí, en este aspecto también había cambiado y el monje ya no se quejaba, sino que había empezado a alabar la sutil inteligencia del niño rey. Lo captaba todo a la primera y cada día se despertaba más y más su curiosidad. Leían las escrituras en latín y, aunque le costó, el hermano Gualberto acabó por seguir las sugerencias de Lluís y descubrió que Jaume se sentía especialmente atraído por los pasajes que hacían referencia a la conquista de Israel, a las luchas del rey David, a la fuerza de Sansón y a todas las guerras que tuvieron lugar en aquel país pequeño y perdido en la lejanía, más allá del mar, que fue la cuna de Cristo. ¡Bien! La piedad se encuentra en cualquier pasaje bíblico y si sirven para despertar la curiosidad del rey, bienvenidos sean, había concluido. Pero un día Jaume encontró un libro que hablaba de las Guerras Púnicas y del Imperio Romano y no paró de insistir hasta que Gualberto lo tomó y comenzaron a leerlo. Aquello era mucho mejor, repetía el niño rey, ante las protestas del fraile.

—El buen Gualberto os enseña las letras y su correcta pronunciación, pero no su valor. Esto hay que aprenderlo en la Escuela de los Sonidos.

—¿Qué es la Escuela de los Sonidos?

—Es una escuela donde sólo se aprenden cinco sonidos diferentes, como las vocales, porque con ellas ya hay suficiente.

—¿Y dónde está esta escuela?

—En ninguna parte y en todas, como la escuela de la vida. Fuera y dentro de nosotros. El día que la descubráis, el mundo será vuestro.

—Entonces, descubrámosla —se entusiasmó Jaume.

—De acuerdo. Poned vuestras manos entre el estómago y el pecho. Aquí —señaló Lluís el plexo solar.

Jaume le imitó y aguardó la nueva letra. Había disfrutado mucho con la u y se sentía fuerte y con ganas de descubrir nuevas cosas, porque cada vez que el miedo le rondaba o que no tenía suficiente valor para enfrentarse a alguna circunstancia, pronunciaba en voz baja aquella letra y el miedo desaparecía. Además, sentía un gran afecto por Lluís de Estemariu, el único que no seguía las normas, que le había enseñado a escurrirse de la habitación, a reírse de los soldados de guardia y que le había permitido jugar al mismo tiempo que le explicaba cosas interesantes. De manera que cuando le hablaba abría sus oídos de par en par.

A Ramón Berenguer, aunque era su amigo, no le había revelado el secreto del miedo, porque era una confidencia entre Lluís y él, le había advertido el caballero, y, si quería vencer, nadie debía saberlo.

—¿Y ahora? —preguntó.

—Pronunciad la letra a.

—¡Aaaa!

—Con más suavidad —corrigió Lluís—. Aaaaaaa... Como la u, como si el aire se escapara y resbalase como el viento.

—Aaaaaaaa... —dijo Jaume.

—Aún más profunda —corrigió de nuevo Lluís—. Tenéis que notar que sale de dentro, de aquí —señaló el plexo solar.

—Aaaaaaaa... —repitió Jaume.

—¿Qué sentís?

—Nada —encogió los hombros el niño.

—¿No sentís nada en las manos?

—Aaaaaaaa... —ensayó el niño y, de pronto, se detuvo—. Las manos también tiemblan —dijo—. Aunque no noto diferencia con la u.

—¿No? Pronunciad las dos. Una tras otra.

—Uuuuuu... Aaaaaaa... —dijo Jaume. Y lo repitió por tres veces. Entonces entornó los párpados—. Con la u el pecho no se mueve tanto.

—¡Exacto!

—¿Por qué? —abrió los ojos y miró a Lluís.

—Porque en los intestinos se esconde el miedo y en el pecho tenemos la fuerza. Y la fuerza, cuando ya habéis dominado el miedo, es más poderosa. Fijaos que esta letra se pronuncia con la boca bien abierta. No hay ninguna otra letra que la abra tanto. ¿Sabéis por qué? —preguntó Lluís y el niño negó con la cabeza—. Porque es el rugido del león.

—¿Alguna vez has visto un león? —se entusiasmó Jaume.

—Sí. En Tierra Santa me he topado con alguno. Y es grande y poderoso como el mayor de los reyes de este mundo. Nadie le da miedo y nadie se atreve a medirse con él —sonrió Lluís. Después, recuperó la seriedad—. ¡Bien! A lo que íbamos. En esta ocasión, cuando la fuerza pase a vuestras manos, no la expulséis. Cerrad los puños y retenedla.

—Aaaaaaa... —hizo Jaume. Después retiró las manos del plexo solar y cerró los puños con rabia—. ¡Puedo hacer más fuerza! —gritó orgulloso y contempló sus nudillos que se habían vuelto blancos, mientras que los brazos le temblaban.

—Demostrádmelo y arrancad la espada del suelo —señaló Lluís el arma.

Jaume se plantó delante de la espada y puso sus manos en el plexo solar, mientras pronunciaba la nueva vocal que acababa de descubrir. Una vez acabado el sonido, apartó las manos, las cerró entorno al puño del arma, inspiró profundamente, retuvo el aire y tiró con fuerza hacia arriba.

La espada abandonó su lugar con una facilidad increíble y quedó por encima de la cabeza del rey, que alzó la mirada y la contempló. Ni cayó ni se desequilibró y Jaume abrió la boca de par en par. Nunca lo había conseguido, porque aquella espada pesaba tanto que tenía la sensación que era más grande que él. Y era cierto, pero él, ahora, la dominaba. ¡No daba crédito a sus ojos!

Lluís sonrió. El niño rey ni se imaginaba que el caballero había ido fortaleciendo sus brazos con los trucos malabares con las piedras, que cada día eran un poco más grandes. Pero lo más importante era la seguridad que aquel muchachito iba adquiriendo.

*** ***

—Ya es capaz de levantar una espada —sonrió maestro Guillem.

—Y la sostiene con rabia —afirmó con la cabeza Eixemén Cornell, que había viajado a Monzón para informar al maestro templario de las últimas novedades.

—Miravell enseña todos los trucos que conoce a Ramón Berenguer y me parece que ya no ve tan claro que su discípulo siempre será el mejor —rió maestro Guillem—. Además, Ramón Berenguer también se escapa de noche y se escurre hasta la habitación del rey. Estamos haciendo grandes progresos. El problema es saber cuánto tiempo más podremos mantener quietos a los nobles.

—Unos meses, si todo va bien. El conde Sancho cada vez enreda más la situación y los nobles están hartos de él. No es un buen regente y, si él cae, subirá Fernando de Aragón. No sé quién es peor.

—Meses —murmuró maestro Guillem. Entonces alzó la voz— Eso significa que el rey Jaume tendrá, a lo sumo, nueve años —meditó—. Necesitará buenos consejeros.¿Con quién podemos contar?

—Pedro Ahonés quiere casarse con Magdalena, mi sobrina. A él le tendremos de nuestro lado. Peregrino de Atrocil es otro en quien podemos confiar; después están mi sobrino Pedro y Vallés de Antillón; el conde de Foix también podría ayudarnos... Y, por lo que veo, el conde de Provenza será un buen amigo.

—Lo que me preocupa es que Fernando de Aragón sigue sin aceptar la regencia de Sancho y ha escrito de nuevo al Papa Honorio para exigirle que cambie de parecer y modifique la decisión de su antecesor.

—Sí —corroboró Eixemén—. Argumenta que las circunstancias son distintas y que la iglesia ha de tomar partido en este asunto.

—Mal asunto —negó maestro Guillem con el cabeza—. Cada día rezo para que dispongamos de suficiente tiempo, pero...

—Ya levanta la espada.

—Ésta sí, pero la otra todavía no. Y en ese tema estamos en manos de Dios. Él sabe muy bien que un heredero sería una gran bendición. Espero que tengamos bastante tiempo para llegar a todas partes.

*** ***

Paso a paso, como decía Lluís. Un pie detrás del otro, bien firmes y seguros. Por esa razón no había tomado la decisión hasta que el niño rey pudo andar y correr con agilidad. Entonces, añadió nuevos actores a la obra.

El mayor tenía diez años y era hijo del herrero del pueblo de Monzón. Andrés era su nombre y, a pesar de que en todos los juegos respetaba al rey Jaume, era evidente que le aventajaba en fuerza y en destreza, porque todo el día ayudaba a su padre y levantaba el martillo. Tenía los brazos gruesos y las manos grandes. El otro se llamaba José, hijo de un campesino, y era un poco idiota. Reía todo el tiempo, pero corría como una liebre. Por eso le había escogido Lluís. Sin embargo, el más travieso, sin duda, era Jonás, hijo del judío que comerciaba con cerámica y que a menudo estaba fuera, de viaje, pero que aceptó de buen grado las monedas a cambio de permitir que su hijo subiera hasta el castillo cada día en compañía de los otros niños. Era astuto el judío, supo negociar, argumentando que no podía prescindir de su hijo porque le ayudaba cuando él no estaba, y consiguió aumentar el precio.

Lluís había roto con todas las normas y a menudo abandonaba el castillo con los muchachos y dos soldados de escolta y les hacía jugar cada día, porque tenía muy presente que, incluso un rey, es un niño. Ramón Berenguer, al contrario, seguía las instrucciones de Miravell y suspiraba por poder escaparse y jugar con los demás, pero su instructor decía que el juego no es para un noble y que el entrenamiento curte hombres de veras. De manera que tenía que conformarse con contemplar cómo los otros saltaban, corrían y reían a placer, mientras Miravell los despreciaba.

Sin embargo, los juegos iban siempre dirigidos hacia un punto concreto. Lluís empleaba la astucia en el juego del escondite, en el que casi siempre ganaba Jonás. Les hacía correr, y aquí nadie podía con José, que trepaba como una ardilla y saltaba por encima de las piedras del río como los ciervos por las rocas de las escarpadas montañas de Los Pirineos. De vez en cuando les enfrentaba en un cuerpo a cuerpo, donde Andrés no tenía rival. Sólo cuando jugaban con las espadas de madera, Jaume les vencía a todos.

Cuatro niños, cuatro habilidades, cuatro vencedores. De manera que Lluís alternaba los juegos para hacerles ganar una vez a cada uno y tomaba buena nota de los resultados y, sobretodo, de los progresos del rey, de las carencias que tenía que llenar y de los errores que tenía que corregir.

Los demás niños de Monzón no participaban. Lluís ya se había encargado de escoger sólo a aquellos que le podían prestar un buen servicio. El juego es el entrenamiento para la vida, por eso es importante no perder el tiempo.

Hacía días que Jaume levantaba la espada y Lluís le sometía a un entrenamiento constante que fortalecía sus brazos y sus piernas. Ahora, excepto cuando jugaban, las espadas de madera habían desaparecido y el hierro se movía a un lado y a otro, arriba, atrás, abajo, y de nuevo vuelta a empezar hacia un lado y hacia otro, hasta que ya no podía más. No obstante, Jaume no se quejaba y cada vez lo hacía mejor. Aquellos brazos blandos, acostumbrados a manejar una espada de madera, fueron adquiriendo la fuerza necesaria, mientras el aire se llenaba de «aaaaa...».

—Ahora tenéis que aguantarla derecha y al frente, bien firme, porque queréis mantener el enemigo lejos de vos —le explicaba delante de la figura de madera y paja que había ordenado plantar en mitad del pedazo de patio que había detrás de las caballerizas.

—Los brazos se me cansan —se quejaba Jaume.

—Y a él también —le respondía Lluís y levantaba su espada con una sola mano—. Cuando yo baje el brazo, vos también podréis hacerlo.

—Tú eres más fuerte.

—No os podéis quejar. Yo sólo uso una mano.

*** ***

Aquella tarde, después de comer, llegaron los tres muchachos y fueron a jugar. Lluís había dispuesto en el suelo una madera plana, de media cuarta de anchura, donde nada más entraban los pies, pero uno detrás de otro, no juntos. El juego, les explicó, consistía en encaramarse de dos en dos y enfrentarse para ver quién quedaba arriba y quién caía. Pero aquel día Lluís había introducido un nuevo elemento. Se plantó ante los cuatro niños y sacó el puñal que llevaba colgado bajo el manto blanco. Era la daga sarracena con una piedra preciosa roja en el puño. La mostró y la clavó en el palo.

—Será para el ganador —dijo.

Los cuatro niños la contemplaron con la boca abierta. La piedra del puño arrancaba destellos a la luz del sol, la hoja se adivinaba muy afilada y el puño estaba muy bien trabajado, como todas las filigranas que los seguidores de Alá eran capaces de hacer.

Los primeros en subir fueron Andrés y José, que se movía como una ardilla, adelante y atrás, empujaba a Andrés y le impedía que le tocara, pero que poco pudo hacer cuando se le acabó la madera y Andrés le atrapó, le levantó y le sacó fuera.

Después, Jonás ocupó el lugar de José. El judío miraba el puñal clavado en el palo. Por aquello le darían unos buenos dineros, pensaba, y todavía se excitaba más la codicia del premio.

Jonás dejó que Andrés se acercase, se agachó y le lanzó un puntapié al tobillo, que casi derribó a su oponente. Sin embargo, el peso de aquel cuerpo cuadrado aguantó la embestida. Entonces, Andrés también se agachó para evitar una nueva sorpresa, pero Jonás se levantó, se abalanzó hacia adelante y empujó la cabeza de su rival, que, por segunda vez, estuvo a punto de abandonar la madera y quedar derrotado. Desconcertado, Andrés recuperó el equilibrio y, esta vez, avanzó con mucho cuidado y la astucia del judío se acabó al mismo tiempo que la madera, porque siguió idéntico camino que José.

Andrés levantó los brazos bien alto con los puños cerrados. Era el vencedor indiscutible y ya soñaba con el premio, porque sólo quedaba Jaume y, como el que dice, casi ya podía ir y coger el puñal. Con él en las manos sería el rey de los niños del pueblo.

Y le llegó el turno a Jaume, que se encaramó en la madera y miró a Andrés, mientras ponía sus manos en el plexo solar y pronunciaba la letra a. Andrés sonrió. Si había vencido a los demás, no tenía la menor duda de que lo haría por tercera vez. De manera que avanzó despacio, asentando bien los pies, y alargó las manos para mantener lejos a Jaume y obligarle a retroceder hasta que se le acabase la madera. Sin embargo, el niño rey siguió quieto hasta que la mano de Andrés casi le tocaba. Entonces, de pronto, la agarró, tiró de ella con todas sus fuerzas, se dio la vuelta, se agachó, cargó con todo el peso de aquel cuerpo, que no se esperaba la reacción de Jaume, y lo proyectó por encima de su cabeza.

—¡Oh! —exclamó José y aplaudió.

Jonás abrió la boca y no dijo nada, mientras que Andrés, sentado en el suelo, no podía creer lo que acababa de suceder. Pero... si hacía un instante estaba encima la mesa de madera, todavía reflexionaba.

Jaume, henchido, pegó un salto y se dirigió hacia el palo, agarró el puñal y lo levantó muy orgulloso.

—Sois el vencedor —aplaudió Lluís.

Incluso el soldado que contemplaba la escena se había quedado sorprendido y había hecho un gesto de admiración.

—Ya puedo enfrentarme a Ramón —dijo Jaume.

—¿Sólo habéis aprendido dos letras y ya queréis escribir vuestro nombre? —sonrió Lluís.

—Aprendamos las que faltan y acabemos de una vez.

—A palmos, no a saltos, que vuestro contrincante no será tan fácil de vencer —negó Lluís—. No olvidéis que tiene por maestro a Miravell. Y si ahora tenéis el coraje, necesitáis saber cómo emplearlo, porque Miravell le habrá entrenado a conciencia y le habrá explicado todos los trucos.

Jaume asintió. Lluís tenía razón. Siempre la tenía. Y el caballero miró con orgullo al rey, que contemplaba embelesado la daga sarracena. ¿Se había arriesgado mucho, al ofrecer tan preciado trofeo al vencedor? No, porque estaba más que convencido que sólo podía haber un ganador. El rey Jaume.

# 6 - EL TRAIDOR

—¿No tenía los tobillos delicados? —preguntó el conde Sancho.

—Sí, pero Lluís de Estemariu le pone piedras en los zapatos, le da masajes en los pies y le hace andar de puntillas —respondió el soldado.

—¡Piedras! —exclamó el conde y se levantó de la silla que ocupaba delante de la gran mesa que presidía la estancia del palacio de Barcelona, rodeado por las miradas de los rostros de las pinturas que adornaban las paredes, los antepasados del rey Pedro.

—Trabaja las piedras y las ajusta a los zapatos del rey para obligarle a curvar más el pie y fortalecer los tobillos —explicó el soldado—. Y debe de ser verdad, porque el cambio ha sido espectacular. Ahora baila bastante bien.

El conde levantó las cejas.

—Repítemelo de nuevo —dijo.

—Baila, salta como una ardilla y se mueve como un gusano cuando persigue a los demás niños.

—¿Qué niños, si en el castillo no hay? —el pobre conde iba de sorpresa en sorpresa.

—Los que cada día suben de Monzón. Lluís ha escogido tres niños para que jueguen con el rey.

—¿Jugar? —preguntó con extrañeza, cruzó las manos a la espalda y caminó arriba y abajo, mientras se mordía los labios. Aquello no tenía ni pies ni cabeza. ¿Bailar, saltar, jugar...?—. ¿Y cuando le entrena? —preguntó de pronto.

—A todas horas y con cualquier cosa. Primero creíamos que tirar una copa con el codo y atraparla con la mano antes de que se estrellase en el suelo era un juego.

—¿Y no lo es?

—Es una manera de adquirir agilidad en los brazos y en las manos. Ahora Lluís le lanza una daga y el rey la atrapa por el puño, en el aire. De hecho se ha convertido en un juego entre nosotros, que apostamos por ver quién es capaz de hacerlo mejor e incluso hay uno que lo consigue con dos copas a la vez —sonrió el soldado—. También creíamos que los juegos malabares eran para divertirse...

—¿Y tampoco lo son? —preguntó el regente, que no entendía nada y todo aquello le sonaba a cuentos de hadas.

—Le hace jugar con piedras. Sí, piedras —repitió al contemplar la cara de bobo del conde Sancho— Cada vez mayores. Y el rey ha fortalecido los brazos y cada día maneja mejor la espada. También ha comenzado a disparar flechas. A menudo salen a cazar y ningún día regresan con las manos vacías. Perdices, conejos, liebres...

—Porque Lluís es un buen arquero —sonrió el conde—. Es él, quien caza.

—Y el rey Jaume, a pesar de su juventud, también —negó el soldado—. Os lo puedo asegurar, porque le he visto disparar y acertar una perdiz en pleno vuelo.

—¿Salen solos o acompañados?

—Acompañados —respondió el soldado. Se quedó callado un instante, hurgando en su memoria, y corrigió—: Excepto en una ocasión, que salieron solos. Bajaron hasta el río para pescar con las manos.

—¿Cómo lo hacen? —inquirió Sancho. Sentía curiosidad por todos aquellos detalles.

—Se sitúan de cara al sol para que la sombra no alerte a los peces, meten las manos en el agua y aguardan quietos hasta que la trucha o el barbo pasa por debajo de ellos. Entonces, se levantan de un salto y lanzan el pez fuera del río.

Aún le hizo más preguntes y recibió nuevas sorpresas. Finalmente, el regente despidió al soldado y se quedó pensativo.

Aquél era un problema delicado, porque no contaba con que Lluís, a pesar de su fama, fuese capaz de despertar al rey. Por lo que había oído, era un niño tímido y torpe. Sin embargo, ahora, el tiempo corría a favor de aquel mozalbete y en contra de él. Había llegado el momento de tomar decisiones y dejar de confiar en la suerte.

Abandonó el despacho y se dirigió al comedor. A media tarde le gustaba comer algo. Se sentó a la mesa y se quedó mirando la copa de cobre que había sobre ella. Atraparla antes de que se estrelle en el suelo... ¡Menuda estupidez!, exclamó. La cogió, la contempló y jugó con ella un rato, para finalmente depositarla detrás de su codo.

El soldado abrió la puerta y la esposa del regente, seguida de la sirvienta con la bandeja llena de fruta, como era costumbre a aquella hora, entraron en el preciso instante en que el brazo del conde se movía y vieron volar la copa, que cayó y rodó por el suelo hasta golpear el otro extremo de la habitación, mientras escuchaban la palabrota del regente.

La mujer y la doncella se quedaron mudas, mirando alternativamente a la copa y al señor.

—¡Recógela y no te quedes ahí como una idiota! —gritó Sancho a la sirvienta, con una expresión ridícula en su rostro—. ¿Y tú qué miras? —preguntó a su esposa.

Y salió, muy enfadado, mientras la doncella recogía la copa y su esposa no entendía nada, excepto que hoy el conde no merendaría.

*** ***

Estaban junto el río Cinca y aquel día iban solos. Lluís miró a Jaume. Desde hacía días salían a cazar. El arco y la flecha es un arma viva y sirve para ejercitar los ojos y el cuerpo. Esto decía el caballero.

—Un blanco inmóvil no es un buen entrenamiento, a menos que persigas el dominio de los nervios, cosa que hay que hacer después y nunca antes, a pesar de que las normas establecidas digan lo contrario.

Él seguía sus propias reglas y prefería las enseñanzas recibidas en Oriente, de la misma manera que, durante su estancia en aquellas lejanas tierras, había roto el voto de castidad impuesto por san Agustín, el doctor de la iglesia que murió en Hipona, casi ocho siglos atrás, y que había servido de inspiración a Bernardo de Claravall para redactar las reglas de la orden y obtener del Concilio de Troyes el reconocimiento canónico de la Orden del Temple fundada por el caballero Hugo de Payens. De eso hacía cien años. Desde entonces vestían el manto blanco con la cruz roja y habían añadido a los tres votos un cuarto: el de socorrer a los peregrinos. Éste, evidentemente, no lo había roto. Pero el de castidad...

El de la castidad lo había roto mucho tiempo atrás, en Montpellier, con Brígida, una mujer tierna y hermosa como una flor, de quien se enamoró perdidamente y que se le entregó, porque ella también le amaba con todo su corazón. Sin embargo, él era caballero templario y estaba atado por unos votos y ella pertenecía a otro hombre. Un pecado que confesó a sus superiores y por el que fue inmediatamente enviado a Jerusalén. ¡Dios no es justo!, había gritado en aquella ocasión. Dios no es justo porque otorga una unión donde no hay amor y cierra las puertas a dos almas que se buscan con anhelo.

Regresó, años más tarde, para servir al rey Pedro, y entonces cayeron sobre él todas las desgracias de este mundo. Sus superiores decían que en la batalla no tenía rival, pero que cuando tomaba un par de vasos de vino se le encendía el fuego que llevaba dentro. ¡Claro que se le encendía! No había podido olvidar a Brígida, a pesar de la distancia y del tiempo transcurrido.

¡Bien! No valía la pena recordar aquel episodio, porque cada vez que lo hacía, la angustia le carcomía las entrañas, y apartó sus pensamientos. Ahora había cambiado. No era el mismo, no bebía, no buscaba pleitos, no discutía y no se peleaba con nadie, a menos que fuese necesario, y, si el rey Pedro todavía viviese, ya no sería su compañero de correrías.

Fue Ab-el-Nasur, el hombre que le perdonó la vida y que se lo llevó a su castillo cerca de Nazaret, quien le había enseñado muchas cosas. Un hombre de una cultura exquisita, conocedor de las culturas orientales de más allá del desierto, servidor de Alá, pero no un fanático como los almohades o los almorávides. Hablaba con una naturalidad que enamoraba, recitaba poesía y, sobretodo, escuchaba con mucha atención y respondía con preguntas que obligaban a reflexionar.

Sí, allí rompió una vez más el voto de castidad, pero fue la última, para poder entender qué significa el amor. Allí descubrió que, lejos de todo cuanto le habían dicho, los seguidores de Mahoma eran unos seres tan humanos como los cristianos, a los que tenía que respetar. Y allí se quedó boquiabierto ante el culto que aquellos hombres dedicaban a la pulcritud, hasta el extremo que las mujeres iban rasuras de todo el cuerpo. Tiempo atrás había participado en la batalla de Las Navas de Tolosa con repugnancia hacia el enemigo, pero por fin había entendido que luchar para recuperar unos derechos es una cosa y odiar, es otra, muy distinta.

«¡Oh, Jerusalén! El rocío que cae sobre ti cura todos tus males, porque viene de los jardines del Paraíso, dice Mahoma, el Profeta. Y los cristianos viajáis a la ciudad de Dios para recibir sus bendiciones», le dijo Ab-el-Nasur.

Mucho tenían que aprender de aquellos hombres que los prelados de la Iglesia y los doctores y los obispos y los sacerdotes no dejaban de menospreciar. Y volvió a contemplar al rey niño.

Jaume era diferente de su padre. Diferente en todo. Llevaba sangre de Occidente por parte de padre y de Oriente por parte de madre y eso es nueva sabia que alimenta el árbol y lo hace crecer de otra manera. Pedro fue fuerte y valiente, pero imprudente. Los pelos del pubis femenino parecían cabezas de Hidra y le atraían y lo abrazaban y le podían y lo arrastraban por donde querían, y los nobles lo sabían y se aprovechaban. Quizá, por ello, los musulmanes no se acercaban a ninguna mujer que no estuviera rasurada, porque en esta vida siempre hay lugar para un error importante y todos llevamos dentro nuestro talón de Aquiles, que nos puede conducir a la muerte. Eso le había dicho Ab-el-Nasur, que conocía la mitología griega. Y, evidentemente, el talón de Aquiles del rey Pedro eran las mujeres. Ellas lo condujeron a la muerte.

Mucho tenían que aprender de los seguidores de un dios que era tan dios como el propio Dios.

Cuando fue hecho prisionero por los hombres de Ab-el-Nasur, tras huir de Muret, quería que le matasen, que aquel sufrimiento que escondía en su corazón acabara de una vez por todas, pero Dios le había concedido un cuerpo y una fuerza que no se agotaban nunca. Caminó durante días y días por el desierto, mientras los demás compañeros de infortunio morían uno tras otro. Cuando Ab-el-Nasur se enteró de su dolor le regaló una daga, la que siempre había llevado consigo.

—¿Entregas una daga a tu prisionero? —preguntó Lluís.

—¿Mi prisionero? —sonrió Ab-el-Nasur—. Tú eres prisionero de ti mismo. Y eso que tienes en las manos es mucho más que una simple daga. Es el símbolo del final de tu sufrimiento. Observa la curva de su hoja. Ha sido pensada para penetrar la carne con facilidad. Sólo tienes que clavarla en tu corazón y todo habrá concluido. Ya ves que es sencillo. Sin embargo, antes de tomar una decisión, piensa que Alá, o tu dios. ¡Tanto da! Y ten presente que quizá no ha escogido este camino para ti.

Maestro Guillem lo había sacado de Loarre y le había propuesto hacerse cargo de aquel niño que ahora miraba y que podía representar su perdón. «¿Es éste mi camino?», se preguntó. Cuando menos, la daga ya no estaba en sus manos, sino en las de aquel niño, y él había entendido que la vida, a pesar de que nos aporte sufrimientos, hay que vivirla, porque cualquiera de nosotros ha venido con una misión que cumplir.

«Alá es grande», le respondía Ab-el-Nasur cada vez que él se quejaba por algo. ¿Pero, y el perdón de Dios? ¿También es grande? ¿O es que aún tenía que pagar por su pecado?

—¡Mira, menudo barbo! —escuchó la voz de Jaume, y sus pensamientos se desvanecieron.

Llevaban toda la mañana rondando por aquellos parajes y no habían visto ni un triste conejo.

—¡Cazadlo! —ordenó.

—Los barbos no se cazan, sino que se pescan —rió Jaume —. Y aquí el río es demasiado profundo para meterme.

—Pero tenéis un arco y una flecha.

Jaume tomó la flecha, montó el arco, apuntó y disparó, pero no acertó y el barbo huyó hacia el fondo y desapareció.

—¡Se me ha escapado! —se enfureció Jaume.

—Porque la euforia ha pasado por encima de la precisión. El agua engaña y aquello que crees que está en un sitio, resulta que se encuentra en otro. El miedo es como el agua y ocupa todo cuanto abarca, pero nos manda visiones extrañas que son una distorsión de la realidad. Por eso se introduce en nuestros intestinos y los remueve cuanto puede, hasta el punto que queremos aligerarlos cuando no es el momento, y hemos de expulsarlo con la letra u. La energía, al contrario, viene de la tierra y necesita afirmarse. Su letra es la a, que es la más ancha de todas, para poder expandirse. Pero las emociones son como el fuego que ya tiene tendencia a escapar y elevarse por si mismo y, si no lo controlamos huye, se une a la energía y lo arrastra todo. Tenemos que encerrarlo, mantenerlo quieto y emplearlo como es debido. Sin embargo, no podemos ahogarlo, porque, entonces, se apaga. Por eso hemos de emplear la letra o, que es cerrada, pero no tanto como la u —explicó Lluís, recordando las palabras de Ab-el-Nasur.

—¿Ésta es la tercera letra?

—Sí —respondió el caballero. Tomó una piedra del río, caminó unos pasos y la depositó sobre la rama de un árbol, que era bastante gruesa como para sostenerla, pero suficientemente delicada como para moverse con el viento. Entonces regresó junto a Jaume—. La piedra es el barbo —dijo.

—Pero es mucho más pequeña.

—Cierto, pero no está dentro del agua ni se puede mover libremente.

Jaume tomó otra flecha, cargó el arco y apuntó, pero Lluís lo detuvo.

—Primero tenéis que tomar energía, que meteréis en la flecha. Después, debéis encerrar vuestras emociones, porque si creéis que fallaréis, seguro que erraréis. Y si pensáis que acertaréis, también podéis equivocaros —dijo, cerró los ojos y pronunció—: Oooooo…

Jaume inspiró lentamente y dejó escapar el aire de los pulmones mientras pronunciaba la letra a. Después repitió lo mismo, pero con letra o. Finalmente, abrió los ojos, inspiró, dejó escapar un poco de aire y, siguiendo las enseñanzas de su preceptor, retuvo el resto, mientras sus ojos contemplaban la piedra que se movía arriba y abajo, lentamente, mecida por la suave brisa.

Poco a poco las dudas dejaron de existir. Únicamente estaban el blanco y él. El mundo entero había desaparecido y la punta de la flecha se movía arriba y abajo, siguiendo el mecer de la rama. De pronto, los dedos se aflojaron, sin que él lo hubiese ordenado y la flecha voló y derribó la piedra.

—¡Oh! —exclamó, incrédulo—. Lo he hecho sin querer.

—Eso significa que lo habéis hecho bien, que la decisión ha sido verdaderamente vuestra, porque vuestros ojos, vuestra mano y vuestro cerebro la han tomado conjuntamente. A partir de ahora, cuando empuñéis la espada, recordad que vuestra mano también puede pensar y decidir y que, a veces, puede actuar por su cuenta, como si fuese un soldado más que os defiende, sin que se lo hayáis ordenado —sonrió—. Ésta es la voz de la intuición.

Sentía cariño por aquel niño. Era listo y despierto. Sería un gran rey. Tenía ganas de abrazarlo, de atraerle hasta su pecho y estrujarlo con fuerza, como al hijo barón que nunca tuvo.

Aún sonreía cuando, de pronto, se puso tenso. Su instinto, habituado a mantener una parte del cerebro siempre alerta, le gritaba que algo no andaba bien.

—Debemos regresar al castillo —dijo, sin dejar de escuchar el susurro del viento.

—Todavía no hemos cobrado ninguna pieza —se quejó Jaume.

—Sí. Y no deja de ser extraño —respondió él, mientras centraba toda su atención en los sonidos que le llegaban. O mejor dicho: los sonidos que no podía escuchar, porque aquella ausencia era lo que le había alertado—. El pájaro ha dejado de cantar —comentó en voz baja.

—¡Es cierto! —exclamó Jaume.

Si por lo menos llevase consigo la cota, la malla de hierro. Sin embargo, no disponía de defensa alguna, ni para el cuerpo ni para el caballo. El arnés no tiene sentido cuando vas de cacería, porque impide muchos movimientos, pero la malla es más ligera y ofrece una mínima protección en caso de peligro. Un error que ahora podía pagar muy caro, si no se andaban con cuidado.

—Dirijámonos hacia los caballos y no os separéis de mí —ordenó, sin apartar la mirada de los matorrales de la orilla opuesta, y le quitó el arco y el tubo de las flechas. Si alguien rondaba, aquél era el lugar ideal para espiarles y el punto perfecto para hacer blanco.

Andaban lentamente y Lluís obligaba a Jaume a esconderse detrás de su cuerpo de gigante. Presentía el momento, porque sabía que llegaría y también sabía que, poco antes, un movimiento delataría las intenciones de quien les observaba.

Cinco pasos les separaban de los caballos cuando una rama se movió. Lluís empujó a Jaume hacia los caballos y se agachó cuanto pudo.

La flecha voló a dos dedos de su cabeza. Entonces, con una rapidez inusitada, cargó el arco y disparó hacia los matorrales, cargó una segunda flecha y disparó de nuevo, a tientas, sin distinguir el blanco. Un grito apagado le dio a entender que había acertado y un hombre salió corriendo. Lluís se levantó y también echó a correr detrás de él, pero al cruzar el río cayó en un remanso que no había visto. Poco después el ruido de las pisadas de un caballo al galope se alejaba de aquellos parajes.

—¡Me has salvado la vida! —exclamó Jaume.

Pero Lluís no le escuchaba, sino que le empujó hacia los caballos y le ordenó subir, mientras él hacía lo mismo.

Galoparon hasta el castillo y, cuando Jaume ya se encontraba a salvo, Lluís, sin abandonar la silla, tomó la espada de un soldado, partió de nuevo y se dirigió al río.

Sólo un hombre, pensó al comprobar las huellas. Si hubieran sido más de uno, ahora ambos estarían muertos. Y se maldijo por haberse confiado. Él, que había demostrado que la vigilancia nunca era suficiente, había cometido un error terrible, imperdonable. Nunca más saldría sólo con el rey. Pero ahora quedaba un trabajo por hacer.


Caía la noche cuando las puertas del castillo se abrieron para dejar paso a Lluís que tiraba de un caballo y sobre la silla, atravesado, reposaba el cuerpo de un hombre.

Jaume permanecía en pie junto a Miravell, que miraba a Lluís y esperaba sus explicaciones.

—Sólo era uno, aunque no idiota. Ha seguido el curso del río para borrar su rastro —dijo Lluís. Estaba cansado.

—Veo que le has dado alcance —alabó Miravell.

—No habría podido hacerlo, si no le hubiesen detenido —contestó, y levantó la cabeza del infortunado para mostrar el corte de oreja a oreja que le cercenaba la garganta.

—¿Quién puede haberlo hecho? ¿Algún ladrón?

—Cuando le he encontrado, estaba tendido en el suelo y nadie lo había desnudado.

—Eso significa que eran más de uno.

—Sí, pero el otro o los otros no tenían idéntica misión. Supongo que, al verle herido y enterarse de su fracaso, han preferido deshacerse de él.

—Ha sido un grave error, salir solos —le recriminó Miravell, y Lluís bajó la cabeza.

—Has salvado la vida del rey —dijo Jaume y alargó la mano.

Lluís abrió los ojos de par en par, desconcertado, y no supo reaccionar.

—Un rey nunca da la mano, si no es a otro rey —se adelantó Miravell muy serio—. Son los nobles que extienden la mano desnuda para demostrar que no desean emplear sus armas y la muestran con la palma hacia arriba para ponerla al servicio de su señor.

—Extiende tu mano, Lluís, y yo te la tomaré —sonrió Jaume.

—Un rey nunca toma una mano que no sea la de otro rey —respondió Lluís, siguiendo el camino iniciado por Miravell—. Agacha la cabeza ligeramente y ya es suficiente. Sólo entre reyes se dan la mano, porque son iguales en dignidad y rehusarla sería una ofensa tan grave que se podría interpretar como una declaración de guerra. Pero los reyes no la extienden cara arriba, sino de lado, porque ambos son señores y ninguno de ellos está ni por debajo ni por encima del otro.

Entonces hincó una rodilla en el suelo y extendió la mano, con la palma hacia arriba. Jaume miró a Miravell, después se volvió hacia Lluís, asintió con la cabeza y se lanzó a los brazos del caballero.

—No le doy la mano —dijo, mientras apretaba con fuerza el cuello del caballero—. Pero abrazo al hombre más valiente de todo el reino y de toda la cristiandad.

Cuando se separaron, Lluís tenía lágrimas en los ojos.

# 7 - LAS DOS ÚLTIMAS LETRAS

**R**amón Berenguer acababa de cumplir once años. Dentro de poco Jaume tendría nueve y ésta era la fecha escogida para el combate que determinaría cuál de los dos preceptores había sido el más diestro.

El día anterior el castillo había recibido una visita que no era la primera vez que se presentaba, pero que en esta ocasión fue por sorpresa y diferente porque, al contrario de lo que era habitual, no le precedió carta alguna ni ningún mensajero, sino que Pere Auger, el noble que tenía a su cuidado al conde de Provenza, se plantó a las puertas de Monzón acompañado por dos escuderos y, además, acarreaba consigo todas las armas y llevaba colgada de la silla la coraza.

Maestro Guillem no se encontraba en Monzón y Auger departió mucho rato con Miravell. Nadie supo de qué hablaron, pero aquella noche Ramón Berenguer abandonó su habitación por la ventana, se enganchó a la pared del edificio de los dormitorios y se acercó hasta la ventana del dormitorio de Jaume. Ya lo había hecho en otras ocasiones, exponiendo su vida, valentía e imprudencia juvenil que exasperaba a su instructor, pero que poco podía hacer para evitarlo. El conde siempre aguardaba hasta bien entrada la noche, cuando los centinelas ya están cansados y su atención disminuye, y su agilidad le permitía moverse como una lagartija que se pega a las rendijas del muro en medio del más absoluto silencio.

—¡Jaume! —susurró en la quietud de la noche.

El rey se despertó y abandonó la cama para acercarse hasta la ventana y ayudarle a entrar.

—¿Te ha visto alguien?

—Son una pandilla de tontos —menospreció Ramón a los centinelas.

—¿De qué vas vestido? —preguntó Jaume al ver la zamarra medio rota del conde.

—De campesino. Esta noche abandono el castillo.

—¿Adónde vas?

—Regreso a Provenza. Dentro de un rato vendrá a buscarme Pere Auger. Un barco me aguarda en Salou, pero no quería partir sin despedirme.

—¿Por qué te marchas?

—Auger ha comunicado a Miravell que quieren arrebatarme el condado y las tierras, pero mi instructor no puede dejar que abandone el castillo sin el permiso de maestro Guillem. Por eso tengo que escapar —se quedó en silencio, un instante, triste—. Debo regresar a mi casa.

—Entonces, no podremos batirnos, tú y yo —musitó Jaume, y escondió el rostro para ocultar la lágrima que amenazaba con saltar.

—No —negó Ramón con fuertes movimientos de cabeza. Después sonrió divertido—. ¡Qué más da! Ya habíamos convenido que ninguno sería el vencedor... —recuperó la gravedad—. ¡Bien! He de irme —encogió los hombros para mostrar que le sabía mal, pero que poco podía hacer para corregir y enmendar una decisión que él no había tomado.

Se abrazaron y ambos lloraron.

—Tú también deberás irte pronto —le dijo el conde— Auger dice que el regente Sancho quiere atacar Aragón. También dice que la única forma de impedirlo es que te sientes en el trono.

—No puedo. Aún no he concluido mi instrucción.

—Yo tampoco, pero ya ves, he de partir —levantó las cejas y las palmas de las manos Ramón—. Nuestros padres han muerto y nosotros debemos sustituirles.

Suspiró y se dirigió hacia la ventana para desandar el camino y regresar a su habitación. Le dolía tener que separarse de su compañero. Verdadero compañero y gran amigo, a pesar de que Miravell había intentado enfrentarlos y convertirlos en rivales, mientras que Lluís no paraba de repetir a Jaume: «No sois enemigos, sino que uno es una prueba para el otro y, por lo tanto, tenéis que sentiros agradecido».

Sin embargo, se veían de noche y jugaban juntos. En la mesa, cuando no les vigilaban, intercambiaban confidencias y era cierto que habían decidido que ellos no servirían para determinar cuál de los dos caballeros era el mejor instructor. Habían acordado que simularían un combate con las espadas de madera y acabarían extenuados, pero sin que hubiese ni vencedor ni vencido.

En el instante en que Ramón cruzaba el alféizar, Jaume le detuvo.

—Siempre te llevaré en mi corazón —exclamó.

—Y yo también —respondió Ramón y se abrazaron otra vez—. Si necesitas hombres, házmelo saber y yo los escogeré especialmente para ti y te los enviaré. Eres mi rey y señor. Dios os guarde de todo mal y os conceda su bendición —empleó el tratamiento real en la última frase e hizo una reverencia, antes de emprender el camino de regreso.

Jaume se secó las lágrimas y adoptó una postura digna. Pero no pudo reprimirse y echó a correr hacia la ventana para despedirse una vez más de su amigo y compañero.

—Que Dios te guarde, noble conde de Provenza —dijo en voz baja, y Ramón asintió con la cabeza.

Poco después desaparecía por la ventana de su habitación.


A la mañana siguiente Miravell, al contrario de lo que Jaume había imaginado, no estaba enfadado. Se había opuesto a la partida del conde de Provenza porque era su deber, porque aquella decisión no le concernía. Curiosamente, aquella noche no hubo tanta guardia. Además, unos días después, cuando llegó maestro Guillem y escuchó que Ramón había huido, tampoco dijo nada.

Muy distinta fue la reacción del regente, que no aceptaba, de ninguna de las maneras, que aquel mozalbete hubiese contravenido sus deseos y hubiera hecho caso de Pere Auger. El peligro no era tan grande y, si lo fuese, él ya habría defendido sus tierras, no cesaba de repetir y de bramar.

—¿Acaso en este reino nadie escucha mi voz? —gritó y estrelló su puño sobre la mesa, asustando a sus servidores.

*** ***

Jaume cumplió nueve años y al día siguiente Lluís no le condujo al rincón del corral, sino que se lo llevó a la capilla de Santa María y allí se sentó en uno de los bancos y le rogó que hiciera lo mismo.

Sin mirarle, con los ojos clavados en la imagen de la Virgen, Lluís comenzó a hablar.

—Habéis aprendido a dominar el miedo, la energía y las emociones. Habríais vencido a Ramón, sin duda, pero ahora es preciso que aprendáis que el pensamiento ha de estar por encima de las emociones —explicó—. Si pronunciáis la letra e, sentiréis que la cabeza os tiembla y que las paredes del cráneo os devuelven su sonido. El pensamiento es como la sabia de un árbol. Arranca de las raíces y sube por el tronco para abrirse hacia las ramas y regar las hojas y las flores, que han de convertirse en frutos. Si la sabia encuentra impedimentos, no habrá frutos. Por eso hemos de aprender a pronunciar esta letra, para entender qué significa no oponer resistencia.

—Eeeeee… —pronunció el niño, con los ojos cerrados, sin esperar a que Lluís se lo ordenase. Algo en su interior, muy dentro, le decía que el tiempo se agotaba y que cada paso, en aquellos momentos, era decisivo. A esta conclusión había llegado la misma noche que Ramón se marchó y desde aquel mismo instante sus cinco sentidos permanecían perpetuamente alerta.

Cuando la necesidad aprieta, el entendimiento se abre y capta todo lo que es preciso. Sólo nueve años, edad más que suficiente para despertar la capacidad de discernir y entender todo lo que nos rodea.

—Eeeeee… —se le sumó la voz de Lluís—. Es como un cántico que se eleva por encima de la tierra y nos acerca a Dios. Porque el pensamiento y la inteligencia nos distinguen de los animales y nos convierten en hijos de Dios —seguía hablando con voz dulce—. Ésta es la letra más natural. No tenéis que forzar los labios, no tenéis que mover un sólo músculo, ni siquiera tenéis que realizar el menor esfuerzo para expulsar el aire de vuestros pulmones. Sale solo y arrastra el sonido, mientras el pensamiento actúa con entera libertad.

—Eeeeee… —seguía pronunciando el rey niño, pero no se perdía ni una sola de las palabras de Lluís.

A partir de aquel día, Jaume, siguiendo las instrucciones del caballero, cada noche, antes de dormir y justo después de rezar sus oraciones, cerraba los ojos y repetía, una por una, las cuatro letras y añadía la quinta, sin aún conocer su significado ni su utilidad. Pero, cuando menos, notaba que su cuerpo ya no temblaba, sino que permanecía quieto para dejar que algo, dentro de su cerebro, empezase a vibrar.

Y a partir de aquel día dejaron de visitar el corral, se dirigieron al patio de armas, que había sido territorio de Ramón y de Miravell, tomaron posesión de él, los niños no acudieron más al castillo y los entrenamientos se intensificaron hasta el extremo de que cada noche el pobre muchacho llegaba a la cama y dormía profundamente hasta la mañana siguiente. Sin embargo, nunca olvidaba llenar su habitación con los sonidos de las vocales.


Un día, cuando llegó al patio, después de haber oído misa y de haber desayunado, vio que los soldados estaban ocupados en acabar un muro, apilando piedras sobre piedras y siguiendo las instrucciones precisas que Lluís les daba.

Unos pasos más allá, en el suelo, había cinco piedras del tamaño de un puño.

—¿Sabéis qué es un fundíbulo? —preguntó Lluís, y el rey negó con la cabeza—. Es una máquina de guerra formada por una doble viga. En un extremo hay una cuchara donde se coloca una piedra. Se tensa una cuerda y se suelta. Entonces, por medio de un contrapeso, la piedra sale disparada —explicó Lluís y, entonces, Jaume recordó que había visto uno en Montpellier, cuando era un tierno infante, y que le había sorprendido mucho, y asintió—. Imaginad que vuestro brazo es como uno de ellos. Los de verdad, evidentemente, son mayores y lanzan piedras o bolas de fuego o cualquier objeto que pueda herir —le explicó Lluís—.

Pero como los muros también son mayores que éste, imaginaremos que representa la muralla de un castillo y que vos tenéis que entrar y conquistarlo, pero sólo disponéis de cinco piedras para abrir una brecha lo bastante grande como para que no tengáis que saltar por encima, sino que podáis entrar paseando —entonces señaló a los hombres que habían levantado el muro—. Pensad que, si os veis obligado a escalar, los soldados que hay detrás os apalearan. Mientras que, si sois rápido, no podrán nada contra vos, porque antes de atacar deberán contar hasta cinco, que es el tiempo que tardarán en reponerse de la sorpresa.

Jaume observó aquel muro y a los soldados que le aguardaban con varas finas con las que le pegarían si le alcanzaban. Silbó. Sabía que los soldados no se privarían de propinarle unos cuantos latigazos, porque Lluís, cuando daba una orden...

De manera que tomó la primera piedra y la lanzó con todas sus fuerzas contra el centro del muro, que no se movió. Ni siquiera tembló.

—Os quedan cuatro —le advirtió Lluís—. Y después deberéis entrar, como sea.

Se había precipitado, meditó. ¡Miedo, vete!, exclamó Jaume con la voz interior. No tenía que pensar en lo que pasaría cuando entrase. ¡Fuerza, ven a mí!, apretó los labios y los puños. Y, entonces, se relajó. Ningún sentimiento, ninguna emoción podía estorbarle. Los muros siempre son más fuertes en la base y menos en la parte alta.

Cogió una segunda piedra y apuntó arriba. En esta ocasión el proyectil se estrelló contra una de las piedras y la movió hasta casi derribarla. Sonrió satisfecho.

Agarró la tercera y apuntó hacia el mismo lugar. La piedra cayó y estuvo a punto de arrastrar otra, que se tambaleó.

Buscó la cuarta y alzó la mano, pero, de pronto, se detuvo. Sólo le quedaban dos y, aunque acertase, tendría que escalar y los soldados contarían hasta cinco y le propinarían una buena paliza.

Cinco piedras. Sólo cinco. ¿Por qué?, se preguntó, y miró al caballero, que no hacía ningún gesto, sino que permanecía impasible, como el espectador mudo y silencioso.

Cinco piedras y cinco vocales. ¿Hay alguna relación?, meditó.

Había lanzado la del miedo, que siempre es un entorpecimiento, y no había conseguido nada; había lanzado la de la energía, que golpea con fuerza, y había movido una piedra del muro; había lanzado la de las emociones y el impacto había sido más preciso y más efectivo. ¿Y ahora? Lluís le había enseñado las tres primeras vocales con un arma en la mano, pero la cuarta la pronunció en la capilla, sin nada en las manos. De manera que bajó el brazo y reflexionó.

La cuarta es el pensamiento y, hasta entonces se había centrado en atacar. Sólo en atacar. Si Lluís le había dado cinco piedras y le había explicado cuatro vocales, significaba que aquella cuarta era demasiado importante como por lanzarla sin meditar.

Entonces observó con atención el muro, piedra a piedra, sin dejarse ninguna, hasta que lo descubrió. En la parte derecha, al final, había una piedra más pequeña y puntiaguda que soportaba toda la estructura, pero sólo por un punto. Si acertaba, todas las demás caerían.

Respiró hondo, alzó la mano, apuntó con precisión y esperó hasta que una voz interior le gritó: ¡Ahora!

Instantes después, Jaume saltaba por encima de las piedras que habían caído y entraba victorioso en el castillo imaginario.

—¡Todavía me sobra una! —gritó desde lo alto de una piedra, con los brazos levantados y los puños cerrados.

118

—Guardadla, porque siempre hay que disponer de un arma en reserva —aplaudió Lluís.

*** ***

Unos meses más tarde Lluís se encontraba con el rey y le enseñaba a sostener la lanza cuando maestro Guillem le mandó llamar. Dejó a Jaume que ya empezaba a mantener derecha la lanza, bien horizontal, prieta entre el brazo y la axila, aunque no mucho rato, y siguió al soldado. Los progresos habían sido espectaculares, pero aún quedaba mucho camino por recorrer.

Cuando entró en la sala de los caballeros, que servía a maestro Guillem para recibir a los visitantes ilustres, vio a Miravell y a Eixemén Cornell. Ambos tenían cara de circunstancias y su superior permanecía en pie y de espaldas, mirando por la ventana.

—Siéntate —ordenó, y Lluís tomó asiento junto a los otros dos caballeros. Entonces, maestro Guillem se dio la vuelta y les miró, uno a uno—. El regente Sancho viene hacia aquí. Pretende atacar Huesca y hacerse con Montaragón para tomar el reino de Aragón.

—¿Con qué cuenta?

—Pedro Ahonés le espera en Lleida. El conde ha partido con Arnaldo Palacín, Bernardo de Benavente, Blasco Maza, Atorella y Eixemén de Urrea.

—¿Ahonés no había jurado fidelidad al rey? —preguntó Lluís.

—El regente no va contra el rey, sino contra el abad de Montaragón. Además, Pedro Ahonés es joven y ambicioso y no tiene muchas tierras. De manera que servirá a quien le prometa la mayor recompensa.

—Eso significa que no es fiel a Sancho, sino que se le puede comprar. Proponedle un precio y negociad —dijo Lluís.

—Ahora no es momento de negociar, sino de tomar decisiones rápidas y certeras —intervino Eixemén.

—¿Qué sucedería si el rey se pusiera al frente de un grupo de caballeros leales? —preguntó maestro Guillem.

—¿Como quién? —preguntó Lluís.

—Guillem de Cervera ya está en camino.

—¿Y quién más?

—Yo —dijo Eixemén.

—Sólo tiene nueve años —apuntó Miravell.

—¿Está preparado? —preguntó maestro Guillem a Lluís.

—Sólo Dios puede decirlo con certeza —negó Lluís con la cabeza—. Es valiente y osado, no teme a nada, pero carece de experiencia y justo hemos comenzado con la lanza. No puede entrar en combate.

—No participará —respondió maestro Guillem—. Le llevarán con ellos para legitimar la defensa, pero no dejarán que luche. Nuestros informadores nos han dicho que Sancho se detendrá en Selgua. Dice que quiere hablar con el rey, pero yo me temo que desea apresarlo. Eso aún le otorgaría más fuerza ante el conde Fernando.

—¿Y vos queréis enfrentaros al regente?

—Son demasiados —negó Eixemén—. Nos dirigiremos a Huesca. Si allí ven llegar al rey, se le unirán y Sancho lo tendrá más difícil.

—¿Y cómo reaccionará Fernando? ¿No aprovechará para tomar al rey y hacerlo su prisionero? —inquirió Miravell—. Es un error. ¿Con qué cuenta el rey?

—Pedro Ferrandes y Rodrigo Lizana también están dispuestos a apoyarle, siempre que el abad de Montaragón dé su consentimiento —insistió Eixemén.

—Es una locura —negó Miravell.

—Por eso hay que llegar a Huesca. Si la ciudad le recibe con honor, Fernando no tendrá más remedio que aceptarle.

—Es arriesgado, pero, tal vez, es la única oportunidad que tiene el rey Jaume —afirmó Lluís.

—¿Y tú, qué harás? —preguntó Miravell.

—No puede acompañar al rey —respondió maestro Guillem, antes de que Lluís despejase los labios—. Si Fernando le ve, no ayudará a Jaume. Y yo tampoco puedo acompañarle, ni tú ni ninguno de nuestros caballeros. Soy el maestro de los templarios de Aragón y de Cataluña y, si me mantengo al margen, todos ellos también se mantendrán. Si tomo partido por alguien, los templarios se dividirán y se desencadenará una guerra interna como jamás ha habido otra.

—Mañana tendremos entre nosotros a Guillem de Cervera, y que Dios nos ayude —dijo Eixemén.


Aquella noche Lluís fue a ver al rey a su habitación. Durante toda la tarde Jaume había estado reunido con maestro Guillem y había entendido que la predicción de Pere Auger, revelada por Ramón, se había cumplido. Debía abandonar Monzón y subir los escalones que conducen al trono. En caso contrario, Cataluña atacaría a Aragón y el reino quedaría dividido de nuevo y todo se perdería.

Cuando Lluís entró en la habitación del rey, Jaume aún no se había desnudado. Había echado al hermano Bernardo, que no se había atrevido a protestar, porque la voz del rey niño era firme y decidida.

—Falta una letra y, por lo menos, dispondréis de una base para enfrentaros a las duras pruebas que os han sido reservadas —dijo el caballero.

—La i —respondió Jaume.

—La i —asintió Lluís—. Ella representa la espiritualidad y con ella tenéis que contar si queréis vencer. Recordad que el miedo es el agua y hay que echarlo fuera con la letra u. El miedo se esconde en los intestinos y deja la lengua seca, porque gobierna las aguas y no hay nada más húmedo que la propia lengua. Entonces, cuando el miedo se apodera de nosotros, el gusto se vuelve amargo. Nunca retrocedáis en combate, porque vuestros hombres os estarán observando y harán lo que os vean hacer a vos, pero sabed que vuestra es la decisión de aceptar el reto y lanzaros adelante. De manera que meditad bien antes de dar la orden de atacar. La energía la encontraréis en la letra a, que gobierna la piel y el tacto, porque es como la tierra, que todo lo sostiene y proporciona fuerza a las plantas que alimentan a los animales y a las personas —explicó, como resumen de todas sus enseñanzas, en un desesperado intento por legarle los últimos consejos—. La o domina las emociones, que son el fuego que arde en nuestro interior. Y las emociones tienen su sentido en la nariz, porque son como los olores. Primero muy fuertes y, después, poco a poco, se adormecen. Por la nariz es por donde respiráis y la respiración es lo primero que se altera cuando hay emociones. Por eso hay que dominarlas con la letra o y dejar que fluyan lentamente para apagar el deseo que todo lo descompone. Ya sabéis que la mente os permitirá emplear la energía de la manera más adecuada y que no tenéis que hacer ningún esfuerzo para permitir que el pensamiento vuele libremente. Aquí es la letra e, y se dirige hacia los ojos, que son las ventanas por las que recibís la información que os permitirá descubrir y decidir. Finalmente, nos queda la letra i, la más alta, la más elevada y que se dirige hacia nuestro oído, porque una vez sepáis escuchar vuestra voz interior habréis alcanzado el grado de meditación —se quedó callado un momento, y preguntó—: ¿Entendéis lo que quiero decir?

—Creo que sí —contestó Jaume—. Hay cinco sentidos: el gusto, el tacto, el olfato, la vista y el oído. De la misma forma que hay cinco escalones que me conducirán al trono: el miedo, la energía, las emociones, el pensamiento y el espíritu. He de trepar por cada uno de ellos y dominar lo que representan. Y cada escalón corresponde a un elemento distinto: el agua, la tierra, el fuego, la madera y el aire. Por eso me has enseñado cinco sonidos diferentes, cinco vocales que dominan cada escalón: la u, la a, la o, la e y la i.

—Nunca he tenido un discípulo como vos —inclinó ligeramente la cabeza en una pequeña reverencia—. Estáis preparado para ser un gran rey. Seguid los consejos de maestro Guillem e id a Huesca. Si allí vencéis, Aragón y Cataluña serán vuestras, tal como os corresponde.

—¿Tú no me acompañarás? —preguntó Jaume con tristeza.

—Me gustaría hacerlo, pero mi camino es otro —respondió Lluís, también con tristeza.

—¿No volveremos a vernos?

—Dios siempre deja una puerta abierta. Si él ha decidido que hemos de encontrarnos de nuevo, así será.

Jaume, con lágrimas en los ojos, abrazó a Lluís, el hombre que le había salvado la vida, el preceptor que le había enseñado a mantener bien derecha la espada, a disparar la flecha y a montar a caballo. Pero todavía había hecho más. Le había enseñado que un rey es rey porque es capaz de trepar hasta al trono.

Lluís también le abrazó y, después, se retiró un par de pasos hacia atrás, hincó la rodilla en tierra y alargó la mano, tendida y hacia arriba. Jaume levantó la barbilla y mantuvo la cabeza bien erguida. Entonces la inclinó ligeramente, para dar a entender que aceptaba la mano desnuda.

Tenía poco más de nueve años. ¡Y era el rey! Digno y orgulloso, hizo un gesto con la mano para ordenar a Lluís que se alzase.

—Me has enseñado muchas cosas, me has salvado la vida y te estoy profundamente agradecido —dijo, con las manos a la espalda—. Pide cuanto quieras y te lo concederé.

—Sois un gran rey, noble y valiente como nunca ha habido otro, y mi mejor regalo es serviros. Lástima que no puedo enseñaros nada más, porque no hay tiempo. A partir de ahora tendréis que apañaros solo. Escuchad los consejos de Eixemén. Es prudente e inteligente y siente gran afecto por vos —sonrió Lluís—. Yo sólo formularé una petición y deseo que la respetéis, aunque no la entendáis.

—Sea lo que sea, ya te he dicho que tienes mi palabra —contestó el rey.

—No pronunciéis jamás mi nombre. Si explicáis a alguien lo que os he enseñado, no le reveléis de dónde ha partido.

—¿Esto es todo?

—No. Tampoco debéis pedirme nunca que os explique nada sobre mi pasado —añadió Lluís.

—¿Por qué?

—Ya os he dicho que no hay razones ni explicaciones, sólo una petición.

—¿Y mi gratitud? —preguntó Jaume, extrañado—. ¿Cómo sabrán los demás todo cuanto has hecho por mí?

—Vuestra gratitud está en vuestro corazón, y con eso ya tengo más que suficiente —sonrió el caballero—. Los demás no tienen porqué saber nada.

—Será como tú quieres, porque te debo la vida —afirmó el rey con fuertes movimientos de cabeza. Se dirigió hacia la cama y sacó de debajo una caja donde él guardaba sus pertenencias. La abrió, tomó la daga sarracena con la piedra roja en el puño y se la entregó—. Si algún día llega a mis manos este puñal, significará que tú me necesitas y yo acudiré de inmediato, aunque sea al fin del mundo.

Lluís tomó la daga de manos del rey. Ya había cumplido su función y había llegado el momento de separarse.

# 8 - ¿HACIA DÓNDE SOPLA EL VIENTO?

Maestro Guillem, desde la muralla, contemplaba las tierras áridas del sur cuando se le unió Miravell.

—Quizás deberíamos salir en persecución de Lluís.

—He enviado a un cordero en medio de los lobos —respondió maestro Guillem ignorando las palabras de Miravell—. Que Dios me perdone.

—Eixemén cuidará de él.

—¿Y quién cuidará de Eixemén, cuando descubra el poder que le ha caído en las manos? Jaume sólo tiene nueve años y harán con él lo que quieran.

—¿Existía otra solución?

—No lo sé —meneó la cabeza a derecha e izquierda, y siguió contemplando el llano—. Teníamos que salvar el reino y hemos sacrificado a un niño. Que Dios me perdone.

Miravell guardó silencio. Sabía muy bien que las palabras de maestro Guillem eran el reflejo de una realidad innegable.

—¿Qué hacemos con Lluís? —preguntó.

Maestro Guillem se volvió hacia él. Debía tomar una decisión. ¡Otra más! Había dormido mal, se había levantado tres veces para rezar y se sentía cansado.

—Sí, sería bueno salir tras él —dijo, finalmente, y volvió a contemplar a los soldados que permanecían en el llano—. ¿Crees que así el regente se calmará?

—Por lo menos, los hombres que ha dejado le informarán de nuestros movimientos.

—Escoge seis escuderos y dirígete al sur. Y que Mateo escoja seis más y se dirija al norte.

—Lluís se ha llevado el mejor de nuestros caballos.

—Es muy listo. Tan listo que, posiblemente, no le demos alcance —y levantó los ojos para clavarlos en los del Miravell, que asintió lentamente. Se habían entendido muy bien.

Un rato después maestro Guillem vio a los jinetes que abandonaban el castillo, descendían por la pronunciada cuesta, se dividían en dos grupos y desaparecían por el horizonte.

La noche anterior había llamado a Lluís y le había dicho:

—El rey es capaz de saltar y de correr, pero no disponemos de más tiempo. No puedo negar que has hecho cuanto estaba en tu mano y también has hecho honor a tu palabra de caballero —se había quedado mirándole—. ¿Crees que habría vencido a Ramón Berenguer?

—Las apuestas estaban muy igualadas —le había respondido Lluís—. El conde de Provenza tenía un buen maestro.

—Aún así, yo habría apostado por Jaume.

Y ya no volvió a verle. Miravell le había despertado cuando se alzaban las primeras luces del alba.

—Lluís ha desaparecido —le había informado.

—¿Hace mucho?

—No lo sé.

Entonces se había levantado y se había acercado a la ventana. Una pequeña nube de polvo se alzaba en el horizonte.

—Hoy habrá viento —había dicho, aunque no soplaba ni una ligera brisa.

—Creo que no —había respondido Miravell—. Es algún peregrino que se dirige hacia el sur.

—¿Llevará bastante agua y alimento?

—Suficiente para llegar a donde quiere ir —contestó Miravell y, al ver que su superior se quedaba mirándole, añadió —: Supongo.

Cuando Arnaldo de Palacín, horas después, se presentó a las puertas de Monzón, el sol ya era firme. Quería hablar con el rey, comunicó a maestro Guillem. Traía un mensaje del conde Sancho. Pero Jaume no estaba.

—Desapareció ayer por la mañana —le informó maestro Guillem.

Y después, cuando había preguntado por Lluís de Estemariu, y le había respondido que tampoco se encontraba entre ellos, que también había desaparecido, Arnaldo de Palacín se puso hecho una furia. No podía creérselo y exigió registrar el castillo.

—¿No os fiáis de mi palabra de caballero?

¡Evidentemente, no!

Finalmente, tras registrar hasta el último rincón, se había marchado muy enfadado, pero había dejado unos hombres abajo, en el llano, para que vigilasen el castillo, quién entraba y quién salía, y envió patrullas a los cuatro vientos para descubrir hacia adónde se habían dirigido, tanto el rey como Lluís de Estemariu.

—Maestro Guillem, no quedaréis en buen lugar ante el regente —le dijo Miravell, cuando el caballero Arnaldo salió.

—Tienes razón. Últimamente lo pierdo todo. Debe de ser cosa de la edad —respondió maestro Guillem y se dirigió a la capilla. Sentía la necesidad de rezar.

*** ***

El llano acogía las tiendas de los caballeros y una ligera niebla las convertía en seres fantasmagóricos. Hacía fresco. Arnaldo de Palacín encontró el conde de Rosellón sentado ante una mesa llena de viandas de todo tipo y una jarra de vino. Estaba en compañía de Atorella, Pedro Ahonés, Eixemén de Urrea, Bernardo de Benavente y Blasco Maza y era la hora de cenar.

—Has tardado mucho en regresar —dijo el conde, alzando los ojos para contemplar la figura gallarda del caballero con su armadura brillante—. ¿Cuál es la respuesta?

—No hay respuesta, porque no hay rey —contestó Arnaldo y le devolvió la carta que Sancho había escrito aquella misma mañana—. En el castillo de Monzón sólo está maestro Guillem y sus caballeros. El rey ha huido en compañía de Guillem de Cervera.

—¿Hacia dónde ha huido?

—Maestro Guillem dice que no lo sabe —encogió los hombros Arnaldo—. Parece que ayer el rey abandonó el castillo sin que nadie le viese y se unió a los caballeros que le esperaban en el pueblo. Pero he enviado hombres por todos los caminos y hay noticias de Berbegal. Por allí han pasado unos caballeros y llevaban el estandarte real.

—Han rechazado la batalla —murmuró el conde, pensativo—. ¿Y ahora hacia dónde se dirigen? ¿Hacia Huesca?

—Si salimos tras ellos, todavía podemos darles alcance —sugirió Atorella—. Seguro que se han detenido para descansar y que no nos esperan.

El conde Sancho se quedó en silencio. ¿Cuál tenía que ser el siguiente paso?, meditaba. Si Jaume se dirigía a Huesca, Fernando le apresaría y entonces... ¡Sí, excelente idea!, se rascó la mejilla. Él se convertiría en su defensor, el regente que lo rescataría de manos de quien ambicionaba el trono y no cesaba de hacerle reproches sobre sus actuaciones. Aquello, bien mirado, era un verdadero golpe de fortuna, porque ahora dispondría de un buen motivo para enfrentarse al abad de Montaragón y de una buena excusa para justificar su presencia en aquellos parajes. Había venido a salvar al rey.

—No hay prisa —negó, y tomó una copa de vino para brindar por su suerte—. Dejemos que llegue a Huesca —exhibió una pequeña sonrisa. Después se puso serio—. ¿Y qué sabemos del otro, de Lluís de Estemariu?

—Tampoco estaba en el castillo. Esta mañana había desaparecido...

—Y nadie sabe hacia dónde se ha dirigido —acabó la frase Bernardo de Benavente—. Por lo que se ve, todos desaparecen en mitad de la niebla y nadie ve nada de nada.

—Tampoco tenemos que preocuparnos —dijo el regente—. Ya le atraparemos cuando sea el momento. Pero, por si acaso, envía un mensajero a Lleida y que salgan en su busca por todos los caminos. Hacia el norte y hacia el su. Ese diablo es difícil de predecir. ¡Y si me lo traen muerto, es igual!

—¿Y nosotros, qué hacemos? —preguntó Pedro Ahonés.

—Hartarnos de comer y descansar. Nos esperan días muy ajetreados y... aún más interesantes —sonrió el conde y escogió una pata de pollo para hincarle el diente.

*** ***

El soldado observó la nube de polvo que se alzaba en el horizonte y poco después pudo distinguir los caballos que se dirigían hacia dónde se encontraba él. Por lo bajo doscientos hombres contó, y dio la alarma que se extendió por todas las murallas de Montaragón y alcanzó el despacho del abad.

—¿Quiénes son? —preguntó Fernando, mientras se acercaba a la ventana.

—Eixemén Cornell y Guillem de Cervera —informó el oficial—. Llevan consigo el estandarte real, monseñor —añadió.

—¿Jaume está con ellos? —exclamó, sorprendido.

—Eso parece, señor.

—¿Qué intenciones traen? —preguntó el secretario, que había entrado con el oficial.

—Ya nos las comunicaran —respondió Fernando, sin apartar la mirada de la llanura.

La hueste se detuvo en la falda de la colina y un caballero se adelantó, trepó por el largo camino que rodeaba las murallas y se plantó frente a la puerta del castillo, entre las dos torres. El camino, en el tramo final era estrecho. A un lado, la muralla, y al otro, el barranco. No portaba armas, pero sí el arnés, aunque no llevaba la cabeza cubierta con el yelmo, el casco de hierro.

—Nuestro señor el rey Jaume envía sus saludos y deseos de larga vida y salud a su tío, monseñor Fernando, y ruega de su hospitalidad que quiera acogerle, a él y a sus acompañantes — gritó el caballero.

Desde lo alto de la torre, el abad escuchó las palabras.

El oficial no se había equivocado con el recuento de las tropas. Doscientos hombres, por lo menos. Y bien armados. Una negativa significaría un asedio. No es que le preocupase demasiado, porque aquella fortaleza era inexpugnable, pero más valía emplear las armas de la diplomacia. Además, Jaume era un niño que todavía no había cumplido los diez años. Sería fácil jugar con él.

—Decidle al rey Jaume, mi estimado sobrino, que la iglesia siempre acoge a los hombres de buena voluntad y que será un honor tenerle entre nosotros —respondió, y ordenó—: ¡Abrid las puertas!

No había empleado la misma fórmula que el caballero y no había dicho «nuestro señor el rey», sino tan sólo «el rey Jaume, mi estimado sobrino». Había que jugar bien las cartas.

El jinete se fue y las puertas de Montaragón se abrieron para dejar paso a Jaume acompañado de Guillem de Cervera y Eixemén Cornell y cincuenta jinetes más que les seguían y que hubieron de entrar en fila, de uno en uno, mientras el resto montaba las tiendas.

En medio del patio, rodeado por las construcciones adosadas a la muralla, les aguardaba monseñor Fernando, de pie y majestuoso, vestido con un hábito de rica tela, un sombrero que le protegía del sol y las manos cruzadas sobre el pecho y enfundadas en guantes, que mostraban el anillo, símbolo de su posición.

Jaume detuvo su caballo delante del abad y abandonó la silla al mismo tiempo que sus caballeros. Lucía una cota de malla de hierro y un almófar que le iba grande. Era la única pieza que, dadas las circunstancias y la premura del viaje, habían encontrado para proteger el cuerpo del rey, por si acaso tenían que entrar en combate.

Fernando alargó la mano, con la palma hacia abajo, avanzando el anillo, y el niño la tomó, pero no hincó la rodilla ni lo besó, sino que se lo acercó a la frente y agachó ligeramente la cabeza. Tenía muy en cuenta las palabras de Eixemén Cornell: «Si hincáis la rodilla significa que estáis por debajo de él. Si besáis el anillo reconoceréis que su poder es mayor que el vuestro. Aún así, debéis de plantar vuestra frente en señal de respeto».

El abad inspiró lenta y profundamente y apretó los labios. Retiró la mano y miró al niño que no llegaba dispuesto a ser su vasallo, sino el señor de todas aquellas tierras. Pero, inmediatamente, sonrió.

—Sed bienvenido a la casa del Señor. Seguramente llegáis cansado y he ordenado que preparen comida y bebida.

—Agradecemos vuestra hospitalidad y compartiremos gustosamente la mesa con vos —respondió Jaume.

El abad le dio la espalda y empezó a andar hacia el edificio principal, pero Jaume no le siguió. Fernando se detuvo desconcertado. Entonces entendió la quietud del niño, miró a Eixemén, que permanecía en silencio y serio, se apartó e hizo un gesto para invitar al rey a que pasara delante de él. El monarca se puso a la altura de Fernando y le invitó a caminar a su lado.

Gozaba de buenos consejeros, sin duda, pensó Fernando. La iniciativa, evidentemente, le habían dicho que tenía que ser suya y que era él quien otorgaba los honores, porque él era el rey.

El abad volvió a mirar a Eixemén y afirmó lentamente con la cabeza. Sí, el rey tenía buenos consejeros y les escuchaba. Valía la pena saber de qué lado sopla el viento.

*** ***

El caballo relinchaba cuando se detuvo frente a la tienda del regente, que nada más escuchar el sonido de las pisadas y la voz del oficial que ordenaba al jinete que se detuviese, salió acompañado por Pedro Ahonés y Blasco Maza. El soldado descabalgó e hincó una rodilla en el suelo. El conde Sancho hizo un gesto arisco con la mano para que se levantase.

—Monseñor Fernando ha reconocido al rey, que ha entrado en Huesca, donde le han acogido con grandes muestras de alegría. Por las calles gritaban su nombre y... —dudó.

—¿Y qué más? —inquirió el conde.

—Proferían insultos contra vos. Dicen que no habéis hecho nada por ellos y que no merecéis ser el regente —dijo con timidez el soldado.

—El malparido de Fernando —murmuró entre dientes Sancho.

—Rodrigo Lizana y Blasco de Alagón han jurado fidelidad al rey, que ayer abandonó Huesca al frente de más de trescientos hombres.

—¿Se dirige hacia aquí? —preguntó Pedro Ahonés.

—No. Va camino de Zaragoza.

El conde Sancho dio media vuelta y entró en la tienda. Aquel giro inesperado le dejaba en mala situación y le cercenaba toda posibilidad de seguir adelante. Blasco Maza también entró, y Pedro Ahonés miró al soldado.

—¿Le acompaña monseñor Fernando? —preguntó.

—No. Monseñor se ha quedado en Montaragón, pero le ha dejado treinta hombres.

Treinta hombres, meditó Pedro Ahonés. Ellos sumaban cuatrocientos, bien armados y dispuestos, pero Jaume ya sobrepasaba los trescientos y conseguiría más en Zaragoza. Un error de cálculo por parte del conde Sancho que cambiaba netamente la situación. O luchaban o el regente tendría que dimitir, porque era evidente que Aragón, el reino entero, se uniría al rey. El abad de Montaragón no era ningún idiota y había sabido escoger.

Quizá había llegado el momento de tomar decisiones, si quería acabar en el lado del vencedor. Ahora el viento soplaba con más fuerza desde Aragón que desde Cataluña. De manera que entró en la tienda y escuchó en silencio las palabrotas del regente, que no cesaba de maldecir al abad de Montaragón. Y así siguió durante mucho rato. Ya era lo único que podía hacer. Renegar y maldecir, a pesar de que no era contra Fernando, que debería hacerlo, sino contra él mismo.

—Teníamos que haberle perseguido cuando lo dijo Atorella —habló Pedro Ahonés, cuando el conde ya se había calmado. O mejor dicho, cuando ya estaba exhausto de tanto gritar—. Ahora

Albert Salvadó

no podemos atacar. No hay motivo ni disponemos de suficientes fuerzas.

El conde apretó los labios hasta convertirlos en una delgada línea. Se había equivocado en todo y había perdido una ocasión dorada. Miró a Pedro Ahonés. Le conocía. ¡Ya lo creo, que sí! Ahora se alejaría con una excusa e iría al encuentro del rey y se pondría a su servicio. ¿Y qué harían los demás? ¿Le seguirían a él, al regente, o también mudarían sus lealtades? No había más que mirarles a los ojos para descubrir la respuesta.

Fernando de Aragón le había vencido. No le quedaba otro camino que regresar a Lleida y esperar a que las circunstancias le fuesen favorables, si es que alguna vez le habían otorgado su gracia.

*** ***

Maestro Guillem recibió la noticia de que el conde Sancho regresaba a Lleida, pero sólo acompañado por Atorella y Bernardo de Benavente. El resto de caballeros se había dispersado y Pedro Ahonés se dirigía a Zaragoza para repetir el juramento de fidelidad al rey.

—Podría ser su fin —dijo, a Miravell—. Si Jaume ha iniciado el camino hacia al trono, ya no necesita a ningún regente.

Abandonó la sala de los caballeros y salió al patio para dirigirse a la capilla de Santa María. Quería dar gracias a la Virgen y a Dios, porque, por fin, Fernando había entendido que un reino se salva gracias a un rey, que él no podía aspirar al trono. Pero, sobretodo, lo importante era que se había solucionado sin una sola lucha, sin que ninguno de los caballeros templarios tomase partido por nadie y sin que él tuviese que poner paz en ninguna parte. Evidentemente, tenía que dar gracias a Dios.

En el instante de arrodillarse a los pies de la imagen de la Virgen, sonrió. No se había equivocado con Lluís. Había cumplido su palabra y había creado la base sobre la que podía sostenerse la escalera que conduce al trono, y Jaume ahora podría crecer. Por lo tanto, el perdón estaba más que justificado.

Sin embargo, cuando ya llevaba un rato arrodillado, una pregunta le asaltó. ¿Sería suficiente para conseguir que Jaume se mantuviese? ¿O, tal vez, se necesitaría un nuevo milagro?

# 9 - UNA REINA PARA UN REY

La doncella tomó la diadema y la colocó sobre la cabeza de Blanca. La esposa de Vallés de Antillón se contempló en el espejo y ladeó ligeramente la cara para retocar el rizo de pelo castaño que caía junto a su oreja en forma de tirabuzón. No acababa de gustarle y alargó el cuello delgado y elegante, mientras estiraba el bucle, curvaba la punta y lo soltaba varias veces, hasta que adoptó la posición que ella deseaba simulando un gancho que le alcanzaba la mejilla y obligaba a los hombres a dirigir sus miradas hacia su barbilla, netamente trazada y delicadamente dibujada, para acabar prendidos de sus labios carnosos y sensuales. Después ya subirían hacia su nariz y sus ojos o, tal vez, dejarían resbalar su interés por todo el cuello, como si la acariciasen, y se mecerían en el pliegue que formaban aquellos dos pechos altivos enmarcados por el bordado de hilo de oro de su vestido rojo, que se ceñía delicadamente a la cintura y caía desmayado a lo largo del resto del cuerpo, tras acentuar las caderas.

Los hombres mirarían hacia arriba o hacia abajo, pero siempre extasiados, pensó con una sonrisa de placer. Con ello ya sabía que los dominaba. Satisfecha, se levantó y la doncella se apartó para dejarla pasar. Blanca se movía con distinción, todos decían que era una de las más hermosas del reino y ella lo sabía.

Salió y se dirigió a la sala donde la esperaban las otras cuatro mujeres.

De pie, frente a la ventana y contemplando las calles de Huesca, que aparecían llenas de gente de todo tipo, estaba Ana, la esposa de Eixemén Cornell, con sus cincuenta años ya cumplidos, baja y regordeta, con una eterna sonrisa que le empequeñecía los ojos, pero que concedía una gracia especial a sus pómulos carnosos. Hablaba con su cuñada Clara, más joven y delgada, con un vestido azul que le tapaba incluso el cuello y la cabeza cubierta con un sombrero y una mantilla que únicamente dejaba al descubierto el rostro.

Clara era soltera y había escogido el celibato, aunque había rehusado recluirse tras las puertas de un convento. Algunos comentaban que los hombres la asustaban, que no la atraían o, incluso, que le provocaban cierto rechazo. Las mujeres lo corroboraban con discretos comentarios, a media voz, pero los hombres, cuando estaban solos, no se reprimían y acompañaban con sonrisas las frases poco amables que le dedicaban y que hacían referencia a un comportamiento y a unas maneras que, en ciertas ocasiones, parecían más propias de un macho que de una hembra y que la habían obligado a cubrirse de una espesa capa de espiritualidad y de puritanismo que frenaba el carácter expansivo de sus amigas cuando comentaban temas íntimos.

En mitad de la sala, sentadas en las sillas que servían para bordar y debatir sobre diversos asuntos, entre los que no faltaba el intercambio de noticias y la planificación de las decisiones que afectaban a las uniones de casas, se encontraban Luisa, la esposa de Blasco de Alagón, y María, viuda del barón de Liza, de quien conservaba el título. Por fortuna, su condición de mujer sola no había apagado su carácter sonriente y simpático. Había dado dos hijos al barón, uno de ellos muerto, y el otro se ocupaba de las tierras que poseían al norte, cerca de Los Pirineos y que les proporcionaban madera en cantidad que exportaban a Provenza, su mercado principal, y que les reportaban pingües beneficios.

Luisa tenía la nariz grande, los ojos pequeños y los labios delgados. Además, cuando sonreía, mostraba la falta de buena parte de la dentadura. Y su cuerpo no presentaba ninguna forma definida, a pesar de que los vestidos procuraban disimular dicha circunstancia. Sin conseguirlo, evidentemente. Con aquella pinta parecía mentira que alguien la invitase a su casa, pero era la esposa de un noble que se movía a niveles muy próximos al rey y era dueño de una floreciente industria textil. Tenían que aceptarla. Hija única, su matrimonio había proporcionado a Blasco de Alagón tierras y riqueza, detalle que se convertía en un argumento de peso para conseguir que su escaso atractivo, por no decir inexistente, no representase el menor impedimento a la hora de abandonar la soltería y entrar en el universo de las casadas e incluso de las madres, porque había dado tres hijos a su marido, prodigio que nadie se explicaba, ante el hecho de que el pobre hombre huía de casa con el menor de los pretextos.

María era viuda, aunque conservaba buena parte de sus encantos y bien podía aspirar a abandonar un título que el destino le había impuesto inmerecidamente, porque el barón de Liza, ya mayor cuando se casó con ella, murió en un triste y desgraciado accidente doméstico. Simplemente cayó por las escaleras y se partió el cuello. Sin embargo, a pesar de que no le faltaban ocasiones y más de un caballero la rondaba, no acababa de decidirse. Atarse de nuevo, cuando la vida le ofrecía otras diversiones y cuando había sido admitida en el reducido círculo de las esposas de los principales, no le hacía ninguna gracia. De ella decían que era inteligente y culta, que le gustaba leer y que poseía una fértil imaginación que le había permitido escribir algunos poemas.

Las dos mujeres sentadas estaban absortas en los bordados cuando Blanca abrió la puerta y las saludó. Ana, desde la ventana, al notar la presencia de la anfitriona de la casa, se volvió para mirarla. No era nada extraño que levantase la admiración de los caballeros que deseaban y veneraban en silencio a la segunda esposa de Vallés de Antillón, después de la inesperada muerte de la primera, víctima de una curiosa enfermedad que la condujo a la tumba en poco más de una semana y que había levantado no pocos comentarios. La nueva esposa tomó posesión del cargo casi de inmediato. Malas lenguas apuntaban que, de hecho, la cama ya la había conquistado en vida de la difunta.

Ana sonrió. Agradable y curiosa costumbre aprendida de los sarracenos, ésta de adorar a las mujeres y convertirlas en objeto de culto, a pesar de que, cuando llegaba el momento de tomar decisiones, no se privaban de arrinconarlas. O, por lo menos, lo intentaban. Sin embargo, los pobres hombres acababan por capitular. En asuntos domésticos, a pesar de su valor y su arrojo en el campo de batalla, entre cuatro paredes, y más cuando hay un colchón de por medio y sábanas encima, no tenían nada que hacer. Y, bien mirado, los asuntos domésticos pueden llegar muy lejos. Tan lejos como quieran las mujeres. Todo es un problema de trazar la línea más aquí o más allá, y como la línea siempre es imaginaria y nunca es física...

—¿Cuál es el nombre que más se pregona? —preguntaba Luisa en el instante en que la segunda esposa de Vallés entraba.

—Leonor, la hija menor de Alfonso de Castilla, que Dios haya perdonado —contestó Ana, desde la ventana—. Se le escapó a mi marido, anoche. ¡Bien! Se le escapó... —sonrió divertida—. Algo puse de mi parte.

—Leonor de Castilla tiene la misma edad que el rey —dijo Blanca sorprendida. No había escuchado la conversación, pero no era necesario. El matrimonio del rey era el tema principal desde hacía días—. Posiblemente todavía no es mujer —comentó, y se acercó a las sillas.

—Pero proviene de un buen tronco. Su padre Alfonso de Castilla tuvo numerosa descendencia, y ella tiene cuatro hermanos —explicó Clara—. Por lo menos, es una garantía de fecundidad. Además, cumpliría con todos los requisitos que persiguen vuestros nobles maridos. Su hermana Blanca es reina de Francia, junto al rey Luis; la otra, Urraca, se sienta en el trono de Portugal; y la tercera, se ha casado con Alfonso y reina en León. También podía haber reinado en Castilla, cuando su hermano Enrique murió, pero ha sido inteligente y ahora su hijo Fernando ha ocupado el trono —meneó la cabeza a un lado y a otro—. No sería el primer caso en que una mujer confía en un hombre y después ve como sus hijos son apartados de la sucesión. Si todos los hermanos son sensatos, Leonor también lo será y gobernará sobre Aragón y Cataluña como es debido.

—Pero es muy tierna y si todavía no está en disposición de darle hijos... —insistió Blanca.

—¡Qué mas da! El rey tampoco puede hacer nada, por el momento. No ha cumplido los doce años y no le crece pelo en la barba —sonrió María, divertida—. Ni en ninguna otra parte del cuerpo, como no sea en la cabeza —rió. Clara se la miró escandalizada y ella apagó su risa—. Lo sé por el fraile que le ayuda a bañarse —aclaró. Entonces alzó de nuevo la voz—: Despertarán al mismo tiempo y no olvidemos que las mujeres maduramos antes que los hombres. De manera que ella estará por encima de él y, además, nos conviene tomarla bien tierna. Así podremos ayudarla con nuestros consejos.

—¿De quién ha partido la idea? —preguntó Luisa.

—De mi marido —respondió Ana—. Ha hablado con monseñor Fernando y el abad está de acuerdo. Considera que es una buena alianza.

—¿Y el conde Sancho, no ha dicho nada? —siguió preguntando Luisa.

La pobre siempre estaba fuera de lugar. Su marido ni le hablaba y tenía que enterarse de todo por las amigas.

—No le han preguntado —respondió Ana, y negó con la cabeza ¡Pobre idiota!, pensó—. El conde Sancho ya no es el regente. Dejó el cargo nada más regresar a Barcelona y ya no toma decisiones —explicó, mientras se apartaba de la ventana y se sentaba—. Ahora es el consejo regente, que las toma. Incluso corren voces sobre que posiblemente Sancho abandonará Barcelona y se retirará al Rosellón.

—Hay otros rumores que apuntan hacia otro lugar —comentó Clara, que también se sentó—. Según explican, el conde ha intentado pactar con los nobles para que le apoyen y pueda recuperar el prestigio perdido. Es un viejo ambicioso y envidioso que se siente dolido porque Fernando de Aragón le ha ganado la partida, y que quiere ensanchar sus dominios a cualquier precio —dijo, mientras tomaba el cesto para sacar la tela y los hilos junto con el bordado que ya hacía días que había empezado. Dejó la tela sobre la falda y regresó el cesto al suelo—. ¿Ya es segura Leonor? —preguntó, y levantó el bordado para estudiar cómo continuarlo. No le gustaba aquel entretenimiento, pero le era útil para formar parte del círculo donde se barajaba toda la información.

—Mañana Blasco de Alagón saldrá camino de Toledo para hablar con el rey Alfonso —explicó Ana.

—No me ha dicho nada —se extrañó Luisa.

Las otras cuatro mujeres ni se la miraron. A ellas no les extrañaba nada. Era la costumbre.

—¿Viajará solo? —alzó las cejas Blanca.

—Mi cuñada Judit le acompañará —sonrió Ana. Judit era la esposa de Pedro Cornell—. Y hablará con la reina Berenguera para fijar los detalles de la boda.

—Eso ya está mejor —afirmó Blanca, y se concentró en la aguja para pasarla a través de la tela con sumo cuidado. Estiró el hilo y contempló el resultado—. Hablando de engrandecer dominios, ¿cómo va el compromiso de vuestra sobrina Magdalena con Pedro Ahonés? —Blanca empleaba con Ana el tratamiento de vos, debido a la diferencia de edad entre ambas mujeres, y había hablado sin levantar los ojos del bordado, como si aquello no tuviese la menor importancia.

—El rey ha dado su consentimiento —respondió Ana—. Ya sabes que mi marido es su principal consejero —ella no empleaba el tratamiento de vos. Había conocido a Blanca cuando era una niña y no era necesario—. Si nada lo impide, tendremos boda en primavera.

—Un buen partido, Pedro Ahonés —sonrió Blanca, y miró a su amiga con una sonrisa de complicidad, sólo alzando los ojos, sin mover la cabeza—. Es ambicioso e inteligente y ha sabido descubrir a tiempo cuál es el camino correcto. Junto al conde Sancho lo habría perdido todo.

—Sí, ha escogido con cordura —corroboró Clara.

—Dicen que sabe tratar al rey —siguió en el mismo tono Blanca. Había bajado de nuevo la mirada y dio otra puntada de aguja.

—El rey Jaume le tiene en gran estima y consideración —dijo Ana.

—Habéis tenido mucha suerte.

—Sí, he de confesarlo.

—¡Ay! Ojalá todos tuviesen la misma fortuna —suspiró Blanca, y apretó los labios, mientras daba una nueva puntada.

Albert Salvadó

—¿Por qué lo dices? —preguntó Luisa—. Tú no puedes quejarte.

—Pensaba en mi primo, el joven Andrés —respondió Blanca, y dejó caer el bordado sobre la falda—. Trabaja mucho y no obtiene los resultados que merece. Ha intentado obtener una concesión para establecer comercio con los sarracenos de Peñíscola, pero Guillem de Montcada se la niega. Este conde no ve más allá de sus narices. El comercio aporta riqueza —retomó el bordado—. Si el rey le echase una mano... —dijo con la mirada baja.

—¿Has dicho que su nombre es Andrés? —preguntó Ana.

—Andrés Pineda —miró Blanca a su amiga—. Hijo de mi tío Gabriel —añadió.

—Hablaré con Eixemén —sonrió Ana.

—¿De veras lo haréis por mí?

—Las amigas tenemos que ayudarnos y, si un idiota no ve más allá de su nariz, los consejeros del rey son mucho más inteligentes.

—Sí, es bueno que el rey tenga buenos consejeros. Bueno para al reino y bueno para todos —le devolvió la sonrisa, y siguió bordando.

*** ***

María de Liza se arrodilló a los pies de Jaume. Ella era la encargada del guardarropa del rey y cada mañana escogía el vestido que llevaría su señor, lo depositaba sobre la silla y aguardaba hasta que el monje que le ayudaba a vestirse la llamaba. Naturalmente no estaba presente mientras el rey se desnudaba, aunque todavía no había entrado en la pubertad. ¡De ninguna de las maneras!, había gritado Fernando de Aragón, cuando las nobles fueron a hablar con él y le explicaron que no podían dejar en manos de un monje la responsabilidad de vestir el rey. «¿Qué pensarán, si el pobre se presenta frente al consejo o recibe visitas vestido con el mal gusto de un hombre que no sabe ni combinar los colores?» Y Fernando aceptó que María, viuda y propuesta por Eixemén y apoyada por su sobrino Pedro y por Vallés de Antillón, se hiciera cargo de tan delicada empresa.

—Escogerá la ropa, pero no entrará hasta que el rey esté vestido —sentenció.

De manera que María esperaba pacientemente hasta que la puerta de la cámara real se abría. Entonces entraba y daba sus últimos retoques. Este cargo, obtenido porque Eixemén había sido gran amigo del barón de Liza, le permitía conversar con el monje que le vestía cada día y le bañaba una vez al mes. Lo hacía para indicarle los perfumes que debía emplear, pero aprovechaba la ocasión y, con exquisita habilidad y un talante simpático y agradable, se enteraba del crecimiento y de los progresos del rey en todos los aspectos físicos, porque el hermano Pedro, de suaves maneras (tal vez excesivamente suaves en un hombre), disfrutaba con su compañía y con el intercambio de confidencias. Sentirse aceptado entre mujeres le hacía feliz y no estaba al caso de los comentarios punzantes que le dedicaban cuando no estaba presente. Las esposas de los nobles se partían de risa recordando que aquel monje había aprendido a dejar escapar tímidas sonrisas, como ellas, y a taparse la boca cuando comunicaba algún detalle que podía enrojecer a la concurrencia. Sin embargo, María sabia seguirle la corriente y le animaba.

La baronesa se había agachado para retocar las medias de su señor y cuando alzó la mirada descubrió que el interés de Jaume se había quedado prendido de su escote. No demasiado pronunciado, porque era viuda, pero la posición abría la tela y desde donde miraba el rey, un punto elevado, podía ver mucho más de lo que le era permitido habitualmente.

María captó la chispa en los ojos del joven rey, pero no dijo nada, sino que bajó la cabeza para mirar y tomar conciencia de aquellas dos masas de carne que se hinchaban a cada respiración por causa de la posición, y que, a partir de aquel momento, aún forzó un poco más, enderezando la espalda, mientras escondía una sonrisa de complacencia. El rey empezaba a despertar y aquello, para una mujer, era motivo de orgullo. Sobretodo si la causa era ella.

De manera que acabó la tarea, pero despacio y, cuando se levantó, añadió una reverencia para que los ojos de Jaume siguiesen pendientes de su pecho, y se lo tomó con calma, porque sabía que el rey se sentiría cohibido si le descubría.

—Es perfecto —dijo, finalmente. Pero no había mirado el vestido del rey, sino aquellas pupilas que ya estaban a las puertas de la pubertad, deseosas y curiosas, y no había pronunciado ninguna palabra hasta que decidió que ya había tenido bastante.

Jaume se sorprendió al escuchar la voz de María de Liza, enrojeció y fijó los ojos en sus zapatos, procurando disimular.

Eiximén Cornell, también presente, no se percató de nada. Tenía otras preocupaciones y, en cuanto el rey estuvo preparado, ordenó abrir las puertas.

—¿A quién recibiré hoy? —preguntó Jaume.

—Lo más urgente es el caso de Peregrino de Atrocil.

—El yerno de Lope de Albero —dijo Jaume.

Tal como le había aconsejado el prudente Eiximén, procuraba memorizar todos los nombres y todos los parentescos de los nobles, tanto de los de la corte como de los de fuera. Así siempre sabía de quién le hablaban y el trato que debía darle.

Recorrieron todo el pasillo hasta la pequeña puerta que daba paso al salón. El rey siempre entraba por la puerta de atrás. De esta manera no tenía que pasar frente a los nobles y comerciantes que habían solicitado audiencia y no tenía que soportar los lamentos de los que aguardaban en la antecámara, paseando arriba y abajo, tensos, hasta que eran llamados.

En el salón les esperaban Pedro Ahonés y Vallés de Antillón.

—¡Bien! Llamad a Peregrino de Atrocil —ordenó Jaume.

—Quizá sería conveniente despachar los demás asuntos —dijo Eixemén con el tono suave que siempre empleaba cuando quería sugerir algo—. El caso de Peregrino de Atrocil es demasiado importante como para tratarlo en primer lugar.

—De acuerdo —aceptó Jaume—. No llaméis todavía a Peregrino de Atrocil. Que pasen los demás.

Durante media mañana escuchó las quejas, los ruegos y las peticiones de todos los que habían esperado con impaciencia para poder hablar con él. Un notario tomaba nota de todas las peticiones y Jaume, tras escuchar a quien tenía delante, se inclinaba ligeramente hacia la derecha y recibía el consejo de Eixemén. Luego, respondía. Nunca lo hacía sin conocer la opinión de su consejero, porque era consciente de que su edad aún no le permitía entender muchos asuntos y mal podía dar consejo u otorgar una respuesta si su experiencia era limitada. Esta prudente costumbre le había granjeado el reconocimiento por parte de todos. Los nobles aprobaban con constantes alabanzas esa faceta del rey porque les permitía decidir y regir los destinos del reino, al propio tiempo que Eixemén se convertía en la puerta de entrada al salón del trono. No pocos nobles y comerciantes le enviaban presentes, que el consejero aceptaba de buen grado. Todos los pleitos, antes de llegar al rey, habían sido debatidos y aprobados por el consejo de regencia, formado por nobles, algunos de ellos escogidos por Fernando de Aragón. No todos los que el tío del rey hubiera deseado, pero suficientes para gozar de una mayoría confortable.

Finalmente, cuando todos los que aguardaban en la antesala hubieron desaparecido, la puerta se abrió y apareció Peregrino de Atrocil, un hombre joven y apuesto, vestido con ricas telas, moreno y fuerte, que se adelantó e hincó su rodilla ante del rey.

—¿Cómo está vuestro tío, nuestro estimado amigo Lope de Albero? —preguntó Jaume, en el tono exquisito que le habían enseñado.

—Señor, de él quiero hablaros —bajó la cabeza Peregrino.

—Alzaos y hablad. Os lo ruego.

—Rodrigo de Lizana ha atacado Albero y ha tomado el castillo y, con él, a mi estimado tío, a quien mantiene prisionero —explicó Peregrino.

—¿Cómo ha sido eso? —se extrañó Jaume—. ¿No ha habido ofensa ni desafío?

—Vos conocéis a mi tío y sabéis muy bien que es el hombre más noble de este mundo. Nunca ha deseado ningún mal a nadie y, cuando ha luchado, siempre ha sido en defensa de una causa justa. Él os dejó hombres cuando abandonasteis Monzón —recordó Peregrino.

—¿Qué sabéis vos, Eixemén? —se volvió Jaume hacia el consejero.

—He hablado con Pedro Ferrandes de Azagra y él tampoco lo entiende.

—Deberíais escribir al señor de Lizana y mostrarle su error —sugirió Vallés de Antillón.

—Ahora mismo escribiré al señor de Lizana y le ordenaré que deje libre a vuestro tío y que le devuelva sus tierras y su castillo —respondió Jaume—. Ningún noble debe luchar con sus parientes y amigos y ninguna lucha queda justificada sin que el rey así lo haya dispuesto —añadió, repitiendo palabras que ya había escuchado en boca de Eixemén.

Peregrino hizo una reverencia y se retiró, mientras Eixemén contemplaba al rey y sonreía. La respuesta era valiente y prudente y correspondía a un rey adulto. ¡Por supuesto! Era la misma decisión que ya había tomado el consejo.

Aquella tarde, a última hora, un mensajero abandonó Huesca con una carta dirigida a Rodrigo Lizana.

Y cuatro días más tarde el mensajero regresaba con otra que no complacía a nadie. Rodrigo Lizana había tomado el castillo y había dejado a Pedro Gomes para que lo defendiese y, bajo ninguna circunstancia, devolvería las posesiones a un hombre que no había sido capaz de guardarlas. Ésta fue la respuesta.

Dos días después, reunidos en la sala del trono, Eixemén Cornell, su hermano Pere, Guillem de Cervera, Vallés de Antillón y Pedro Ahonés discutían sobre el alcance de la insolente respuesta de Rodrigo Lizana, mientras Jaume les escuchaba y procuraba comprender cada una de las razones y de las palabras.

—Es una provocación que no podemos tolerar —dijo Vallés.

Hacía rato que hablaban y hablaban y Ahonés se levantó de la silla y tomó la palabra.

—Detrás de todo este asunto veo la mano del conde Sancho —dijo. Hasta aquel instante nadie había pronunciado el nombre, a pesar de que más de uno lo tenía en mente.

—¿Qué queréis decir? —preguntó Jaume, y todos guardaron silencio y le miraron.

—Es evidente que, si el regente no hubiese prometido su ayuda, Lizana no se habría atrevido a atacar Albero ni a desafiar al rey.

—¿Qué pensáis vos, Eixemén? —se volvió Jaume hacia su primer consejero.

—No disponemos de pruebas, pero mucho me temo que algo tiene que ver el conde Sancho —respondió—. A pesar de que ha dimitido y parece que quiere retirarse, no me fío de él.

—Si Aragón se desmiembra, podrá argumentar que carecéis de fuerza para gobernar y reclamará el trono —explicó Cervera.

—¿Qué piensa mi tío Fernando? —meditó Jaume.

—El abad de Montaragón seguramente permanecerá quieto, aguardando vuestra reacción —dijo Vallés—. Si no os movéis, y deprisa, otros nobles pueden pensar que no tenéis suficiente carácter y Fernando de Aragón tomará las decisiones por vos.

—Eso es lo que espera vuestro tío —insistió Ahonés—. Apartado vos del trono y con un regente dimitido que ha perdido todo el prestigio, si vos no reaccionáis, no tiene más que alzar la voz y todos los ojos se dirigirán hacia él. Tenemos que atacar.

—¿Disponemos de algún fundíbulo? —preguntó el rey.

Eixemén le miró, y el resto también. ¿A qué venía aquella pregunta?

—Creo que sí, señor —respondió Pedro Ahonés, hurgando en su memoria—. Aquí mismo, en Huesca, tenemos uno, si mal no recuerdo.

—Entonces Albero regresará a manos de su señor —se levantó Jaume digno y orgulloso y caminó hacia la puerta, pero antes de cruzarla se detuvo y ordenó—: Preparadlo todo, porque partiremos enseguida.

*** ***

¡Imposible!, gritó el conde Sancho y se lo hizo repetir tres veces. Que se lo explicase con todo lujo de detalles, no paraba de bramar. Y el oficial repitió la misma historia con idénticas palabras, tal como la había escuchado de boca de los soldados.

—Nadie se lo esperaba y se plantó ante las murallas de Albero con un fundíbulo, y él, personalmente, disparó contra la muralla —explicó el oficial—. El rey Jaume ordenaba cargar las piedras y no se detenía ni un instante. Durante toda la tarde y la mañana siguiente una lluvia de piedras destrozó las murallas y muchas casas del interior. A la mañana siguiente se rindieron, entregaron el castillo y liberaron a Lope de Albero. No habían hecho acopio de suficientes provisiones y tampoco disponían de buenas defensas ni demasiados hombres.

—¡Es imposible! ¡Si tan sólo tiene doce años! —gritó Sancho.

—Dicen que, no contento con el destrozo que hacía el fundíbulo, ordenó a sus arqueros que no dejasen de cubrir el cielo de flechas y que tan grande ha sido su coraje que, si Juan Ferrandis no abre las puertas y se rinde, sus mismos soldados lo habrían colgado de la torre más alta del castillo —siguió explicando el oficial—. Y ahora se dirige a Lizana.

—Muy inteligentes —murmuró Sancho—. Quieren crear una leyenda con un niño de doce años, pero allí se enfrentarán a Rodrigo Lizana y a Pedro Gomes —dijo y asintió con fuertes movimientos de cabeza—. Y no será lo mismo.

\*\*\* \*\*\*

Rodrigo Lizana ordenó que trajesen al castillo todas las provisiones que pudieran encontrar y Pedro Gomes, al mando de las fuerzas, estableció las defensas. Las noticias habían corrido más que los caballos de Jaume y de sus seguidores. Albero había caído en apenas dos días y Lope estaba libre.

Poco después divisaron el polvo que se alzaba por el horizonte. Ya llegaban y debían de ser un buen número, porque ocupaban buena parte del llano.

—Tenemos agua y alimentos y podemos resistir tanto como queramos —dijo Pedro Gomes.

—Ya se cansarán —sonrió Rodrigo Lizana—. Es una cuestión de tiempo.

Un mes después las piedras seguían cayendo en el mismo punto de la muralla con una persistencia agotadora y los defensores no podían detener ni tapar la brecha que ya había comenzado a abrirse, mientras Pedro Gomes la observaba con preocupación. El ataque sería inminente y por allí intentarían entrar, una vez pudiesen pasar, y allí los cazaría.

Pero, al contrario de lo que imaginaban, el fundíbulo no se detuvo, sino que siguió castigando los muros día tras día, agrandando el paso, hasta el punto que habrían podido entrar cuatro caballeros, un junto al otro, bien alineados y montados a caballo.

—¿A qué esperan? —se desesperó Gomes—. ¿Que no quede piedra sobre piedra?

—No lo sé —respondió Lizana—. Pero no me gusta nada.


Cuando ya se cumplía el segundo mes, un día, a media tarde, Jaume abandonó su lugar junto al fundíbulo y se dirigió a la tienda real.

—¿Dónde está el rey? —preguntó Cervera, al llegar junto al fundíbulo y no verle. Nunca se retiraba antes de que el sol se pusiera.

—En su tienda —contestó un escudero.

—Es bueno que repose de vez en cuando —sonrió Cervera—. Se ha tomado muy a pecho el papel de rey, tras el éxito de Albero.

—No sé de dónde saca las fuerzas, pero incluso dormiría aquí mismo, si no le obligásemos a descansar.

Poco después llegó Ahonés. Tenía una expresión extraña en el rostro.

—¿Has visto un fantasma? —preguntó Cervera, mientras el fundíbulo no cesaba de disparar piedras hacia el mismo punto.

—El rey Jaume nos ha echado de su tienda —respondió Ahonés.

—Necesita dormir.

—No duerme.

—¿Y qué hace, pues?

—Canta.

Cervera le miró desconcertado.

—¿Qué canta? —preguntó.

—Aaaaaaa… ooooooo… iiiiiiii… —recitó Ahonés con cara de idiota.

Quizás el agotamiento comenzaba a hacer mella en el cerebro de aquel niño que les había sorprendido con la fuente inagotable de energía que desplegaba en todo momento, meditó Cervera.

—¡No os detengáis! —ordenó a los soldados, que también se habían quedado de una pieza—. ¡Venga! ¡Cargad el fundíbulo!

No hubo más comentarios, aunque los dos caballeros se dirigían miradas de vez en cuando.

Justo a última hora de la tarde, cuando anochecía, Jaume apareció de nuevo y ordenó que los hombres se preparasen. Entonces siguió disparando piedras y más piedras, como cada día, con una obstinación desesperante para los habitantes de Lizana.

—Unas cuantas más y atacaremos —dijo.

—Señor —le detuvo Ahonés, que estaba en compañía de Peregrino de Atrocil y de Eiximén Cornell—. Dentro de poco no habrá luz. No podemos atacar.

—No habrá luz ni para nosotros ni para ellos —respondió el joven rey con una sonrisa. Tenía una mirada extraña—. Y puedo asegurarte que no se lo esperan. Cuando dé la orden, quiero que todas las hogueras y todas las antorchas del campamento se apaguen.

Disparó la piedra y ordenó que cargasen otra más.

—¡Bien! Vamos a jugar un rato —dijo Eixemén—. Ordena que se preparen —sonrió—. Obedeceremos a nuestro rey.

Mientras Peregrino se dirigía al campamento y pasaba la consigna, Jaume siguió lanzando piedras.

Los caballeros se vistieron el arnés, los escuderos tomaron las lanzas, los arqueros cargaron las flechas y todos ocuparon su puesto de ataque, sin entender demasiado lo que sucedía. Atacar de noche, a oscuras, era una estupidez. Nadie en su sano juicio lo haría jamás.

En el preciso instante en que todo estaba a punto, cuando el fundíbulo disparaba la piedra, Jaume dio la orden de avanzar y él mismo echó a correr como un loco, espada en mano, mientras el aire se llenaba del sonido de la letra a.

—¿Se ha vuelto loco? —gritó Cervera—. ¡Detened al rey!

Pero los soldados dudaban y él espoleó su caballo y siguió a Jaume. Entonces, Eixemén Cornell levantó la espada bien alta y gritó:

—¡Por San Jorge!

Y todos echaron a correr detrás y se dirigieron como animales enfurecidos hacia el castillo.

Cervera llegó a la altura del rey, lo agarró por la cota y lo encaramó al caballo.

—¿Pero qué haces? ¡Suéltame! —ordenó Jaume.

—Protejo a mi señor —respondió y lo retuvo, mientras detenía el caballo.

El resto de caballeros pasaron por su lado y los escuderos, al ver que la puerta del castillo se abría, se dirigieron hacia allá.

Pedro Gomes en la oscuridad sólo podía oír los gritos que se acercaban, pero no distinguía nada y tampoco entendía nada. El campamento enemigo había desaparecido engullido por la noche. De manera que había salido vestido con el arnés y a caballo, seguido de los escuderos. Si ahora atacaban la muralla, él los rodearía, porque estaba seguro de que entrarían por el agujero, donde les esperaba Rodrigo Lizana, y entre ambos les darían caza.

Sin embargo, sus cálculos resultaron incorrectos y una multitud de escuderos llegaron hasta él con tanto empuje que derribaron montura y jinete, y arrastraron consigo a todos los arqueros y escuderos.

Mientras, los caballeros que mandaba Ahonés consiguieron traspasar el muro por la brecha que había hecho el fundíbulo.

—¿Por qué me has detenido? —preguntó Jaume, plantado frente a Cervera, mientras miraba las luces del castillo y escuchaba los gritos de sus hombres.

—Un rey no debe luchar delante de sus caballeros, sino dirigirlos.

—¿Y cómo puedo infundirles coraje?

—Vuestro grito ha sido su coraje; la lealtad hacia vos, su espíritu; y vuestro ejemplo con el fundíbulo, sin desfallecer en ningún momento, la luz que les ha guiado. Pero vos, su rey, debéis seguir vivo, porque sin vos, ellos no son nada.

Jaume iba a protestar, pero la mirada del caballero se lo impidió. Tenía razón. Y guardó silencio. Sin embargo, le habría gustado estar allí arriba, entre sus hombres, espada en mano y gritando como ellos, mientras saltaba por encima de las piedras, tal como había hecho en Monzón con el muro que Lluís ordenó levantar.

Llegada la madrugada, entre el humo que escapaba de las casas, el castillo era suyo. Rodrigo Lizana había desaparecido.

—Ha huido, señor. Hemos interrogado a los soldados y dicen que, anoche, cuando se vio perdido, se confundió en medio del ataque, tomó un caballo y huyó —informó Ahonés.

—Buscadle.

Enviaron patrullas y a la mañana siguiente recibieron noticias de que Lizana se dirigía hacia el sur. Le habían visto unos campesinos.

—Va camino de Albarracín para pedir asilo a Pedro Ferrandes de Azagra —dijo Atrocil.

—Levantad el campamento. Le seguiremos —ordenó Jaume.

—Ya está demasiado lejos y no podremos alcanzarle —dijo Ahonés.

—Entonces atacaremos Albarracín.

—Albarracín está muy lejos y no pertenece a la corona y Pedro Ferrandes no es vuestro vasallo. Además, si atacamos, de poco nos servirá un fundíbulo, porque sus murallas son inmensas —intervino Eiximén Cornell—. Mejor regresemos a Huesca y meditamos con calma y con prudencia cuál ha de ser nuestra reacción.

—De acuerdo —asintió Jaume—. Volvamos a casa y escribiremos una carta a Ferrandes. Después, ya decidiremos.

# 10 - UNA NUEVA LECCIÓN

La iglesia del monasterio de San Pedro el Viejo estaba llena a rebosar. Ahonés esperaba frente al altar cuando el rey hizo su entrada en el templo y recorrió el pasillo entre las dos hileras de bancos. Los nobles y hombres ricos estaban situados a la derecha y sus esposas y otras mujeres, a la izquierda. Con sus doce años Jaume se movía con seguridad y con elegancia, sobretodo después de haber regresado como vencedor de Albero y de Lizana y haber recibido el homenaje de todo un pueblo que se sentía orgulloso de su rey.

Jaume llegó hasta la silla que habían dispuesto a la derecha del altar, el lugar elevado que le estaba reservado, e inclinó ligeramente la cabeza para saludar al novio y conceder su permiso para que los asistentes pudiesen sentarse. Después dirigió otra corta reverencia a su tío Fernando de Aragón, que seguía en pie al otro extremo del altar y, finalmente, inclinó un poco más la cabeza dirigiéndose a la cruz que presidía el ábside. A cada cual su autoridad y un honor diferente para cada calidad. Así le habían explicado que debía hacerlo, y así lo hacía.

Los presentes se volvieron cuando apareció Pere Cornell caminando lenta y ceremoniosamente. Llevaba del brazo a su hija Magdalena, vestida con rica tela blanca adornada con bordados de oro. En su brazo acunaba un lirio. Un velo transparente, también blanco y traído expresamente de Granada, cubría el rostro de la muchacha, que mantenía la cabeza baja. Se escucharon comentarios de admiración y el oficiante, el obispo Vidal de Huesca, alzó las manos enfundadas en guantes carmesí en consonancia con el resto de las vestiduras, y rogó silencio. Su sola presencia llenaba el altar, pero lo que más destacaba eran las joyas que lucía en sus dedos. Anillos de oro con grandes piedras preciosas que había escogido especialmente para la ocasión, añadiéndolas al símbolo de su posición en el sí de la Iglesia.

—Sed bienvenidos a la Casa del Señor —dijo con una voz grave y pausada que infundía respeto, y se hizo el silencio.

Ana, la esposa de Eixemén Cornell, dejó escapar una lágrima, mientras su marido dirigía una mirada a su hermano y le dedicaba una pequeña reverencia, en un movimiento lento y mesurado. Su cuñada había muerto hacía más de dos años, Ana había ocupado su lugar, que no había abandonado cuando Judit se casó con Pere Cornell, y se sentía orgullosa porque aquella boda representaba una buena unión para la familia. Pedro Ahonés se había distinguido durante el asedio de Lizana, el rey le había concedido honores y Lope de Albero había sido muy generoso con los presentes que había regalado a la nueva pareja. Unas tierras ricas y fértiles, pobladas por campesinos que trabajaban de firme y pagaban puntual y religiosamente los tributos debidos a su señor. Todos los nobles de Aragón, los más principales, estaban allí y el rey honraban aquel matrimonio con su presencia.

El paso siguiente sería la boda del rey Jaume. Blasco y Judit habían regresado de Castilla con el beneplácito de la reina Berenguera, verdadera artífice de las decisiones íntimas de palacio.

—Es tímida y decorosa —había explicado Judit a las demás mujeres—. Mientras yo hablaba con la reina Berenguera, ha permanecido en silencio. Parece prudente y obediente. No creo que tengamos ningún problema.

Acabada la ceremonia, el banquete fue espléndido y no faltó de nada. Jabalís, perdices, conejos, pollos, grullas y avutardas regadas con los mejores vinos procedentes de los monasterios y delicadamente tratados y fermentados por los monjes, fruta de todo tipo, recolectada también de los huertos y de los campos que los mismos monjes cultivaban, y pasteles y dulces confeccionados por las hábiles manos de los pasteleros de Eixemén, bajo las estrictas órdenes de Ana, pero pagados por su hermano Pere. Todo bien cocinado y bien presentado.

—Debemos fijar la fecha de vuestra boda —aprovechó Eixemén para hablar con Jaume, durante el banquete.

—¿Cómo es Leonor de Castilla? —preguntó el rey.

—Hermosa como un ramo de flores, inmaculada como el rocío de la primavera, generosa como los campos de cultivo y ligera como el viento de la madrugada —sonrió el consejero.

—¿Y es fuerte? —preguntó Jaume.

Eixemén se sorprendió ante la pregunta

—Es sana, sus ojos son limpios y su piel tiene la tersura de una manzana —contestó.

—¿Vos la habéis visto?

—No, pero tanto Blasco de Alagón como mi cuñada Judit coinciden en todas esas cualidades —sonrió Eixemén.

—Menos mal que habéis nombrado a vuestra cuñada, porque Blasco, vista su esposa, dudo que tenga buen gusto —le devolvió la sonrisa Jaume.

¡Vaya con el niño rey!, pensó Eixemén. Estaba verdaderamente inspirado.

—La esposa de Blasco posee grandes cualidades —apuntó el consejero.

—Pero es fea como un pecado —respondió el rey con absoluta sinceridad—. Y boba —añadió con una sonrisa—. No sé qué le veis, porque lo que es yo...

—Señor, si me permitís, nunca empleéis la palabra fea para referiros a una mujer —bajó la voz Eixemén.

—¿Por qué? —se extrañó Jaume—. Lo es con avaricia —insistió, señalando con la barbilla a la mujer que ocupaba un lugar en una mesa larga, alejada de él—. Es una evidencia irrefutable y, por más que quisiera, no veo la manera de encontrarle cualidades agradables.

—Es la peor ofensa que podéis inferir a las mujeres y nunca la perdonan. Ellas han nacido para agradarnos y darnos hijos —explicó Eixemén—. Buscad siempre en ellas la virtud más escondida y alabadla sutilmente. Entonces, todas se os rendirán y os servirán.

—Tiene razón el buen Eixemén —intervino en la conversación Fernando de Aragón—. Fíjate que siempre ríe. La alegría es una cualidad.

El abad de Montaragón era el único que no trataba de vos al rey. Ésta había sido una concesión que Jaume tuvo la inspiración de conceder a su tío durante el encuentro que había tenido lugar justo después de abandonar Monzón y que había conseguido que Fernando le tomase simpatía. Le resultó muy agradable aquella espontaneidad, cuando el muchacho le dijo que él era su tío y hombre de gran experiencia, a quien su padre tenía gran afecto y consideración y que no podía permitir que la gente pensara que él no le profesaba la misma estima.

—Visto así... —meditó Jaume—. ¡Lástima que todo aquello que le sobra de alegría, le falta de dientes! —rió divertido.

—La caridad cristiana también es una virtud —insistió Fernando con una sonrisa.

—Una virtud que, a veces, resulta difícil de aplicar —le devolvió la sonrisa Jaume.

—Todas las virtudes requieren de un esfuerzo. En caso contrario, no lo serían. Cada día lucho por conseguir que la templanza forme parte de mí, y no siempre lo consigo —rió Fernando, tomó una pata de pollo y la dejó de nuevo.

Eixemén le miró. Estaban verdaderamente deliciosas y aquel gesto habría significado un sacrificio en cualquier otra circunstancia, pero el abad ya se había zampado cuatro, además del pedazo de jabalí, tres perdices, la fruta y los dos pasteles, y todo regado con cinco vasos de vino. De manera que no era el mejor ejemplo que el abad podía haber escogido

El convite duró hasta bien entrada la noche y cuando el rey se levantó para retirarse, todos los nobles le imitaron.

—Que siga la fiesta y que Dios bendiga esta casa y a todos sus moradores —dijo Jaume.

Después se dirigió hacia la mesa de Blasco de Alagón y se detuve frente a Luisa.

—Señora, es un placer escuchar vuestra risa, porque vuestra desbordante alegría llena de gozo cualquier rincón —dijo, y se marchó.

Según explicó Ana, a la mañana siguiente, entre carcajadas, Luisa tardó mucho rato en reaccionar. Se había quedado con la boca tan abierta que desde el otro extremo de la sala se le podían contar los pocos dientes que conservaba, y tuvieron de obligarla a sentarse, porque era incapaz de moverse por sí misma. Y no menos interesante fue el comentario de Blanca:

—Cuando sea todo un hombre, tendremos un rey peligroso para las mujeres —había dicho con un deje de admiración.

Y Eixemén tampoco pudo reprimirse y le dijo, al rey:

—Os felicito, señor. Habéis ganado una devota servidora que morirá por vos, si es necesario. Nadie lo habría hecho mejor.

*** ***

La respuesta de Pedro Ferrandes de Azagra, amo y señor de Albarracín, no fue del agrado del consejo, que esperaba, cuando menos, una satisfacción monetaria por parte de Rodrigo Lizana, porque Lope de Albero formaba parte del círculo de los amigos y, por lo tanto, se la merecía.

—El rey tiene que atacar Albarracín —dijo Lope de Albero.

—El consejo ya ha tomado la decisión —sonrió Ahonés.

De manera que el rey también decidió, a instancias de Eixemén, que había que darles una buena lección, la noticia corrió como el viento y el almajaneque, la gran catapulta, quedó lista en primavera y, así que la hubieron probado, el ejército se puso en movimiento.

Al frente marchaban Eixemén Cornell, Pere Cornell y Cervera, y los seguían Ahonés, Vallés de Antillón, Peregrino de Atrocil, Guillermo de Puyo y otros nobles de Lleida, de Zaragoza, de Daroca y de Teruel que también se habían sumado. Albarracín era un pastel muy apetitoso.

Una semana después se plantaban frente a las murallas de Albarracín, aquella inmensa pared que bordeaba la montaña y que tenía más de tres leguas de largo, la mayor fortaleza que jamás habían visto, construida por los sarracenos y agrandada por Pedro Ruiz de Azagra, señor de Estella, después de que el rey

Lope se la otorgase, y que él había hecho suya y había rehusado someterse a ningún otro rey.

De pie, sobre la torre del Andador, Pedro Ferrandes y Rodrigo Lizana contemplaban las tiendas que los soldados de Jaume levantaban. Habían venido muchos hombres. Aún así, no les sería nada fácil entrar, estaban convencidos. Sin embargo, al contemplar los fundíbulos y el almajaneque y recordar lo que había sucedido en Albero y en Lizana, Rodrigo mostró signos de preocupación. Ferrandes, que había leído sus pensamientos, le tranquilizó. Ellos contaban con suficientes provisiones y hombres como para soportar un largo asedio y, aunque el rey Jaume, con doce años, ya empezaba a ser una leyenda, porque las noticias se extendían y cada vez adquirían más fuerza, también contaban con otras armas.

Ferrandes, en cuanto supo que el rey no había aceptado su respuesta (mejor dicho, el consejo) y que se dirigía hacia allí, había tomado decisiones.

—¿Crees que nos serán fieles? —preguntó Rodrigo.

—No porque sean mis parientes, porque la sangre se diluye con facilidad cuando hay intereses de por medio, pero el precio que he pagado y, sobretodo, lo que les he prometido, obrará milagros. Además, Sancho nos apoya y a él también le interesa una derrota del rey —sonrió Ferrandes—. Por el momento ya sabemos con qué cuentan ellos. Jaume es un niño y no sabe de traiciones ni de engaños. Es una lección que aún no ha aprendido.


Llegada la noche, una sombra abandonó el campamento de Jaume y se escurrió en la oscuridad camino de la fortaleza. Nadie le vio, y se dirigió hacia un punto concreto de la muralla, lejos del campamento.

El oficial de guardia de la puerta sur vio llegar al caballero y ordenó que le dejasen entrar. Había recibido instrucciones precisas y también envió un soldado para que despertase a Ferrandes, que, a su vez, ordenó de inmediato que condujesen el visitante a su presencia.

—Estimado primo Juan —abrazó al hombre que acababa de llegar y le invitó a seguirle hasta la sala de reuniones, donde le ofreció comida y bebida—. ¿Qué nuevas me traes?

—Dirigirán el almajaneque hacia la torre del Andador, un fundíbulo atacará la puerta sur, el otro lo encararán hacia el centro de la muralla y no pararan de lanzar piedras ni de día ni de noche hasta que los tres puntos estén expeditos. Entonces atacarán —informó Juan.

—¿De quién me puedo fiar?

—Bañols, Berenguer y Pagés están de nuestro lado. Harán lo que les ordenes.

—Retrasad el ataque cuanto podáis. Así tendré tiempo para establecer un plan —dijo Ferrandes.

Juan le hizo un esquema de la distribución de todas las fuerzas del rey y le informó de quién estaría al mando de cada grupo, y Ferrandes le indicó los cambios que tenía que conseguir y dónde tenía que situar a los hombres que le eran fieles. Gracias al dinero, naturalmente.


Unas semanas después, también una noche, la misma sombra hizo el mismo camino, pero esta vez se dirigió hacia un punto de la muralla que no recibía el impacto de las piedras y donde ya le aguardaba una cuerda por la que trepó.

—No podremos disimular mucho más tiempo. Ahonés empieza a sospechar que ciertos días los fundíbulos no se muestran tan precisos como otros —explicó Juan.

Aquella noche tenía dos interlocutores. Rodrigo Lizana se les había sumado.

164

—Si destruimos el almajaneque y los fundíbulos, se quedarán sin nada —dijo Ferrandes.

—No será fácil controlar las tres máquinas —replicó Juan—. Antes, quizás sí, pero ahora Cervera es quien se hace cargo de distribuir a los hombres, y no es ningún idiota.

—Aunque sólo pierdan el almajaneque, habrá bastante, porque podremos reconstruir la torre —intervino Rodrigo.

—Infórmanos de quien hay cada noche al pie del almajaneque. Ésta es tu misión. Y procura que los hombres que haya, nos sean leales —ordenó Ferrandes.

Juan se marchó. Se deslizó por la muralla, se agazapó entre las rocas y regresó al campamento de Jaume para hablar con sus compañeros.

Días después, una tarde, una flecha cruzó por encima de las fortificaciones y se clavó en mitad del patio. Llevaba una nota atada con un cordel. El oficial la recogió y la llevó directamente a Ferrandes.

—Mañana será el día —sonrió, después de leerla, y la entregó a Rodrigo, que también la leyó— Preparémonos.


Atrocil relevó a Jaume, que no había dejado de lanzar piedras con el almajaneque. El sol caía por el horizonte y Guillermo de Puyo se le unió.

—Seguid apuntando arriba, que ya empieza a caer —dijo Jaume, y señaló el punto más alto de la torre, donde las piedras se amontonaban y habían empezado a derribar las almenas, dejando sin protección a los arqueros. Si conseguían mantenerles así, no podrían emplear aquel puesto para dominar los accesos a la puerta y tendrían que defenderla desde la muralla.

Jaume se dirigió a su tienda y los soldados fueron sustituidos por otros que se ocuparon de traer piedras y cargar la cuchara.

—¿Qué te parece? ¿Entraremos pronto? —preguntó Atrocil.

—Ya tenemos a punto los carros con las escaleras y hemos construido torres de madera que cubriremos con pieles húmedas. Desde lo alto de la torre pueden disparar flechas encendidas y acertar entre las pieles, pero desde la muralla lo tendrán más difícil —respondió Puyo—. No creo que tardemos mucho en cruzar esas puertas.

Los soldados siguieron cargando piedras, hasta que se agotaron y sólo podían disparar las que llegaban con el carro.

—Cada vez tenemos que ir a buscarlas más lejos —contestó un escudero cuando Puyo se quejó de la lentitud.

—Deberíamos traer más hombres y utilizar otro carro —sugirió Atrocil.

—No es mala idea —corroboró Puyo y ordenó a un soldado que se dirigiese al campamento.

El soldado se marchó y el carro también. No disponían de más proyectiles.

Puyo se sentó en una roca que había allí cerca y contempló las estrellas del cielo.

De pronto, se dieron cuenta de que se habían quedado solos.

—¿Dónde están los peones? —preguntó Atrocil.

Y fue la última pregunta que hizo en su vida. El mazo cayó sobre su cabeza, las puntas de acero traspasaron la cota, se clavaron en su cerebro y su cuerpo quedó tendido y muerto. Puyo vio la sombra que se abalanzaba sobre él e intentó desenfundar la espada, pero no pudo. Tres hombres cayeron sobre él y le mantuvieron quieto y echado en el suelo, boca arriba. La última imagen que pudo ver, fue la cara de rabia del hombre que sostenía con las dos manos la espada que poco después le entró por debajo de la nariz y le destrozó la boca, dejándolo clavado, mientras sangraba por todas partes y se ahogaba en un desesperado intento por respirar.

—¡Fuego! —se escuchó el grito del centinela y todo el campamento se puso en pie.

Jaume abandonó su tienda y se encontró con Eixemén, espada en mano, que miraba hacia la colina donde habían situado el almajaneque, que ahora semejaba una tea ardiendo. Un grupo de soldados corría con cubos de agua, pero no pudieron hacer nada y, cuando las primeras luces del alba iluminaron el paisaje, no quedaban más que cenizas y dos cadáveres.

Dos días más tarde, Jaume, al frente de un ejército menguado, después que los caballeros Bañols, Berenguer, Pagés y Pelfort lo abandonasen, regresó a Huesca.

—No podemos atacar. Han reconstruido la torre —le había dicho Eixemén.

—Aunque no hubiesen rehecho la torre del Andador, tampoco podríamos atacar, si no sabemos quién anda con nosotros y quién con ellos —había dicho Ahonés, con rabia, mirando al resto de caballeros.

—La traición es una lección que todavía no me habían enseñado —dijo Jaume, y Eixemén ordenó prepararlo todo para la marcha.

Amarga lección que le acompañó durante todo el trayecto de regreso y que le sumió en un desconsuelo tan grande que nada pudieron hacer sus leales servidores, aunque procuraron animarle. De hecho, no se ha perdido nada, le decían. Albarracín no pertenece a la corona y tiempo habrá para regresar y ajustar cuentas.

Sin embargo, el rey Jaume, a sus casi trece años, había aprendido que se necesita algo más que la fuerza para vencer y que un hombre sólo no puede luchar contra el engaño. Las dos victorias anteriores le habían proporcionado prestigio y respeto, además de seguridad, pero ahora, aquella derrota dentro de casa, porque era evidente que había sido vencido por la traición, representaba un duro golpe y Eixemén vio enseguida que el conde Sancho reclamaría no tan sólo la regencia, sino el reino entero.

Entonces el rey Jaume recordó las palabras de Lluís de Estemariu: «Los escalones que conducen al trono son altos y difíciles de escalar. Procurad subirlos lentamente y con los pies bien firmes, porque cuando más alto lleguéis, de más arriba podéis caer». El problema es que no le había dicho cuántos había. Y evidentemente, la traición era uno de ellos y, quizás, de los más altos.

—Debemos concertar la boda lo antes posible —dijo Eixemén al consejo, nada más llegar a Huesca.

Eixemén tenía claro que Fernando sentía simpatía por Jaume, pero también tenía claro que el abad de Montaragón no perdería el tiempo, a menos que se le avanzasen y buscaran nuevos aliados. Si la boda se celebraba, Castilla y León les apoyarían y nadie podría quitarles lo que con tanto esmero habían construido.

—O lo casamos o lo perdemos todo —le apoyó Vallés de Antillón.

La decisión fue unánime, Eixemén habló con Jaume y le dibujó el cuadro con tanta precisión que el joven rey se asustó y aceptó que su consejero lo preparase todo y que no perdiese el tiempo.

# 11 - UN SARPULLIDO

Ágreda, escogieron. Bien amurallada y protegida. Y la iglesia de Nuestra Señora de la Peña se convirtió en el escenario que acogió a Fernando, rey de Castilla, rodeado por sus caballeros, a quien acompañaba su esposa Beatriz, Alfonso, rey de León, y su esposa Berenguera.

Jaume llegó seguido por todos los nobles de Aragón, entre ellos su tío Fernando que vio en aquella boda la mano de la mayoría del consejo sobre el que no tenía ningún poder, pero que aceptó porque Sancho todavía podía morder, y esta unión sería el último empujón para apartarlo definitivamente de todo intento para conseguir lo que nunca le había pertenecido.

Guillem de Montcada, con otros nobles procedentes de tierras catalanas, llegó en representación de la corona de Cataluña, ahora hermanada con el reino que fue de Alfonso de

Aragón, el primer rey que gobernó sobre las dos tierras. Sancho de Rosellón no vino.

Ágreda, símbolo del tratado entre Fernando II de León y Alfonso de Aragón y Cataluña, que también significó la boda del abuelo de Jaume con Sancha, la hermana del rey de León. Sin esa boda el niño rey no habría obtenido la señoría de Montpellier, añadiendo así la tercera tierra a las dos primeras y ensanchando un reino que ya hacía años que no extendía sus tierras ni recuperaba ningún territorio en manos de los sarracenos y que había tenido que superar una grave crisis económica. Ahora, por fin, comenzaba a levantar cabeza.

Allí se reunieron cuatro reinos, Aragón, Cataluña, Castilla y León, para otorgar sus bendiciones a una unión que se convertiría en la garantía de la continuidad de Jaume, vencedor de Albero y de Lizana y derrotado en Albarracín por culpa de una traición que se saldó con dos tumbas donde reposaban Peregrino de Atrocil y Guillermo de Puyo, dos nobles caballeros.

Leonor entró en la iglesia del brazo de Fernando de Castilla. Era tierna y delicada, tal como había dicho Eixemén, y Jaume la contempló desde el altar, de pie y quieto, tal como mandan los cánones.

Bajo el velo que cubría su rostro se adivinaba una piel blanca y limpia. Caminaba con la cabeza baja, era delgada y menuda, el primer esbozo de una mujer, sin demasiadas formas, confusión entre un cuerpo infantil y adulto, a pesar de que el vestido procuraba enaltecer lo que la naturaleza todavía no había acabado de conceder. Aquella delicada criatura representaba el contrapunto perfecto de la mujer gorda que la seguía a cierta distancia y que permanecía pendiente del menor de los detalles. Era su ama, Urraca, la mujer que había cuidado de ella desde que nació y que seguiría a su servicio hasta que fuese mujer.

El rey aceptó a Leonor con un sí, tomó la espada que reposaba sobre el altar y que había sido bendecida por el obispo, se la ciñó a la cintura en señal que ya era rey de pleno derecho, porque ya tenía reina, y todas las voces de los presentes se elevaron para corear el nombre de su señor.

Durante el banquete Jaume habló largo rato con Fernando de Castilla. Habían decidido, finalmente, que emplearían el latín para entenderse, porque, aunque el rey de Castilla hacía esfuerzos y conseguía pronunciar algunas palabras en catalán, Jaume tenía que repetir demasiadas veces sus respuestas. Y él también se esforzó para pronunciar algunas en castellano, lo que le hizo ganar la estima del rey de Castilla e inició una amistad que continuaría para siempre.

A Fernando le gustaba aquel muchacho. Tenía coraje y fuerza y era más maduro de lo que correspondería a su edad. Si no se estropeaba y no seguía los pasos de su padre, Jaume sería un buen rey. Ésta fue su conclusión tras toda una velada de conversación. Y se sintió satisfecho por haber concedido la mano de su tía, hermana de su madre, aunque más joven que él, a un monarca con el que ya existían fuertes lazos de parentesco. No podía olvidar que el abuelo de Jaume, Alfonso, se había casado con Sancha, hija del rey de Castilla y hermana del rey de León, por lo que Jaume y Leonor eran primos cercanos y, tal vez, deberían haber solicitado una dispensa al pontífice de Roma, pero que nadie recordó.

Jaume no dirigió ni una sola palabra a su esposa, sentada entre él y el rey Fernando, con el velo levantado y la mirada avergonzada por sentirse el centro de atención de todas las mujeres y de buena parte de los hombres. Berenguera, al otro lado, le hizo algunos comentarios y dos conversaciones se entrecruzaron y obligaron a los reyes a hacer contorsiones y a echar la espalda hacia atrás para poder hablar, mientras ellas se agachaban hacia adelante.

Tras el convite, la pareja real se dirigió a las habitaciones que les habían preparado. Las doncellas se retiraron discretamente cuando Leonor ya estaba en la cama, las damas alabaron su belleza y la reina Berenguera en compañía de Urraca se quedó dentro cuando Jaume se presentó en camisón y con cara de asustado. Le acompañaba su consejero Eixemén.

Entonces el rey, en presencia de las dos mujeres y de Eixemén, siguió las indicaciones que le había dado el consejero, se tendió junto a la reina y se quedó contemplando el techo.

La nueva reina se había metido bajo las sábanas, con la espalda apoyada en los grandes cojines que las doncellas habían dispuesto en la cabecera de la cama. La habían lavado y la habían peinado cuidadosamente, cepillando cincuenta veces su pelo.

¿Cuánto rato tenía que estar así?, se preguntó Jaume, porque nadie se lo había explicado. ¿Quizá debería decir algo?

Hasta aquel momento había sabido lo que tenía que hacer, pero, ahora... Siempre entre monjes y caballeros, aquella situación era nueva y desconocida. Se quedó con los ojos fijos en el techo, contemplando la vuelta decorada con pinturas de una escena de caza. Aquel dormitorio no era una cámara real, sino que había sido engalanado para la ocasión. Después bajó la mirada y la posó sobre el tapiz que colgaba a la izquierda de la habitación y que representaba unos nobles que hablaban con un rey. Enrique de Castilla, le habían dicho que era, un rey que casi no llegó a gobernar.

El tiempo transcurría lentamente y todos aguardaban. ¿Qué esperaban? Miró a Leonor.

Ella tampoco sabía nada. Tienes que esperar, le había dicho Berenguera. Tan sólo eso, fiada de que Jaume llegaría con la lección aprendida. De manera que sus ojos también se paseaban por la estancia y regresaban a la sábana blanca que la cubría. Sentía la presencia de Jaume a su lado, aunque no se atrevía a mirarle. Únicamente lo había hecho en la iglesia, una sola vez, cuando él había pronunciado el sí, y durante todo el banquete había comido con la cabeza baja. Había comido demasiado a causa de la emoción y de los nervios, porque no sabía hacia dónde mirar y el plato era lo que tenia más cerca y no le producía vergüenza.

Una sola mirada directa, y muchas de soslayo, durante todo el tiempo, desde que habían abandonado la iglesia hasta que entraron en el dormitorio real.

Serás reina de Aragón y de Cataluña, le había dicho su hermana mayor Berenguera. Eso era todo, y ya era reina.

Al día siguiente, a primera hora, saldrían camino de Huesca. ¿Pero, y aquella noche? ¿A qué tenía que esperar?

Jaume, finalmente, se atrevió a volverse y la miró. Parecía simpática y era bonita.

—¿Tenéis sueño? —preguntó empleando el tratamiento de vos. Era la hija de un rey y tampoco le habían explicado cómo debía tratarla.

Esperaba una respuesta, pero tuvo que conformarse con un movimiento de la cabeza, rápido y seco, y unos ojos que seguían apuntando a la sábana. Lo que no sabía es que ella no le había entendido, porque no sabía catalán, pero como su hermana le había dicho que debía obedecer todo cuanto dijese su señor, había asentido con la cabeza.

—Yo también —sonrió Jaume.

Berenguera miró a Eixemén, que encogió los hombros y mostró una sonrisa. Ahora se daba cuenta de que no le había explicado al rey lo que todos esperaban de él. De manera que dirigió sus ojos hacia Jaume e hizo un gesto con las cejas para reclamar su atención.

Jaume captó la llamada. Ahora la mano del consejero hacía otro gesto, disimulado. ¿Que se metiese bajo las sábanas…? ¡Ah! Era eso lo que esperaban de él. Y lo hizo, pero Eixemén todavía no estaba satisfecho, porque alargaba los labios de una forma extraña y el joven rey procuraba descifrar su mensaje.

Si alguien hubiese entrado en aquel momento, no habría podido reprimir una carcajada. Berenguera tiesa como una vela, Urraca con los labios apretados, Eixemén tenso y haciendo gestos con la boca, Leonor con la mirada prendida de la sábana y Jaume con cara de idiota.

¡Un beso! ¡Por fin lo había descubierto!

El joven se ladeó ligeramente y depositó un beso en la mejilla de Leonor.

Un suspiro escapó de boca de Berenguera, al que se le sumó otro más profundo, éste de alivio por parte del consejero, mientras Urraca sonreía beatíficamente y se dirigía hacia la cama para arreglar la ropa de Leonor.

—Señor... —dijo Berenguera.

Jaume la miró. ¿Y ahora qué quería?

Berenguera se volvió hacia Eixemén. Pero el consejero puso cara de no entender nada.

—La reina todavía no es mujer —murmuró Berenguera con unos ligeros movimientos de cabeza, a uno y otro lado, y un tono que no dejaba lugar a dudas.

—¡Ah! —reaccionó el consejero y también se adelantó para ayudar al rey a salir de la cama—. Debéis regresar a vuestra habitación, señor.

—¿Es todo lo que tenía que hacer? —preguntó Jaume, cuando ya habían abandonado la habitación.

—Por el momento, sí —respondió Eixemén.

—¿Y más adelante?

—Ya... ya... ya lo sabréis —titubeó Eixemén.

¡Maldito protocolo!, se quejaba en su interior el consejero. ¡Tenía que tocarle, precisamente a él, aquel papel! ¡Claro! Jaume era huérfano. Pero podían haber escogido a una que ya fuese mujer, que de esas cosas saben mucho más.

*** ***

Había transcurrido casi un año desde la boda real y María de Liza entró en la sala. Había corrido por todo el pasillo, tras subir la escalera en un suspiro, y llegaba con las mejillas encendidas a causa del esfuerzo, pero es que la noticia valía la pena.

Aún no se había rehecho, y las demás mujeres se la miraban con sorpresa, cuando soltó:

—La reina ya es mujer.

Ana se levantó de la silla, mientras el bordado caía al suelo, se llevó las manos a la boca y miró a las demás con ojos brillantes.

—¡Por fin! —exclamó con alegría.

—Por segunda vez —añadió María.

—¿Y aquella bruja no ha dicho nada?

—¡Ya la conoces! —contestó María.

¡Por supuesto, que la conocían! Desde que Urraca había llegado, nada andaba como era debido. Según la costumbre el ama se quedaría junto a Leonor hasta que fuese mujer. Entonces regresaría a Castilla, porque su pupila ya había alcanzado el estadio en el que debe comenzar a ser ella misma. Mientras, aquella bruja les cortaba el paso y tomaba todas las decisiones, porque la reina no es que fuese tímida y decorosa, sino que era una pánfila.

En todo aquel tiempo no había aprendido su lengua, no hablaba con nadie más que con su ama y con las sirvientas, y se pasaba el día jugando, riendo y bordando. Por más que lo habían intentado, no había manera de apartar a Urraca, siempre presente, aconsejándola, siempre desbaratando sus planes. Y ahora aquella arpía escondía un hecho que podía significar el final de su poder.

—¡Bien! Ya podemos echarla —rió Ana.

—Aún no —negó María—. En Castilla es el hombre que tiene que convertirla en mujer.

—¡Santo Dios! ¿El rey no la visita? —preguntó Blanca.

—Eso pregunto yo —se sumó Judit— ¿Qué hace el rey?

— Se ven de vez en cuando y hablan, pero...—respondió María.

Ni Clara ni Luisa estaban presentes y, por lo tanto, podían hablar sin tapujos.

—De manera que la reina todavía es virgen... —meditó Ana. Su expresión había mudado de la alegría a la preocupación.

—Mucho me temo que como el día que la parieron —contestó María—. Eso es lo que he deducido de las conversaciones con las sirvientas. No la visita y las sábanas nunca aparecen manchadas. Excepto... Y mucho me temo que, si depende de Urraca, va para largo. Esa mala puta le ha tomado gusto a ser la que remueve el puchero.

—¡Virgen Santa! —exclamó Blanca—. Tanta cacería, tanto cabalgar y tanto ejercicio no son buenos. Pedro Ahonés y Guillem de Cervera se lo llevan casi cada día por esos mundos del Señor y, ¡Claro!, cuando cae la noche ya no le queda aliento para nada. ¡Otras yeguas debería cabalgar el rey! —exclamó, y bajó la mirada, como si hubiese dicho la mayor de las inconveniencias.

—A ver si ese fraile... ¿Cómo se llama? —intervino Ana.

—Pedro —contestó María.

—Eso mismo, fray Pedro. A ver si nos ha estropeado al rey, porque es más de nuestro lado que del otro —acabó la frase, medio espantada. Y las demás mujeres también se mostraron preocupadas.

—¿Quieres decir que...? —preguntó Judit.

—¡Echa cuentas! —exclamó Ana alzando las cejas—. María nos ha explicado que ya se le levanta. Te has dado cuenta, ¿No? —preguntó mirando a la encargada del guardarropa del rey.

—Lo he palpado mientras le arreglaba la calza y puedo decir que va bien armado —abrió la mano—. Hay cosas que cuando las has tenido una vez en la mano, no se olvidan por más que seas viuda.

—Pues, algo tendremos que hacer —dijo Judit.


Eixemén negó con la cabeza repetidas veces y su esposa Ana se quedó mirándole boquiabierta.

—¿Nadie ha explicado nada al rey? —preguntó incrédula.

—Monseñor Fernando lo ha prohibido. Dice que la naturaleza ya seguirá su curso, pero que, de ninguna de las maneras, quiere que el rey Jaume pueda imitar los pasos de su padre.

—Ya sabemos que el rey Pedro andaba todo el día … —hizo Ana un gesto significativo—. Pero de aquí a no explicar al rey cómo hay que buscar un heredero…

—Monseñor no quiere ni oír hablar —negó su marido—. Ha dado orden de que el rey haga ejercicio y se mantenga sano y fuerte, con el espíritu limpio y el alma pura.

—¿Y qué espera? ¿Que la reina quede embarazada por obra y gracia del Espíritu Santo?

—¡Ana! —se asustó Eixemén. Aquello era una blasfemia.

—Una cosa es que gobernéis el reino y que lo mantengáis distraído, y otra muy distinta que nos obliguéis a vivir en un infierno. Si tú no hablas con él, lo haré yo.

—Te lo prohibo. Y procura que ninguna de tus amigas tome ninguna iniciativa —la amenazó, y salió.

La discusión había concluido, pero no los pensamientos de Ana. Los hombres eran una pandilla de imbéciles y en aquel asunto, como en tantos otros, las mujeres buscarían la componenda. Tenían que echar a Urraca.

Sin embargo, no resultó una empresa sencilla. El rey nunca estaba solo. Ni de noche. Fray Pedro le ayudaba a desnudarse, le recordaba que tenía que recitar sus oraciones y dormía en la habitación contigua. Y en la puerta, dos soldados. Aquello era peor que un monasterio. ¡Claro que el rey no visitaba a la reina!

—Si no podemos explicárselo con palabras, usaremos otro sistema —apuntó Judit con decisión en una de las reuniones en casa de Blanca, que se había convertido en el segundo consejo de regencia, el gobierno a la sombra que tomaba decisiones en situaciones de emergencia. Y aquella, evidentemente, lo era.

—¿Y cómo nos las apañaremos? —preguntó Blanca.

—Hablemos con la reina —sugirió María.

—El conde Fernando ha dicho que no podemos hablar —dijo Ana.

—Con el rey, pero no con la reina —replicó María.

—Esto no me gusta —meditó Ana, pero acabó aceptando.


Tampoco fue fácil, pero lo consiguieron. Mientras Blanca, Clara y Judit entretenían a Urraca, Ana tomó a Leonor por su cuenta. Así lo habían acordado porque la esposa de Eixemén era la más experimentada de las mujeres de los nobles.

En poco rato Ana descubrió que Leonor era una tierna flor que acababa de despuntar y que no sabía una palabra de nada. Entonces escogió con sumo cuidado las palabras más suaves y más poéticas que encontró, pero la gran sorpresa fue que aquel capullo de trece años, nada más oír lo que tenía que hacer para que su marido depositase la semilla en su interior, se asustó tanto que abandonó la habitación entre lágrimas. Y, naturalmente, Urraca la siguió para consolarla.

—Ha dicho que, si hubiera sabido que el rey tenía que abrirle las carnes y meterle dentro lo que sirve para mear, no se habría casado, porque es una marranada —explicó a las demás, cuando se le acercaron.

—¿Y qué cree que me encontré yo el día que el barón de Liza me levantó el camisón y me abrió las piernas? —exclamó María—. ¡Temblaba como una hoja! ¡Y el daño que me hizo aquel animal con aquel vergajo que no entraba ni a la de tres! Estaba segura de que me reventaría. Se me echó encima como si fuese un colchón y por poco me ahoga.

—¡Bien! Buscábamos una solución y nos encontramos con otro problema —exclamó Clara, que había escuchado las palabras de María con una expresión de asco. Lo de mear no le había hecho gracia. Y por lo que se refiere al vergajo…

Cuando Fernando se enteró de lo sucedido, llamó a Eixemén y cargó contra él. El consejero, nada más regresar a casa, armó una buena bronca a su mujer, y Ana echó la caballería sobre las demás.

—Os dije, que no me gustaba la idea —exclamó, y se marchó hecha una furia.

—No nos queda otro camino que el rey —dijo María.

—Sabes que no podemos hablar con él —replicó Clara, y también se levantó y se marchó.

Ya sólo quedaban Blanca y María. Y un enorme problema, evidentemente.

—No podemos hablar con el rey, pero no olvidemos que tiene ojos para mirar y cerebro para entender y aprender —comentó Blanca.

—¡Exacto! —sonrió María—. Y no hablaremos, pero él sabrá, quiera el abad o no, lo que hay que hacer con una mujer para conseguir de ella el fruto. Y también conocerá cuanto una mujer espera de él.

—¿Cómo?

—El rey tiene que probar hembra. Así de sencillo.

—Sí, pero nunca se queda a solas.

—Por la noche duerme solo.

—¿Y fray Pedro? Duerme en la habitación contigua y no hay forma de echarle. Monseñor Fernando confía en él y ese desgraciado no se aparta del rey para nada. ¿No le tienes en cuenta?

—Con él cuento más que con nadie —sonrió María.

*** ***

Un día el rey comenzó a sentir picores por todo el cuerpo y su piel se cubrió de un sarpullido que le obligaba a rascarse todo el tiempo. Tanto se rascaba que llamaron a los médicos para que lo examinaran.

Unas semanas después, desorientados, sin saber cuál era aquel mal que aquejaba al rey, siguieron el consejo de María y llamaron a Ib-Nasid, un médico mudéjar de gran prestigio que vivía en Huesca.

Ib-Nasid examinó con atención la espalda y el pecho de Jaume para descubrir la causa de tan curioso fenómeno. Estuvo mucho rato, bajo la atenta mirada de fray Pedro, de Eixemén y dos médicos más. María esperaba fuera. Ni en aquellas circunstancias le era permitida la entrada cuando el rey estaba desnudo, aunque no fuese completamente. ¡Madre de Dios! ¡Hasta qué extremo llegaba el puritanismo de fray Pedro!

—He visto otros casos como éste —dijo finalmente el médico mudéjar—. No es grave, pero es muy incómodo, porque puede extenderse a los que le rodean.

—¿Hay remedio? —preguntó Eixemén.

—Una alimentación rica en higos y un ungüento eliminarán este sarpullido en una semana.

—¡Bien! Traedlo y los médicos se lo aplicarán.

—No es tan fácil —sonrió Ib-Nasid—. Es preciso aplicarlo al mismo tiempo que se prodiga un masaje para que la piel lo absorba. Además, huele fatal.

—Explicadme cómo hay que hacerlo, y lo haré —se avanzó uno de los médicos.

—Es un poco delicado. Tan delicado que ni yo mismo me atrevo a aplicarlo directamente, sino que confío en otras manos, porque un pequeño error y vos mismo os cubriríais del mal —explicó Ib-Nasid, y el médico se puso tenso y dio un paso atrás—. Por eso no os lo recomiendo —sonrió—. Y, sobretodo, durante esta semana, el rey debe dormir solo, no podéis permitir que la luz del sol entre en la habitación hasta que no se haya bañado, cosa que hará cada día y se cambiará de ropa, de arriba abajo, y cuando le apliquen el ungüento la luz será tenue. Únicamente un candil.

—Puedo bañarme solo —dijo Jaume, que hasta entonces había permanecido en silencio.

—No —negó Ib-Nasid—. Zoraima os ayudará.

—¡Una mujer! —gritó fray Pedro, asustado.

—No os preocupéis —contestó Ib-Nasid—. Zoraima está consagrada a Alá desde que nació. Además, es una mujer mayor y poca cosa puede hacer —sonrió para tranquilizar al fraile—. Tiene tantos años que podría ser vuestra abuela.

El monje protestó, pero Eixemén le hizo callar. O lo aplicaba él o aceptaba a Zoraima, le dijo. Y fray Pedro, después de contemplar el sarpullido en la piel del rey y ver con qué afán se rascaba, decidió que una anciana no podía hacerle ningún daño.

De manera que al día siguiente, a media tarde, una mujer vestida con una túnica negra que le llegaba a los pies, la cabeza cubierta y el rostro escondido tras de un velo oscuro que impedía verle las facciones, entró en palacio en compañía de la baronesa de Liza y del médico.

La reina Leonor, Urraca, Eixemén, fray Pedro y los dos médicos les esperaban al pie de la escalera y se la miraron con interés. Parecía un alma en pena, tan oscura.

De pronto, Urraca se adelantó y descubrió con decisión el rsotro de la recién llegada.

¡Madre de Dios! Era fea como un pecado, vieja y arrugada. La anciana se asustó y se ofendió ante aquel ultraje, cubriéndose de inmediato.

—¿Pero, qué hacéis? —exclamó Ib-Nasid, estremecido, mientras María abrazaba a Zoraima.

—Lo siento de veras —se disculpó Urraca, cohibida—. No quería hacerlo —dijo, y Leonor la miró con dureza.

—No me extraña que la hayan consagrado a su dios —comentó fray Pedro en voz baja, a Eixemén, y dejó escapar una risita que ahogó enseguida sustituyéndola por una tos forzada.

Todos, excepto María y Urraca, estuvieron presentes cuando Zoraima comenzaba a extender el ungüento por el cuerpo del joven rey y le amasaba las carnes, pero poca cosa pudieron ver, porque la estancia se hallaba en penumbra. Leonor había decidido que Jaume era su marido y que entraría.

Aquello apestaba tanto que obligó a Jaume a taparse la nariz, a fray Pedro a dar un paso atrás, a los médicos a dirigirse miradas el uno al otro y a Leonor a abandonar la habitación.

—Es horroroso —dijo cuando cerraba la puerta.

Urraca la abrazó, mientras María disimulaba su sonrisa.

Dentro de la habitación, el médico mudéjar daba las instrucciones.

—Hay que mantener el ungüento toda una noche —dijo Ib-Nasid cuando Zoraima acabó—. Mañana por la mañana vendrá para bañaros.

—Yo también estaré presente. ¿Lo has entendido? —dijo fray Pedro, dirigiéndose a Zoraima.

La vieja agachó la cabeza, sin responder.

—¿Es muda? —preguntó Eixemén.

—No puede hablar con hombres —explicó Ib-Nasid—. Está consagrada a Alá.


A primera hora, cuando el sol despuntaba, Zoraima regresó en compañía de María y entró en la habitación del rey, donde habían dispuesto un barreño de agua tibia. María no entró, porque tenían que desnudar al rey. Sin embargo Leonor, repuesta y con nuevo coraje, y los dos médicos, que también habían venido, querían estar presentes. Fray Pedro hizo un gesto con la cabeza. Quizá Leonor se encontraría con alguna sorpresa.

—¡Menuda noche! —exclamó Jaume cuando se levantó—. Pero me siento mejor. Ya no me pica tanto.

Jaume se liberó del camisón y apareció lo que tanto temía el fraile. Un muchacho joven que se levanta de la cama y que todavía no ha aligerado los líquidos, normalmente levanta algo más que la cabeza. Y los ojos de la reina se abrieron de par en par al mismo tiempo que su boca, al contemplar aquel monstruo que, según le había dicho Ana, algún día le abriría las carnes y se le colaría dentro. Pero no hizo el menor comentario, sino que continuó extasiada con el espectáculo que se le ofrecía ante los ojos.

Sin embargo, no duró mucho. Jaume todavía no se había sumergido en el agua para dejar que la vieja lo lavase de pies a cabeza, que Leonor abandonó la habitación, pasó por delante de María con cara de asustada y desapareció sin despegar los labios, mientras Urraca corría tras de ella.

A la baronesa de Liza no le hizo falta ninguna palabra para descubrir que en esta ocasión no era el mal olor, que hacía huir a la reina, sino lo que había visto. ¡Bien!, pensó, alguna vez tenía que ser la primera. Y, quizás, Leonor, después de un rato se acostumbraría y ya no lo encontraría ni tan grande ni tan peligroso. ¡Virgen Santa! ¡Menuda pánfila les habían colocado los reyes de Castilla y de León! Todo la asustaba, todo la estremecía, todo le daba miedo. Tal vez cambiaría cuando descubriese que lo que tanto pánico le daba, bien usado, también podía ofrecerle placer, porque, a veces, las más remilgadas son las que después nunca se hartan.

Dentro de la habitación, fray Pedro no perdió detalle, pero no vio nada especial. La vieja lavaba al rey con un paño que humedecía con un líquido rosa, y no se le adormecía la mano en ninguna parte ni dedicaba mayor atención a un punto que a otro. Además, el ungüento ya no despedía mal olor, pensó. Pero, de pronto, el agua adquirió un color marrón y el recuerdo de aquel olor penetrante y pestilente se alzó de nuevo. Uno de los médicos tuvo que apoyarse en la pared. ¡No había quien lo aguantase!

Finalizada la operación, fray Pedro vistió a Jaume con la ropa que había escogido María y ésta, siguiendo la costumbre, entró para dar sus últimos retoques.

Llegado el anochecer, se repitió idéntica escena, pero la reina ya no asistió. Aún debía de estar digiriendo la sorpresa. Fray Pedro no pudo soportar mucho rato y decidió que la vieja no representaba ningún peligro y que bien podía dejarla a solas con el rey. De manera que también abandonó la habitación, dejando dentro a los dos médicos que soportaron aquel suplicio.

El tercer día, fray Pedro saludó a María, abrió la puerta de la cámara del rey y dejó entrar a Zoraima. Él se quedó con la baronesa, fuera. La reina tampoco había venido y los dos médicos se habían excusado. Como el rey mejoraba…

De vez en cuando, Pedro abría ligeramente la puerta, justo para ver, y espiaba, pero no entraba. Y cada vez que abría la puerta los dos soldados de guardia arrugaban la nariz y soplaban. ¡Qué peste!

El cuarto día ni miró a la vieja. Tan sólo le abrió la puerta para que entrase y ya no espió ni se interesó por saber qué hacía. Ya lo sabía y, además, María tenía infinitas confidencias que explicarle. Tantas, que el tiempo voló y cuando la vieja salió, el monje se la miró y preguntó:

—¿Ya habéis acabado?

Zoraima habló en voz baja con María.

—Dice que por hoy ya es suficiente.

—¿Y mejora el rey?

—¡Sí! —escuchó la voz de Jaume, a través de la puerta entornada—. Ya casi no me pica y ya estoy harto de esta peste.

—La reina se ha interesado por vos esta mañana —dijo desde fuera fray Pedro, metiendo sólo la nariz, sin atreverse demasiado, porque aquel olor le mareaba—. Dentro de un par de días, todo se habrá acabado. Recordad que tenéis que rezar vuestras oraciones —y cerró la puerta.

Jaume vio a fray Pedro que apagaba todos los candiles, excepto uno. Dentro de poco llegaría Zoraima y tendría que someterse a la tortura que ya hacía casi una semana que duraba. Del masaje no se quejaba, sino que todo eran alabanzas. Aquella vieja conocía bien su oficio y le dejaba tendido y contento, hasta el extremo que dormía plácidamente toda la noche y se olvidaba del olor que desprendía aquella pócima con la que le untaba todo el cuerpo, que, también había que decirlo, desaparecía al cabo de poco rato. Sin embargo, los picores habían cesado y el sarpullido ya comenzaba a ser un recuerdo.

—¿Os encontráis mejor? —preguntó el fraile.

—Con ganas de acabar —respondió el rey—. Menos mal que voy a cazar con Ahonés y que durante el día no he de aguantar esta pestilencia que ya me parece que se ha pegado a las paredes.

—Cuando estéis completamente restablecido, ordenaré limpiar y perfumar toda la habitación.

Escucharon unos golpes y un soldado sacó la cabeza por la puerta.

—La vieja ya ha llegado —anunció y se retiró para dejarla pasar.

La mujer depositó el frasco sobre la mesilla que había junto a la cama, tal como hacía cada anochecer, y antes de que lo hubiese destapado, fray Pedro desapareció.

Jaume se quitó el camisón y se tendió en la cama, boca abajo, completamente desnudo. Levantó las manos por encima de la cabeza y cerró los ojos. Instantes después, sintió el contacto de las manos. De manera que dejó hacer a la mujer y se abandonó completamente cuando los dedos alcanzaron sus piernas y siguieron hasta sus pies.

Finalizada la operación, Jaume se dio la vuelta. La luz era tenue y sólo podía ver la sombra oscura de la túnica. No hablaban, porque aunque lo había intentado el segundo día, aquella mujer no respondía.

Las manos comenzaron por el cuello y descendieron hacia al pecho. Después el estómago y, finalmente, alcanzaron el pubis y empezaron a acariciar el sexo del joven, pero esta vez se quedaron más tiempo del habitual.

—¿Es mi nariz o es que hoy no huele mal? —preguntó Jaume, sorprendido, abriendo los ojos de golpe.

No hedía, sino que flotaba un perfume en el ambiente. Se incorporó ligeramente. Notaba su excitación. El masaje era diferente de las otras noches. Muy sensual. Y vio cómo su miembro crecía en la mano de aquella mujer, que le retiraba la piel y la cubría con delicados movimientos que encendían en su interior un fuego que le colmaba de placer. Intentó decir algo, pero la otra mano de la mujer le tapó la boca y una voz dulce le susurró:

—No os mováis y dejadme hacer.

Agarró aquella mano y notó que la piel era fina y que desprendía un olor de violetas. ¡Y la voz no pertenecía a ninguna anciana!

Se incorporó y la mujer se retiró un paso para agacharse, agarró el borde de la túnica y la alzó lentamente.

Bajo la penumbra del candil, Jaume vio aparecer las piernas, los muslos, las caderas, los pechos redondos, firmes y bien plantados y el rostro de una joven que nada tenía que ver con Zoraima.

—¿Quién eres? —preguntó medio asustado.

—El espíritu del amor —susurró ella, se encaramó en la cama como una gata perezosa y empezó a besarle los pies, a morderle con ternura los dedos y a lamerle las piernas, mientras ascendía lentamente, dejaba atrás las rodillas y seguía muslos arriba.

—¡Oooh! —exclamó Jaume. Aquello era increíble y el pene se le había endurecido tanto que casi le dolía—. ¡Ooooh! —repitió, mientras caía de espaldas.

Se incorporó de nuevo cuando sintió que la punta de la lengua de aquella aparición buscaba otra punta que se avanzaba con fuerza y le obligaba a arquear todo el cuerpo.

Se levantó de un salto, tomó aquella cabeza para que no se moviese de allí e inició un movimiento que no sabía de dónde surgía, pero que cada vez era más fuerte y le obligaba a penetrar aquella boca.

De pronto, la mujer se liberó y subió hacia él para morderle los labios, mientras le agarraba el miembro y lo introducía en un lugar caliente y húmedo. Aquí, el mundo se le vino encima, atrapó con fuerza las dos masas de carne que eran las nalgas de ella y la apretó contra él con la energía de todo su cuerpo, hasta que pensó que el alma se le escapaba por la punta del pene.

Instantes después respiraba extasiado, una suave modorra le invadía mientras escuchaba tiernas palabras y el sueño le atrapaba.

La primera cosa que miró fueron las manos de aquella mujer que le bañaba. Volvían a ser arrugadas y viejas. ¿Y anoche?, se preguntaba.

—Esta noche he tenido un sueño —dijo, procurando descubrir el rostro que se escondía tras el velo oscuro—. ¿Crees que hoy se repetirá? —preguntó.

Las manos de la vieja se detuvieron un instante y su cabeza hizo un ligero movimiento, arriba y abajo.

Entonces, Jaume sonrió y estiró los brazos por encima de la cabeza, mientras lanzaba un prolongado bostezo. Simplemente, se sentía bien y recordó las últimas palabras que había oído la noche anterior.

—No debéis contárselo nunca a nadie, porque los sueños agradables sólo se repiten cuando son un secreto.

*** ***

La pregunta había sido directa y la respuesta también había de serlo. De manera que la muchacha aflojó el cordón que cerraba su vestido y se sacó fuera un pecho, que mostró a las mujeres que permanecían sentadas en las sillas.

—Así es cierto, que está mal destetado —dijo Blanca con fuertes movimientos afirmativos.

El pezón era oscuro y grande y a su alrededor se distinguían claramente las marcas.

—No se ha dejado un sólo diente —comentó María, mientras examinaba con detalle el pecho joven y altivo de la muchacha.

—Chupaba con tanta fuerza que me hacía daño y cuando he querido retirarme, me ha mordido.

—¿Y te ha gustado? —preguntó Blanca.

—¡Uf! —ladeó ligeramente a un lado la cabeza.

—No me estoy refiriendo al mordisco. Eso ya me imagino que no —sonrió Blanca—. El resto. Ya me entiendes —aclaró.

—Puedo asegurar que el rey ya sabe cómo debe tocar a una mujer —le devolvió la sonrisa.

Blanca se levantó de la silla, tomó las monedas y se las dio. La muchacha regresó el pecho a su lugar y se ató el vestido.

—Desaparece y que nadie te vea nunca más —ordenó.

La muchacha hizo una reverencia y se marchó.

—Ib-Nasid es un gran médico. Y sabe escoger bien a sus colaboradoras —dijo María.

—Y también cobra bien por sus servicios —respondió Blanca—. Pero no podemos quejarnos. Tenía razón: el ungüento y la dieta de higos han obrado milagros.

—Sobretodo los higos, porque con uno de veras ha sido suficiente —dijo María, y ambas estallaron en sonoras carcajadas.

La puerta se abrió y aparecieron Luisa y Clara.

—¿Qué es lo que os hace tanta gracia? —preguntó Luisa.

Pero no recibió respuesta, sino que Blanca y María siguieron riendo, mientras las otras dos las miraban sin entender nada.


Dos días después, por la mañana, una doncella de la reina se dirigió a las habitaciones del rey. María acabó de retocar el vestido de su señor y, al salir, vio a la doncella.

—Ya está, señora —dijo la doncella con una reverencia.

—¿Seguro? —preguntó María.

—Ayer el rey visitó a la reina y esta mañana las sábanas estaban manchadas y como la reina fue mujer no hace ni una semana...

—¿Y esta mañana, cuando vestías a la reina, no has notado algo extraño?

—Ponía cara de asco y en todo el tiempo no ha cesado de restregarse el pecho. Lo tenía enrojecido.

María sonrió, buscó una moneda de plata y se la dio.

Sí. Ya estaba. Y, evidentemente, el rey estaba mal destetado.

Dio media vuelta y se marchó a comunicar la noticia. Entonces vio a Eixemén que había venido a buscar Jaume.

—Inútiles —murmuró entre dientes, cuando pasaba por su lado.

El consejero se detuvo pensativo.

—¿Habéis dicho algo? —preguntó.

—Un pensamiento en voz alta —respondió María y siguió andando, mientras movía la cabeza a un lado y a otro y hacía chascar la lengua.


Una semana después la noticia llegó a oídos de Fernando, que llamó a Eixemén y le dijo:

—¿Os dais cuenta de cómo la naturaleza es sabia y no era preciso explicarle nada?

Eixemén inclinó la cabeza, sumiso.

—Sí, monseñor. Vos teníais razón y nosotros estábamos equivocados. La naturaleza es un milagro de Dios —respondió.

La crisis había concluido, porque días después Urraca, con lágrimas en los ojos, partió camino de Castilla y todas las mujeres de los nobles mostraron una sonrisa de satisfacción.

Leonor ya era mujer. ¡Al fin!

# 12 - LOS MUNDOS PEQUEÑOS

La primavera siguiente Pedro Ferrandes envió una carta a Jaume, desde Albarracín. La manifestaba su deseo de visitarlo y rogarle el perdón para Rodrigo Lizana, que había sido engañado por el conde Sancho, ya retirado al Rosellón.

—¿Qué pensáis, vos? —preguntó Jaume a Eixemén.

El consejero tomó la carta y simuló leerla. Ya estaba al corriente del contenido y, evidentemente, ya había sido debatido en el sí del consejo.

—Parece sincera —dijo.

—¿Qué debo hacer?

—El tiempo cura las heridas, a pesar de que siempre persiste el recuerdo. Pero el recuerdo ha de ser fuente de experiencia y nunca un freno —respondió Eixemén—. Lope de Albero es un hombre sensato y generoso. En Albarracín perdió a Peregrino de Atrocil y Guillermo de Puyo, pero creo que sabrá

Albert Salvadó

perdonar —¡Claro que sí! El consejo ya había hablado con él—. Por otro lado, Cataluña os ha prometido fidelidad y sólo resta el retorno de Lizana para que todo Aragón también os haya jurado lealtad. Deberíais convocar unas cortes y firmar un tratado de paz y tregua entre todos los nobles.

Jaume se quedó en silencio. Como siempre, el consejo de Eixemén le parecía acertado. Desde hacía meses Sancho había desaparecido de escena y su tío Fernando callaba y permanecía quieto en Montaragón. El perdón de Rodrigo de Lizana y un tratado de paz y tregua significarían el inicio de una nueva etapa.

—Será en Monzón —dijo, finalmente—. Tengo ganas de volver a ver a maestro Guillem y comprobar si el culo de Miravell sigue tan blando como cuando lo dejé —sonrió divertido—. Preparadlo todo y enviad una carta a Ferrandes. Decidle que acepto verle y que Lizana será perdonado.

—Así se hará, señor.

—Que preparen mi caballo.

—¿Saldréis a cabalgar de nuevo? —alzó las cejas Eixemén.

—Sí, pero antes haré una visita a la reina.

Jaume se levantó y se dirigió hacia la puerta, mientras el consejero le dedicaba una reverencia y una sonrisa.

¡Pobre reina! Desde que el rey había probado hembra se frotaba con demasiada frecuencia los pechos y, ahora, él ya conocía el significado. Ana se lo había explicado. Todo Huesca sabía cuando el rey hablaba con la reina, porque otro hecho curioso se le sumaba. Cada vez que Jaume cabalgaba a Leonor, no quedaba satisfecho y tenía que calmarse montando una verdadera yegua. Entonces salía a galope tendido y recorría el llano hasta que se sentía agotado, lo que tenía muy preocupadas a las esposas de los nobles.

—¿Y dices que la reina no...? —preguntó Blanca a María.

Estaban solas y, a pesar del tiempo transcurrido, no habían explicado nada a sus compañeras. Ana hablaba demasiado con su marido, y Eixemén era un bocazas, y entonces... Aún habría llegado a oídos del abad Fernando. No querían ni imaginarse cómo se habría puesto, convencido como estaba de que la naturaleza había seguido su curso y que Jaume sólo miraba a su esposa, cuando todas habían captado que los ojos del rey a menudo se perdían en un escote demasiado pronunciado y que, incluso, enrojecía cuando notaba que alguien le había descubierto.

—No. Sólo se tiende y deja que él haga —contestó la baronesa de Liza.

—¿Cómo lo sabes?

—Me lo ha confesado ella misma. Se queja de que el rey la visita con demasiada frecuencia y que no le agrada porque le molesta que siempre le esté abriendo las carnes. Según la reina, nunca tiene bastante —explicó María—. ¡Ojalá la deje preñada de una vez! De esta manera, cuando tenga que parir, se le abrirán de veras y, quizás, deje de sentirse tan molesta.

—¡Cómo nos la colocaron! —exclamó Blanca.

—Pero es la reina y hemos de cargar con ella.

—No me lo explico. Aquella puta nos aseguró que el rey había aprendido cómo hay que tocar a una mujer.

—Tal vez nos engañó.

—Entonces pagamos por nada.

—No digas eso —sonrió María— Por lo menos, conseguimos nuestro objetivo, y la reina ya es nuestra.

Blanca asintió. Pero seguía pensando que a ella no la engaña nadie y que todo servicio debe estar en consonancia con el precio.

*** ***

Monzón andaba revuelto. Por todos los rincones se veían frailes y soldados que acarreaban bandejas de comida, sillas y escobas con las que limpiaban el patio, mientras encerraban a los cerdos, los conejos y las gallinas en el corral.

La sala de los caballeros estaba preparada y Miravell llamó a maestro Guillem para que diese su aprobación. Habían dispuesto el trono a un lado y el resto de las sillas formando un semicírculo, alrededor. También habían limpiado las armas que colgaban de la pared, habían cambiado las antorchas y habían repasado los candiles para no faltase aceite ni mecha.

El hermano Bernardo se encargó de que todas las viandas estuvieran a punto para cuando llegasen los nobles. El rey, naturalmente, entraría el último, momento en que los frailes tendrían las bandejas y las jarras bien dispuestas.

Maestro Guillem revisó hasta el último detalle y ordenó algunas correcciones. Finalmente, cuando se sintió satisfecho, se dirigió a la muralla y esperó pacientemente.

El primero en llegar fue, como siempre, quien venía de más lejos. Guillem de Montcada, montado en un caballo negro bien apareado con el arnés lucía los colores del escudo bordados a cada lado de la silla. Su aspecto era imponente, con la barba negra que terminaba de enmarcar su rostro, la única parte del cuerpo que quedaba expuesta a la luz del sol. Llegaba sediento y descabalgó con sus acompañantes ante maestro Guillem, que había bajado para recibirles a la puerta de la torre del Homenaje.

—Dios os guarde, a vos y a vuestros acompañantes —saludó el superior de los templarios.

—Ahora nos guarda, porque está con vos —respondió Montcada, e inclinó ligeramente la cabeza.

—¿Habéis tenido buen viaje?

—Sí, gracias.¿Ha llegado alguien más? —preguntó, mientras se sacaba el guante.

—Sois el primero.

—Entonces podré lavarme y liberarme del arnés.

Mientras Miravell acompañaba a Montcada a las habitaciones que habían dispuesto para los caballeros, el maestro de los templarios vio llegar a Nuno Sanches acompañado de Pere Cornell. Y poco después aparecieron, casi uno tras otro, Ponce de Torroella, Ató de Foces, Artal de Luna y Bernardo Santa Eugenia.

Poco a poco, aquel patio se llenó de caballos que eran trasladados a las caballerizas por los escuderos y tratados con la misma devoción que dedicarían a su amo, mientras un monje se afanaba por recoger los restos que aquellos animales dejaban escapar sin tener en cuenta la fecha ni la calidad de los visitantes ni el acto que tendría lugar entre aquellos muros. Los pobres no entendían de protocolo ni de educación y aligeraban el vientre donde mejor les placía. El llano acogió a los escuderos y acompañantes, a los que no les estaba permitida la entrada en el castillo.

Cincuenta caballeros vieron entrar a Pedro Ferrandes y Rodrigo Lizana. Lope de Albero apretó los labios y cerró los puños, pero no dijo nada. Había dado su palabra al rey y la cumpliría como buen caballero. También había recibido dos mil maravedíes en compensación por las pérdidas ocasionadas, cantidad que consideró suficiente para otorgar su perdón. Todo hay que decirlo.

Todos esperaban delante de la sala de los caballeros, excepto los recién llegados, que permanecían en la puerta de Monzón, sin entrar. Ferrandes no pertenecía a los hombres del rey y Lizana aún no había sido perdonado.

Al filo del mediodía, el oficial de la torre del Homenaje vio subir por el camino un grupo de soldados que llevaban el estandarte real. Bajó al patio y avisó a maestro Guillem.

—El rey ya está cerca —comunicó a los presentes, y todos salieron a recibirle.

Albert Salvadó

En dos filas bien ordenadas entraron los escuderos y se situaron en dos líneas que delimitaban el camino por el que pasaría el rey, que llegaba acompañado de Eixemén, Ahonés, Blasco de Alagón y Vallés de Antillón, que descabalgaron antes que su señor. Nadie, excepto él, tenía el derecho de entrar con sus escuderos. Entonces, cuando todos estaban en tierra y quedaba claro que el rey se encontraba por encima de todos ellos, Jaume dejó la silla y se dirigió a la puerta para convidar a entrar a Ferrandes y Lizana.

—Sed bienvenidos a nuestra tierra —dijo.

—Os agradezco vuestra hospitalidad y espero que sea en bien de la paz —respondió Ferrandes con una fuerte inclinación de su cabeza, a la que el rey correspondió con otra más pequeña.

—¡Señor! —se avanzó Lizana e hincó una rodilla en el suelo, mientras extendía su mano con la palma hacia arriba y agachaba la cabeza.

—La ofensa mayor ha sido para Lope de Albero. Allí perdió parientes y amigos, que también lo eran nuestros —dijo el rey, siguiendo los consejos que le había dado Eixemén. Se volvió hacia Lope—. ¿Qué tenéis que decir, vos?

—Ya ha habido demasiada sangre, demasiada lucha y demasiado odio. Basta de enemigos entre nosotros —respondió el de Albero.

El joven rey sonrió y, ante la sorpresa general, se adelantó unos pasos, tomó por los hombros a Lizana y le alzó. Entonces lo condujo hasta Lope y los puso frente a frente.

—Basta de enemigos entre nosotros —repitió las últimas palabras de Lope.

Lope abrazó a Rodrigo.

—¡Basta de enemigos entre nosotros! —corearon todos.

Entonces se dirigió hacia maestro Guille y Miravell. El superior de los templarios había envejecido y Miravell también lucía más arrugas en la frente.

—Ha pasado mucho tiempo —dijo Jaume.

—Y me siento feliz porque este tiempo os ha permitido crecer mucho —sonrió maestro Guillem.

—¿Creéis que ahora tengo el culo bastante duro como para ser caballero? —preguntó a Miravell.

—Ya soy demasiado mayor para poder comprobarlo —respondió el caballero—. Pero me basta con ver que ceñís la espada y montáis como un experto —se arrodilló y extendió la mano con la palma hacia arriba.

Jaume hizo una pequeña inclinación con la cabeza, ordenó que se alzase, dio media vuelta y entró en la sala de los caballeros. Entonces todos los nobles le siguieron.

Montcada había observado la escena con una mezcla de sorpresa y preocupación y tomó Eixemén a parte.

—No era necesaria tanta efusión ni tanta familiaridad —comentó—. Bastaba con una inclinación de cabeza, tal como ha hecho con Miravell.

—Ha sido idea suya, lo de tomar a Lizana por los hombros. No mía —respondió Eixemén.

—Las iniciativas personales son peligrosas —sonrió Montcada—. Vos ya lo sabéis. O, por lo menos, deberíais saberlo.

—No ha sido más que un detalle.

—¿Tal vez vuestra edad ya no os permite descubrir la verdadera importancia de los detalles? —le miró Montcada, y alzó una ceja—. El problema, tenedlo presente, nunca son los detalles, sino que, cuando aparece el primero, pueden seguirle otros más. El rey ha de reinar, pero gobernar… —sonrió sin acabar la frase, y se apartó.

*** ***

Todo fue mejor de lo que esperaba y maestro Guillem se sentía satisfecho con su papel de anfitrión. Todos habían alabado su gusto exquisito al escoger los vinos y las viandas, pero lo que no le convencía era que los nobles no digerían que Jaume comenzase a tomar decisiones y otorgase favores que no estaban previstos.

Para todos, incluso para el interesado, representó una sorpresa que Jaume concediese las tierras de Tauste a Ahonés. Evidentemente, el consejo no sabía nada, pero ninguno de sus miembros protestó, sino que lo celebraron. Se iniciaba una nueva etapa, comentaban. Sin embargo, más de uno no estaba muy de acuerdo con que este nuevo rumbo también significase que el rey empezaba a sentarse de veras en el trono y tomaba decisiones al margen de quien durante los últimos años había regido los destinos de aquellas tierras.

El último de los caballeros partió de madrugada. El rey regresaría solo a Huesca, había dicho Jaume. Eixemén y Ahonés insistieron para quedarse y acompañarle, pero el rey se mantuvo inflexible. Había demostrado que podía gobernar su vida por sí mismo y quería conversar con maestro Guillem y recordar tiempos pasados. De manera que partieron solos, aunque no demasiado contentos.

Aquella mañana Jaume paseó por el castillo y bajó a la cripta, donde se sentó entre las tumbas. Aquel lugar le traía agradables recuerdos.

—¿Queréis asustar a los muertos? —escuchó la voz del superior de los templarios.

Jaume se volvió y sonrió. Llevaba un rato allí y, seguramente, maestro Guillem también.

—Aquella noche, cuando me escapé de la habitación, me seguisteis. ¿Verdad? —preguntó.

—Estábamos muy preocupados y Lluís quería tranquilizarnos.

—¿Qué sabéis de él? —hasta aquel momento no había pronunciado el nombre, a pesar de que nada más divisar el castillo, desde el llano, había pensado en él.

—Nada. Se marchó a la mañana siguiente que vos y ya no he tenido ninguna noticia de él. Es un hombre libre y dispensado de votos. Puede hacer lo que le plazca.

—Un gran hombre —afirmó Jaume.

—Sí —confirmó maestro Guillem—. Un gran hombre.

—¿Por qué abandonó los templarios?

—Hay una parte nuestra que sólo nos pertenece a nosotros y a Dios, donde nadie puede acceder sin permiso. Si él no os lo dijo, menos podré hacerlo yo.

—Eso mismo me dijo él. Con otras palabras. Y me pidió que nunca le preguntase por su pasado ni nunca más pronunciase su nombre ni revelase quién me había enseñado todo lo que he aprendido —Jaume entornó los párpados y respiró hondo, como si quisiera tragarse incluso los espíritus de las tumbas—. Sin embargo, hay una pregunta que me ronda por la cabeza desde que me fui y que nunca me he atrevido a plantear —abrió los ojos y miró a maestro Guillem—. El día que llegó… ¿Lo recordáis? —el superior de los templarios afirmó—. Decidme: ¿Venía como prisionero o como peregrino?

—Venía con una misión que cumplir —respondió maestro Guillem. Guardó un instante de silencio, y añadió—: Y la cumplió.

—¿Volveremos a verle?

—Los designios del Señor son inescrutables. Sólo Él lo sabe.

—Es evidente que poco sacaré de vos —rió Jaume, y se puso en pie.

—Siento mucho no poder seros de utilidad —inclinó la cabeza maestro Guillem.

—Será aquel secreto que todos os llevaréis a la tumba y que yo nunca conoceré. Tal vez es el castigo por algún pecado que desconozco.

—Querría...

—No —negó Jaume—. No os lo recrimino. Di mi palabra y la mantendré.

Subió al pequeño patio y maestro Guillem le siguió hasta el corral. Ya no había el palo ni el muñeco de madera y paja ni ninguno de los artilugios que habían montado para su entrenamiento. Y, ahora, incluso, aquel lugar le parecía tan pequeño que se preguntaba cómo era posible que pudiesen hacer algo allí. No debía de tener más de diez pasos de largo y quince de ancho. Pasos de ahora y no de entonces, naturalmente, porque Jaume había dado un estirón y ya era tan alto como maestro Guillem.

—¿Qué me decís de la paz que han firmado todos los caballeros? —preguntó.

—Un gran paso adelante.

—Eixemén es un buen consejero.

—Sí, pero ya es muy mayor y pronto deberéis sustituirle.

—He concedido a Ahonés las tierras de Tauste porque es valiente e inteligente, pero no acabo de verle como primer consejero.

Maestro Guillem sonrió. Tenía ante sí un muchacho de catorce años que había llegado a aquel castillo, ocho años atrás, con cara de asustado y que ahora hablaba como un adulto.

—Andad con cuidado, señor, porque lo que vos veis, todos lo ven —respondió—. Rodrigo Lizana ha obtenido el perdón, pero, si lo ha solicitado, no creo que sea sólo porque lo deseaba, sino que también ha descubierto cuál es la situación. Por otro lado, Montcada, Artal de Luna, Nuno Sanches, Santa Eugenia o cualquiera de los principales, desea obtener el favor del rey. Habéis firmado una tregua y por el momento reina la paz, pero id con tiento y escoged bien, porque la envidia es muy mala consejera y fuente de conflictos. Si dais más a uno que a otro levantaréis recelos y ya sabéis que las lealtades van más en función de los beneficios que de la estima.

—¿Queréis ser vos mi consejero?

—El día que nacemos se abre frente a nosotros un pequeño mundo, que se reduce sólo a lo que nos rodea —dijo maestro Guillem, con los ojos entornados—. Después, conforme crecemos, el mundo parece crecer con nosotros y los padres ya tienen parientes, amigos y compañeros, de la misma forma que nuestro entorno ya no se reduce a la cuna, sino que descubrimos que hay una casa entera y unos campos. Llegamos a adultos y el mundo se expande hasta el infinito, viajamos, conocemos otras gentes, descubrimos el cielo y las estrellas y sabemos que hay más tierra al otro lado del agua. Pero llega un instante en el que el mundo comienza a reducirse de nuevo y cada vez viajamos menos. Perdemos la memoria y no recordamos hechos que en otro tiempo nos parecían importantes. Poco a poco, nos encerramos, nuestros pasos son cortos y nuestro entorno más pequeño. Entonces quiere decir que ha llegado la hora de retornar a la cuna y prepararnos para una nueva vida, un nuevo nacimiento, lejos de aquí —abrió los ojos y miró al rey—. Es el mayor de los ofrecimientos que jamás me han hecho. Sobretodo porque viene de vos —respiró hondo y negó, con la cabeza—. Pero he de rechazarlo. Soy más viejo que el propio Eixemén. Os serviría menos tiempo que él —sonrió.

Jaume asintió lentamente. Maestro Guillem habría sido un gran consejero, pero tenía razón.

—¿Si Lluís era libre, por qué me abandonó? —preguntó Jaume, cambiando de conversación.

—Para que pudieseis seguir vuestro camino.

—¿Ni siquiera esta respuesta, podéis otorgarme?

Maestro Guillem dudó. Según qué explicación le diera, abriría puertas que más valía que continuasen cerradas.

—Nadie toma una decisión sin que exista una razón, que puede ser buena o mala, de peso o trivial, pero que indudablemente existe —dijo—. Si vos me prometéis que no preguntaréis nada más, os diré que Lluís no os podía acompañar por vuestro bien.

—Debe ser costumbre de los templarios, eso de pedir siempre que el rey no pregunte —dejó escapar una tímida sonrisa Jaume—. De acuerdo. Tenéis mi palabra.

—Si vuestro tío Fernando os hubiese visto llegar en compañía de él, no os habría apoyado.

—¿Por qué?

—Ya habéis preguntado demasiado —sonrió maestro Guillem.

*** ***

Los comitiva se puso en marcha a primera hora de la tarde, después de come. Jaume, al alcanzar la llanura, volvió la cabeza y contempló las murallas de Monzón. Por lo menos, ya sabía que existía una ofensa entre Fernando de Aragón y Lluís de Estemariu. Y con esto, por el momento, tendría que conformarse.

Maestro Guillem, desde la muralla, vio que Jaume se detenía un instante y después espoleaba el caballo y desaparecía camino de Huesca. Le había dado alguna respuesta, aunque no todas las que conocía. Porque la pregunta principal, el por qué, él también la desconocía y, posiblemente, nunca la sabría. Lluís había desaparecido, a pesar de que tenía noticias de que le habían visto camino de Foix. Sin embargo, de eso ya hacía un par de años. Desde entonces nada más había sabido.

Se retiró lentamente. Para él también llegaba la hora de tomar decisiones. Como había dicho, al rey, ya era mayor y hacía días que pensaba que lo mejor sería marchar hacia Poblet y aguardar tranquilamente que Dios le llamase a su lado. Su mundo comenzaba a reducirse.

# 13 - EL AZOR

Lleida se engalanó para recibir al rey y el obispo Berenguer de Erill, durante unos días, olvidó los trabajos de su nueva catedral.

El séquito real entró por la puerta del León en medio de los gritos de la gente que llenaba las calles y no se detuvo hasta el palacio del obispo, donde Arnaldo de Sanauja, señor de les Borges Blanques, permanecía en pie junto al prelado, Cervera, el cónsul, los jueces, los notarios y los hombres ricos. Y otro personaje también le aguardaba. Nuno Sanches, que visitaba aquellas tierras, se les había sumado.

Una vez descabalgó, Jaume escuchó las salutaciones de los prohombres de la villa, el discurso del obispo y el colofón final de Arnaldo de Sanauja. Después contestó con palabras bien escogidas y dirigió una salutación al pueblo, que respondió con vítores. Finalmente entró en palacio para recibir los honores que le eran debidos, mientras el pueblo seguía aclamándole.

A sus quince años, el rey había dado el estirón definitivo y su cabeza emergía por encima de los que le rodeaban, ofreciendo a la gente la imagen de un gran rey, a pesar de su extrema juventud y su cuerpo delgado y demasiado estirado.

Eixemén ya era muy mayor y se había retirado hacía apenas un mes. De manera que le acompañaban Ahonés, Pereo Cornell, Vallés de Antillón, Ató de Foces y Artal de Luna. Pero todavía nadie había ocupado el puesto de Eixemén, porque discutían entre ellos, no acababan de ponerse de acuerdo y no podían proponer un nombre que fuese a gusto y a conveniencia de todos.

Durante toda la mañana Jaume escuchó palabras de bienvenida y recibió homenajes y peticiones de los hombres ricos de la ciudad, que querían aprovechar la circunstancia para obtener nuevos permisos para comerciar. Lleida, una de las ciudades más ricas y con más empuje de todo el reino, con un comercio muy extendido y una producción textil que era la envidia de todos, acogía a su señor con la esperanza de mantener y acrecentar las fuentes que le proporcionaban un gran nivel de vida. Sin embargo, tenía vetadas las rutas del mar. Los sarracenos de Valencia y de Mallorca dominaban las aguas. Por eso los ojos de los hombres ricos se habían dirigido hacia el norte y sus carros habían subido hasta las tierras de más allá de Los Pirineos, hacia el Rosellón y hacia Provenza, aprovechando la paz que ya se alargaba unos meses, pero que ahora estaba amenazada porque Guillem de Montcada, acompañado de Pedro Ferrandes y de trescientos caballeros, se había plantado a las puertas de la ciudad templaria de Vallcarca.

Jaume se había enterado de la noticia nada más llegar a Binéfar, pero nadie había sido capaz de explicarle con claridad qué había sucedido. El asunto, decían, era entre Montcada y

Nuno Sanches. Algunos apuntaban que por causa de unas tierras, otros hablaban de ofensas mutuas y todavía había quien se inclinaba más por cuestiones económicas que intentaban hacerse con el mercado de madera de la zona de Olot. De manera que, al llegar a Lleida y encontrarse con uno de los protagonistas de aquella situación, decidió que era una buena ocasión por dilucidar las verdaderas razones.

Ya entrada la tarde y después de haber despedido a los hombres ricos de la ciudad y de los alrededores, pidió quedarse con Nuno Sanches. Con él se encontraban Peere Cornell y Ahonés. Entonces le preguntó por lo que había escuchado el día anterior y Sanches miró a Cornell y dudó.

—Señor, vos sabéis la estima que siempre he sentido por el senescal Guillem de Montcada —dijo, finalmente—. Una estima que siempre he manifestado y que nunca he roto. Pero él me pidió que le regalase un azor que utilizo para cazar, por el que siento una especial predilección. En cuanto me negué, él se ofendió hasta el punto que ahora pretende atacarme.

—¿Os peleáis por un azor? —preguntó Jaume, sorprendido. Ahonés y Cornell no respondieron cuando el rey les miró. Habría esperado cualquier otra razón, pero un ave de rapiña... Parecía más una disputa entre criaturas que un asunto que podía poner en peligro la estabilidad del reino—. Si tanto lo desea, regaládselo. Yo os daré otro —dijo con una expresión de evidencia.

—No puedo, porque el azor ha muerto y él no quiere aceptarlo.

—¿Y qué debo hacer yo? No puedo permitir que mis nobles se peleen entre ellos por una estupidez.

Cornell se adelantó.

—Hablad con él y hacedle ver que un hombre de su calidad no puede sentirse ofendido por un detalle tan insignificante, porque, si en estos menesteres no es capaz de transigir, ¿Cómo podrá dar consejo a quien se lo pida? —sugirió.

Jaume se volvió hacia Ahonés, que seguía en silencio, y Nuno Sanches lanzó una mirada de pocos amigos a Cornell, que se la devolvió acompañada de una pequeña reverencia y una sonrisa.

—Hablaré con él —dijo Jaume, tras reflexionar unos instantes.

Nuno Sanches se levantó de la silla, agachó la cabeza y se marchó. Si hubiese comunicado al rey la verdadera razón, que le habían llegado rumores de que Montcada era uno de los nombres que más sonaba para sustituir a Eixemén como consejero principal, debería haber confesado que la envidia pregonada por maestro Guillem había anidado en su corazón. De aquí había nacido la disputa que se convirtió en ofensa y, finalmente, en lucha. Ambos perseguían el favor del rey, demasiado joven todavía y habiendo perdido el concurso de Eixemén, y Nuno, que no se esperaba que Jaume estuviese enterado de lo que sucedía, había escogido a toda prisa una pequeña discusión para convertirla en la absurda razón de aquel desbarajuste. Y Pere Cornell había incitado al rey a hablar con su enemigo. ¡Maldito!, pensaba Nuno Sanches. Y maldito Ahonés, que no le había echado una mano, sino que había permanecido en silencio.

¡Un azor! ¿Como podía Montcada, ¡Él!, senescal, jefe de gobierno y comandante del ejército real, perteneciente a una de las más noble e importantes familias del reino, hombre prudente e inteligente, iniciar una guerra por un pájaro que ya estaba muerto?, se preguntaba Jaume. ¡Aquello era absurdo!

—Nuno Sanches es un mal nacido —dijo Montcada, cuando Jaume le reprendió como a un niño malcriado.

Él tampoco podía confesar la verdadera razón del enfrentamiento, porque entonces saldrían a relucir demasiadas cosas y tendría que hablar de todas las conjuras que intentaban rodear al rey de una telaraña que lo ahogaría y dejaría en manos de los nobles todas las decisiones del gobierno. De manera que aceptó que aquel pájaro era el origen de todo mal.

—Retirad a vuestros caballeros —le ordenó el rey.

Y Montcada, con todo el odio del mundo hacia Nuno Sanches, se retiró de Vallcarca, pero, sin decir nada a nadie, ordenó que sus tropas se dirigiesen al Rosellón.


El rey abandonó Lleida dejando tras sí un gran recuerdo. Los comerciantes habían obtenido nuevos y substanciosos favores y le recordarían como un rey que velaba por sus súbditos, que había hecho más concesiones de las que había aprobado el consejo.

Poco después Jaume regresó a Huesca convencido de que todo se había solucionado, pero Nuno Sanches, a sus espaldas, se entrevistó con Ahonés y el abad Fernando, que, después de oír sus quejas, reunieron al consejo y decidieron hablar con el rey.

—Montcada ha tomado Alveri a Ramón de Castillo-Rosellón —comunicó Ahonés al rey.

Pero…¿Qué significaba aquello? De pronto, todos se había vuelto locos y nadie entendía nada de cuanto estaba sucediendo. Montcada le había prometido que abandonaría Vallcarca y, contraviniendo la palabra dada, se había dirigido a Perpiñán para enfrentarse a Jaspert de Barberá.

A partir de aquí, la paz que habían firmado los nobles de Cataluña y Aragón se convirtió en papel mojado y las facciones tradicionales se rompieron. Pere Cornell se unió a Montcada, y le siguieron Lizana, Vallés de Antillón, Santa Eugenia y otros, mientras que el conde Sancho, aunque ya retirado, se alzó de

Albert Salvadó

nuevo y tomó las armas junto a Nuno Sanches, que también recibió ayuda de Ahonés, Ató de Foces y el mismo Fernando de Aragón.

En los días siguientes Jaume habló con un buen número de sus consejeros, pero nadie aportaba ninguna explicación a unos hechos que parecían oponerse a toda lógica y, el pobre, no sabía ni por dónde andaba. Sus consejeros le ofrecían visiones tan contradictorias que le era imposible descubrir la verdad. Habría deseado solicitar el parecer de Eiximén, pero el antiguo hombre de confianza estaba muy enfermo y decían que había perdido el juicio. Tampoco podía consultar con maestro Guillem, retirado a Poblet y alejado por completo de las intrigas de los nobles. De manera que siguió las consignas de su tío Fernando y atacó Cervelló, que se rindió en trece días, para, inmediatamente después, dirigirse a Montcada y asediarla.

¿Qué había sucedido?, no dejaba de preguntarse. En un abrir y cerrar de ojos, el reino se había desbaratado y el rey luchaba contra su propio senescal. ¿Por qué? Y recordó las palabras de Lluís: «Si habláis con un herrero os dirá que siempre es más fácil torcer un hierro que enderezarlo».

Dos meses se prolongó aquel asedio y el fantasma de Albarracín se alzó de nuevo, porque Montcada era inexpugnable, y Jaume empezaba a recelar de sus aliados. Esta vez no cometería el mismo error, decidió. Levantó el sitio y regresó a Huesca. Tenía que reflexionar. Mal puedes aplicar remedio si desconoces el mal que te aqueja.

Sin embargo, su regreso significó el aliento de Montcada, que atacó Terrasa y la tomó, se desplazó a Arbucies y también la conquistó, entró en Aragón y se asentó en Tauste, sin que Ahonés pudiera impedírselo. Por lo menos, ésas eran las noticias que le llegaron al rey.

¡Santos del cielo! Aquella locura no tenía ni pies ni cabeza. Nuevas procedentes de Monzón pusieron en su conocimiento que

212

Ahonés se había aliado con Montcada. ¡Pero si hacía apenas unos días que eran enemigos!

Entonces fue cuando Ferrandes vino a verle.

—Señor, tenéis que huir de aquí —le dijo—. Huesca no es segura y vuestro tío Fernando apoya a Montcada. Venid conmigo.

¿Que Fernando apoyaba su enemigo? ¡Virgen Santa! Todo era confuso y las lealtades cambiaban con una rapidez impresionante.

—No hace ni tres semanas que estabas con Montcada y ahora vienes a mí. ¿Por qué? —preguntó Jaume.

—Montcada me ha pedido ayuda para defenderse de Nuno Sanches, pero al final he comprendido que lo que persigue es el poder —explicó Ferrandes.

—Yo confío en él, señor —dijo Nuno Sanches, también presente—. Y tiene razón. Huesca ya no es segura, ni para vos ni para vuestra esposa, la reina. Tenemos que dirigirnos a Zaragoza.

—Tampoco es segura —dijo Ferrandes—. Mejor será continuar hacia el oeste, refugiarnos en el castillo de Alagón y hacernos fuertes mientras negociamos.

*** ***

Desde la muralla de Alagón, Jaume contempló las fuerzas asentadas en la llanura. Era la primera vez que él se encontraba dentro y el enemigo fuera. ¿Tanto había cambiado todo?

Leonor se había encerrado en sus aposentos, rodeada de sus doncellas. El viaje la había fatigado hasta el extremo que no las abandonaba ni para comer. Y el rey vivía en una nebulosa, mientras Nuno Sanches y Ferrandes establecían un plan de defensa. Así transcurrieron semanas durante las que los dos caballeros abandonaban el castillo, se dirigían al campamento enemigo y hablaban y hablaban.

—No debéis ir. Sería peligroso para vos —le decían —.Montcada aprovecharía la circunstancia y os haría prisionero.

—¿Avanzan las negociaciones? —preguntaba él.

—Son difíciles y avanzan lentamente.

Y así transcurrieron los días sin más novedad.


Finalmente, una noche, Nuno despertó al rey.

—Vuestro tío Fernando, Montcada y Ahonés quieren entrar al castillo para hablar con vos —le comunicó.

Jaume se levantó enseguida.

—Sólo entrarán ellos y nadie más —dijo mientras se vestía.

Pero al llegar al patio vio las puertas abiertas y a los tres caballeros acompañados de más de doscientos escuderos. Entonces se volvió hacia Ferrandes, interrogante, que no decía nada. Ni Nuno Sanches tampoco.

En un estallido de luz lo vio claro. ¡Malditos! ¡Le habían traicionado! ¿Por qué?, se preguntaba.

La respuesta no tardó demasiado en llegar. Reunidos en la sala de la torre, todos le manifestaban su lealtad y procuraban explicarle que era por su bien y por el bien del reino, pero Jaume se dio cuenta de que aquellos meses y meses, sin ningún tipo de explicación coherente, a oscuras, habían sido aprovechados por los nobles para negociar entre ellos el reparto de todas las parcelas de poder. Y ahora todo había concluido, los acuerdos habían sido firmados a sus espaldas y le ofrecían una prisión de oro en Zaragoza. Otros tomarían decisiones por él, porque era demasiado joven y todavía no entendía de asuntos de estado.

No protestó. No podía, porque se sentía tan engañado, tan empequeñecido, tan humillado, tan traicionado y tan abandonado que ni siquiera despegó los labios cuando los nobles, con una hipocresía que daba asco, le juraron fidelidad. El rey siempre será el rey, le dijeron. ¡Sí, el rey siempre será el rey de paja!, exclamó él en silencio, y recordó la advertencia de maestro Guillem: «Andad con tiento con la envidia. No concedáis a ninguno más que a otro».

Pero él, confiado que la paz se había firmado y que su prestigio hacía olvidar que sólo tenía quince años, se adormeció, otorgó favores y ahora se levantaba con el recuerdo, amargo recuerdo, de una terrible pesadilla. Los nobles habían mandado durante muchos años y no permitirían que él tomase el lugar que por derecho le correspondía.

*** ***

Zaragoza abrió sus puertas al rey, pero las aclamaciones no fueron tan grandes como las de Lleida. Jaume ya no era tan importante. Era un prisionero, sin duda alguna, porque le aconsejaron (¡prohibieron!) que no abandonase la ciudad. Por su seguridad, repetían. Y la única oportunidad que le restaba, escribir a su amigo el rey Fernando de Castilla, tampoco estaba a su alcance, porque todas las cartas eran pasadas por el cedazo del consejo regente, que decidía sobre la conveniencia o inoportunidad de cada comunicado. Debemos velar por la paz del reino, le respondían cuando protestaba.

Pocos días después de llegar a Zaragoza, Jaume recordó las enseñanzas de Lluís. La ventana de la habitación que habían asignado a los reyes no era muy alta y no había guardia en la parte posterior. Examinó la pared. Con un poco de habilidad podría alcanzar la muralla y descolgarse hasta al río. El problema era Leonor. Pero con una cuerda… ¿Una cuerda? Buscó por toda la habitación. Las cortinas, las sábanas y la propia ropa servirían.

Llegada la noche, la despertó.

—Tenemos que huir —le susurró.

—No podemos —le contestó Leonor—. Hay soldados en la puerta.

—Saldremos por la ventana —y la arrastró para mostrarle el camino.

Leonor contempló la altura y se aterrorizó. No podría, casi gritó.

—Confía en mí —le explicó él—. Tomaré esta mesa de madera, la ataré y tú te sentarás. Entonces te descolgaré y después bajaré yo.

—No puedo. Tengo miedo —dijo ella.

—No debes temer nada —la asió por las axilas y la levantó como si fuese una pluma—. ¿Ves? Puedo sostener tu peso, aunque hayas engordado un poco.

—¡No! —negó con fuertes movimientos de cabeza—. Estoy embarazada —dijo.

—¿Embarazada? —se quedó de una pieza—. No me habías dicho nada.

—¿Cómo querías que te lo dijese, si nunca estás? —se quejó ella.

—¿Quién más lo sabe?

—Mis doncellas.

Las doncellas... y, por lo tanto, las esposas de los nobles y el consejo y... ¡Todos! ¡Claro que no se preocupaban por poner demasiados guardias! Le tenían bien cogido.

—Iré con mucho cuidado y te bajaré poco a poco —dijo.

—¡No! —repitió ella—. No quiero. No nos han hecho ningún daño y sigues siendo el rey.

—¿Qué clase de rey soy? Un rey prisionero, un rey de paja que no puede ni pasear por las calles —respondió él.

Pero, por más que intentó razonar, no la convenció. Fernando de Castilla era un gran hombre, pero Leonor... nunca había sido más que una pánfila. «Me haces daño, no quiero, ahora no, esto es pecado...». Todo eran negativas cuando estaban en la cama. Por eso cada vez la visitaba menos. Y de poco le había servido todo lo que le enseñó aquella mujer que sustituyó a Zoraima durante dos noches. Por más que lo había intentado, Leonor no se movía ni reaccionaba ni gemía ni lo tocaba. Era evidente que tenerlo junto a ella y ceder a sus peticiones constituía un suplicio.

Ahora estaba bien prisionero. No podía abandonar a su esposa que cobijaba un hijo suyo. Antes que rey era caballero, le habían enseñado en Monzón. Y un caballero nunca retrocede, le había dicho Lluís.

¡Un hijo!, pensó, se apartó de la ventana y se sentó en el borde de la cama. ¿Y qué le diría cuando fuese mayor? ¿Que también sería un rey de paja, porque su madre era una pánfila?

Abatido y derrotado, se metió bajo las sábanas. No valía la pena seguir luchando solo. Un azor, un simple pájaro, a pesar de que fuese de rapiña, le había derrotado.

\*\*\* \*\*\*

Aceptó todas, absolutamente todas las peticiones. Y asistió a la repartición de Aragón entre su tío Fernando, Montcada, Ahonés, Nuno Sanches y otros, que hacían y deshacían a su antojo, todo ello sin que el rey abriese la boca, con la cabeza baja, el cerebro lleno de negros pensamientos y la memoria repleta de amargos recuerdos.

Cada día deambulaba por los pasillos de palacio. Ni siquiera podía salir a la calle, como no fuese acompañado por los soldados. Y escuchó una y mil veces la misma canción:

—Es por vuestra seguridad, señor. Ahora seréis padre y hemos de protegeros, de la misma manera que vos debéis procurar por vuestro hijo.

Sólo en una ocasión se atrevió a enfrentarse a Ahonés. Fue el día que se enteró de que aquel hombre, a quien había distinguido otorgándole Tauste, no había luchado con Montcada, sino que todo había sido una pantomima y que ya había pactado con él y con Fernando la repartición de Aragón. Y no pudo contenerse, porque la rabia ante el engaño, la falta de nobleza de quien le había jurado lealtad como caballero y la hipocresía constante con palabras amables acompañadas de sonrisas, desbordaban con creces la capacidad del vaso de la paciencia.

—Pudisteis detenerle y no lo hicisteis —le dijo, mirándole a los ojos.

—Por vuestro bien, señor —aún se atrevió a contestar Ahonés—. Aquella lucha absurda tenía que acabarse y necesitábamos salvar el reino. Ahora reina la paz y vos seguís gobernando.

—Aunque pasen cien años, tarde o temprano pagaréis todas vuestras deudas —dijo, y se retiró a su habitación, el único lugar donde podía recluirse sin tener que soportar la visión de los traidores.

# 14 - EL PRECIO DE LA LIBERTAD

Zaragoza recibió con muestras de alegría el nacimiento del heredero del rey Jaume, convertido en padre con apenas dieciséis años, y las fiestas se prolongaron durante días. Incluso en la Aljafería, el barrio musulmán que acogía los restos de un periodo ya casi olvidado, las calles se llenaron de alegría y bailes. El niño, sano y fuerte, era rubio como su padre y despierto, comentaban las mujeres. Sin embargo, Jaume seguía triste y contemplaba el infante con pena. ¿Qué sería de él, cuando fuese mayor?

Las comadronas y los médicos que atendieron a la reina comentaban, en voz baja, que aquella mujer era una histérica. Tuvieron que atarla durante el parto. Gritaba como un conejo y no cesaba de repetir que aquel niño la reventaría y la mataría, que era imposible que pudiese salir por donde la naturaleza había previsto. Y maldijo al rey hasta que le sacaron aquella cosa de dentro.

Unas semanas después, cuando ya se había repuesto, juró que el rey no volvería a poseerla nunca más, que con un heredero ya tenía de sobra y que ella ya había cumplido. De manera que se encerró en sus aposentos. Aunque no era necesario. Jaume había perdido todas las ilusiones y ni siquiera soñaba con tocarla de nuevo, sino que sus pensamientos vagaban entre oscuras ideas que dibujaban un futuro lleno de incertidumbre y nada halagüeño. Había caído en manos de los nobles y se había convertido en un juguete que respondía sí, mecánicamente, y no tomaba ninguna decisión.

La criatura fue bautizada en la iglesia de Santa María, el templo románico que habían construido cuando echaron a los sarracenos, y recibió el nombre de Alfonso en recuerdo del abuelo de Jaume. Pero el rey, aunque aceptó las felicitaciones y las muestras de adhesión, seguía inmerso en su universo de tristeza.

Dos días después, Montcada, que había acudido para asistir al acto, pero que había prolongado su visita, convocó una reunión del consejo regente y exigió que se le pagasen los servicios prestados. Al rey le explicaron que era una compensación por las pérdidas ocasionadas por una guerra que él no había iniciado, pero que era de justicia que la corona pagase veinte mil maravedíes de oro. La nobleza, tras años y años sin obtener ganancias adicionales, porque las conquistas se detuvieron con el rey Pedro y nadie las había continuado, de alguna parte tenían de sacar los ingresos y... ¿Qué mejor y más a mano que la corona?

—Las arcas del trono sufrirán un descalabro —se levantó Ahonés—. Pero si es de justicia, hay que pagarlo —sonrió—. Sin embargo, el rey necesita nuevas fuentes de ingresos. Por lo tanto, también será de justicia que el consejo apruebe una campaña contra Peñíscola para que pueda rehacer la economía.

—¿Y quién mandará esta expedición? —preguntó Antillón.

—Yo, naturalmente —respondió Ahonés.

—¿Y quién se quedará con las tierras que conquistéis? —preguntó Ferrandes.

—La ley me concede el derecho a escoger.

Entonces se inició una violenta discusión. Ahonés tenía en prenda desde hacía años, desde que Pedro I se lo cedió, Bolea y Loarre, había conseguido las tierras de Tauste y aún había acrecentado sus riquezas después de pactar con Montcada.¿Hasta dónde alcanzaba su ambición?, gritaban los demás nobles. Y ninguno quería permanecer al margen de una empresa que les reportaría grandes beneficios. De manera que las acusaciones se cruzaron y las voces se alzaron en demanda de ganancias para todos, hasta que Pere Cornell dijo:

—Que sea el rey, quien se ponga al frente.

—¿Te has vuelto loco? —le miró Montcada, sorprendido. Él, senescal y comandante del ejército real, no podía permitirlo—. Le tenemos atrapado y quieres darle un ejército. ¿Contra quién crees que luchará?

Durante todos aquellos meses habían tenido sumo cuidado en dejar al margen de toda decisión a un rey que, un año atrás, había comenzado a decidir por su cuenta y había puesto en peligro el poder de los nobles y, de ninguna de las maneras, podían perder de vista este punto.

—No he dicho que quiera entregarle un ejército, sino que él irá al frente, pero nosotros iremos tras él. Como siempre —aclaró Cornell con una sonrisa.

—No es mala idea —alabó Antillón—. Todo cuanto conquistemos, después nos lo repartiremos o nos lo jugaremos, porque la ley dice que el rey podrá escoger, pero como no escogerá... —rió divertido.

Montcada lo meditó. Tal vez tenían razón y era la mejor solución. Y apoyó la propuesta, a pesar de que a Ahonés no le hizo ninguna gracia.

—De acuerdo. Que el azar establezca las prebendas —aceptó, finalmente.

Los nobles prepararon una fuerza, la dotaron de armas, mientras decidían que enviarían víveres cuando llegasen a Tortosa, y todo quedó listo, pactado y firmado.

*** ***

Plantaron las tiendas frente el castillo musulmán de Peñíscola, colgado sobre el mar, amo y señor de la inmensa roca que se alza a partir de la playa y que permanece como el vigilante perpetuo que observa las aguas, testigo mudo de la pelea que tenía lugar cada día en las tiendas de los nobles que acompañaban a Jaume. Un pobre prisionero con el título real que contemplaba, uno a uno, todos los nobles y escuchaba en silencio las voces que gritaban, porque todos querían mandar, todos querían ser el primero en entrar y llevaban días y días frente a las murallas sin dar un solo paso, mientras Abu Said al-Rahman, gobernador de aquellas tierras y defensor del castillo los observaba desde la torre principal.

Cuando la lucha la tienen ellos en su casa poco has de temer al enemigo, pensaba Abu Said. Y había enviado mensajes a Valencia, por mar.

Tres semanas habían transcurrido y Jaume vio que una parte de los caballeros regresaba a Cataluña sin respetar su persona ni su rango. Ahonés había sido el primero en marcharse, enfadado como estaba porque le habían robado la iniciativa. Sin embargo, Jaume no quiso abandonar el asedio. Como había dicho Lluís de Estemariu, un caballero no huye ni siente vergüenza. Seguiría allí y, si era necesario, moriría, pero nunca más retrocedería. Era la última brizna de orgullo que le quedaba y no estaba dispuesto a perderla. Ya había cedido en Albarracín y en Montcada y no lo haría por tercera vez. Así lo decidió.

Y aquí se produjo el milagro. Los nobles desaparecieron uno tras otro y nadie cayó en la cuenta que tenían que llevarse con ellos al rey, sino que le abandonaron como si fuese un fardo de ropa vieja y rota. ¡Claro! Como ni siquiera despegaba los labios… Nadie se acordó de él.

Pasadas unas semanas, una mañana, llegó un mensaje de Abu Said. Quería hablar con él.

Al día siguiente un grupo de sarracenos abandonó las murallas y se acercó hasta la tienda que Jaume había ordenado plantar en la playa, terreno neutral. El rey de Aragón y de Cataluña se llevó consigo a al-Sabú, un intérprete que les acompañaba.

Abu Said era un hombre alto y apuesto, vestía una túnica blanca y llevaba la cabeza cubierta con un manto que estaba coronado y ceñido por una diadema dorada. Le saludó con unos modales exquisitos, propios de un pueblo que goza de buena cultura, y Jaume le invitó a sentarse y a beber vino, ofrecimiento que el gobernador de aquellas tierras declinó, pero aceptó un vaso de agua. Los seguidores de Alá no bebían vino, costumbre que el rey de Aragón y de Cataluña desconocía. Y otro detalle, que tampoco conocía, era que no iniciaban enseguida una conversación sobre el asunto que les había traído, sino que preferían hablar de temas banales para poder calibrar mejor a su interlocutor y, también, para permitir que su rival hiciese otro tanto con ellos.

—No es de buena educación ir directo al grano y es más prudente establecer un clima de concordia que ayuda a mejor entendernos —le explicó cuando Jaume, lleno de impaciencia, comenzó a hablar.

Sin embargo, la gran sorpresa del joven rey fue descubrir que no le hacía ninguna falta el intérprete. Abu Said hablaba tanto la lengua de Aragón y de Cataluña como el latín, y bien podían entenderse en cualquiera de ambas.

—No podréis resistir mucho tiempo —dijo Jaume, cuando ya habían iniciado el verdadero motivo del encuentro, largo rato después, cuando ya habían apurado dos vasos de agua, porque el rey también prefirió seguir la costumbre sarracena y no tomar vino.

—Esta mañana se ha ido Vallés de Antillón y cada vez sois menos —respondió Abu Said, con una amplia sonrisa y una ligera inclinación de cabeza.

—Cierto, pero vos no estáis preparado y yo, con los hombres que me quedan, aún puedo haceros mucho daño —apuntó Jaume—. Además, no habéis recibido respuesta de Valencia. En caso contrario no estaríais aquí. Por lo tanto, no podéis contar con la ayuda de nadie y yo os juro, por Dios Nuestro Señor, que si es necesario moriré, pero no me iré con las manos vacías.

Abu Said era un hombre inteligente y sabía que el rey de Aragón y de Cataluña no mentía ni fanfarroneaba. Las luchas internas entre los almohades y los almorávides tenían demasiado ocupados a sus protectores y él no disponía de suficientes fuerzas ni de alimentos para soportar un largo asedio. No se esperaba aquella incursión y no había llenado la despensa. Además, ya hacía días que no llovía ni parecía que fuese a caer ninguna gota del cielo y los pozos menguaban deprisa.

—¿Cómo vais a enfrentaros con un enemigo, si ya lo tenéis en casa? ¿Cómo queréis dar órdenes, si vuestros propios súbditos no os escuchan? —aún preguntó Abu Said.

—Os lo he jurado y cumpliré mi palabra, porque, tal vez, es lo único que me queda y no voy a perderla —contestó Jaume.

—Creo en vuestra palabra, porque habéis tenido un maestro como no hay otro y, si de él habéis aprendido el valor de la palabra, sois todo un caballero.

Jaume le miró de hito en hito. ¿Qué sabía él de las enseñanzas que había recibido? Y así se lo preguntó.

—Conozco a Lluís de Estemariu y conozco muchas más cosas —dijo Abu Said.

—¿Sabéis dónde está ahora?

—¿Sabéis vos dónde está el viento?

—No.

—Pues el caballero de Estemariu es como el viento —sonrió Abu Said—. El día que tengáis paz en vuestra casa, y gobernéis de veras, podréis regresar y quitarme estas tierras. Incluso, yo os las entregaré gustoso. Un hombre que, en vuestra posición, aún es capaz de mantener su palabra, a pesar de que se quede solo, ha de ser un gran gobernante. Mientras, habréis de conformaros con menos —inclinó respetuosamente la cabeza—. Tenéis razón en una cosa. No os esperaba y no me he preparado para la defensa. De manera que, tarde o temprano, caeré y, si no quiero que mis hombres mueran, he de pagar por mi error, fruto de haberme adormecido y de haber creído que nunca llegaríais hasta aquí. Así que firmaré una tregua con vos y os pagaré las quintas de todas las ciudades que gobierno, si levantáis el asedio y os marcháis —ofreció Abu Said—. Pero sólo os las pagaré a vos, si me garantizáis que vuestros nobles permanecerán al margen.

—Tenéis mi palabra de rey y de caballero, pero recordad que regresaré.

—Y seréis bien recibido, cuando lleguéis como rey de pleno derecho y mandéis sobre unos caballeros que viven y luchan más por su propio beneficio que por la salud del reino —respondió Abu Said.

Al día siguiente lo que quedaba del ejército de Jaume desmontó las tiendas y se retiró. Sabio consejo el de Abu Said, pensó el rey. Sabio consejo y gran verdad, porque Cataluña no era un reino, sino un amasijo de nobles que ofendían el título que habían heredado de sus padres.

De allí se dirigió a Teruel, donde reposó, y después emprendió el camino de Daroca para continuar hasta Zaragoza y regresar a su prisión dorada. Aún así, las palabras de Abu Said seguían vivas en su interior y le obligaban a reflexionar.

—El día que seáis rey de pleno derecho... —había dicho el gobernador de aquellas tierras.

Y ese día, aunque le costase la vida, llegaría.


Al pasar por Calamocha, casi a mitad de camino de Zaragoza, se encontró con Ahonés que se dirigía al sur en compañía de otros caballeros y con un grupo de escuderos.

—¿Adónde vais? —le preguntó.

—A concluir lo que ningún caballero ha sido capaz de hacer —respondió Ahonés.

—Estamos cerca de Burbáguena, donde hay una casa de los templarios. Reposemos y hablemos —le invitó a acompañarle.

—De acuerdo, pero no retraséis demasiado mi viaje, porque es tiempo de hacer bien las cosas —respondió Ahonés.

Llegados a Burbáguena, les acomodaron en la sala grande que servía para recibir las visitas importantes. Allí se sentaron, y Jaume habló.

—Os invitamos a venir con nosotros cuando todavía estábamos en Zaragoza, vinisteis y os marchasteis. En todo este tiempo hemos mantenido el asedio de Peñíscola y los demás caballeros también se han ido, uno tras otro, y me han abandonado —dijo Jaume—. Sin embargo, no regreso con las manos vacías. He firmado una tregua con Abu Said a cambio de las quintas de todos los pueblos que él gobierna. No creo que podáis decir que la tarea no se ha hecho.

—Habíamos acordado conquistar Peñíscola y no lo habéis hecho. Por tanto, la tarea aún está por concluir —respondió Ahonés.

—El rey ha firmado una tregua y ha dado su palabra de que se respetará —se puso tenso y serio Jaume—. Ni vos ni nadie, a pesar de que me habéis mantenido prisionero y me habéis convertido en vuestro esclavo, no me robará lo único que me queda: mi palabra.

Ahonés le miró y estalló en una sonora carcajada.

—¿Quién me pagará los gastos por haber puesto en marcha a mis hombres? —preguntó con sorna.

—Vos habéis tomado la decisión sin consultar con nadie y nadie debe pagar por vuestro error. La ocasión la perdisteis vos —respondió Jaume.

Ahonés se puso tenso y se levantó de la silla, mientras sus caballeros se hacían a un lado de la sala. Jaume también se levantó y sus hombres también se retiraron. Nadie le defendería ni le ampararía.

De pronto, Ahonés echó mano al puño de la espada, pero Jaume se le echó encima y se lo impidió. Ambos rodaron por el suelo. Nadie movió un dedo y se miraron unos a otros, dejando en manos de Dios el desenlace.

La lucha, cuerpo a cuerpo, era encarnizada y, aunque Ahonés era más corpulento, le costó deshacerse de Jaume y levantarse para desenfundar la espada. Desde el suelo, el rey también sacó la suya y, cuando Ahonés ya se le venía encima para clavarle la estocada, se escucho un prolongado "aaaaa..." y todos los presentes vieron que el caballero se quedaba quieto durante unos instantes. La espada del rey había penetrado por el único punto débil de la cota, justo bajo la axila, mientras Ahonés mantenía los brazos en alto.

El caballero dio un paso atrás y contempló incrédulo la punta de la espada del rey manchada de escarlata. Se llevó la mano a la axila y la retiró bañada en sangre.

—¡Vamos! —ordenó, y sus caballeros salieron corriendo hacia los caballos.

Jaume se levantó temblando. Era la primera vez que hería a alguien y la primera vez que veía la muerte tan cerca, pero no permaneció quieto.

—Los que tengan vergüenza y miedo, que se queden. Un caballero nunca retrocede —y salió como alma que se lleva el diablo tras su rival.

—¡Por nuestro rey! —gritó Ató de Foces y todos salieron para ayudar a su señor.

Ahonés y sus caballeros abandonaron Burbáguena seguidos de cerca por el rey, que fue adelantado por Ató.

Los fugitivos todavía no habían salvado unas viñas, cuando Ató disparó una flecha que hirió el caballo de Ahonés y lo derribó. Entonces, Ahonés ordenó a sus caballeros que lo detuviesen y tres lo esperaron y le hirieron, pero no pudieron rematarlo porque ya venían a la carrera Jaume y Blasco de Alagón. De manera que retrocedieron y se parapetaron en una colina. Desde allí lanzaban piedras y protegían la huida de su señor, que había cambiado de montura.

Sin embargo, Jaume con dos escuderos dejó atrás la lucha y persiguió a Ahonés. Uno de los escuderos llegó a su altura y le clavó la lanza en la espalda. El caballo perdió velocidad y, poco a poco, se detuvo, mientras el jinete se abrazaba a su cuello, resbalaba lentamente y caía al suelo.

Jaume llegó junto a él, descabalgó y se acercó.

—Un día os dije que lo pagaríais. ¿Os acordáis? —dijo, doblando una rodilla.

—Sí, me acuerdo —murmuró Ahonés—. Pero vos no debéis olvidar que un hijo vuestro os aguarda en Zaragoza.

Respiraba con dificultad. Había perdido mucha sangre y las fuerzas se le agotaban.

—Subidlo al caballo y regresemos a Burbáguena —ordenó Jaume a los dos escuderos.

Ahonés murió por el camino, antes de cruzar la puerta de la casa de los templarios. Sus caballeros, al ver que lo llevaban, se habían rendido.

Jaume descabalgó. Aún temblaba. No es lo mismo lanzar piedras desde un almajaneque que empuñar la espada y luchar cuerpo a cuerpo. Y ahora se daba cuenta de que un infante es valiente porque es inconsciente. ¿Qué habría sido de él, en Lizana, si Cervera no lo hubiese retenido? Pero se sentía orgulloso, a pesar de que un pensamiento también le inquietaba. ¿Qué sería de Alfonso? ¿Y de Leonor? A pesar de que no la amaba, era su esposa y bien tenía que pensar en ella. Entonces miró el cadáver de Ahonés. ¿Cómo reaccionarían los demás nobles?

—Mientras estabais fuera, ha llegado un peregrino que quiere hablar con vos —le dijo el caballero Artal y cortó sus reflexiones.

—¿Un peregrino? —preguntó Jaume—. ¿Dónde está?

—En la sala grande.

Un peregrino, murmuró Jaume y, de pronto, movido por un extraño resorte, corrió hacia la sala grande, abrió la puerta de un empujón y entró para contemplar las anchas espaldas que ya conocía.

—¡Lluís! —exclamó, el peregrino se dio la vuelta y retiró su capucha para dejar al descubierto su rostro, con la barba roja y el pelo del mismo tono, mientras una ancha sonrisa alargaba sus labios.

—¡Señor! —respondió Lluís, avanzó un par de pasos, hincó una rodilla en el suelo y extendió su mano desnuda con la palma hacia arriba, mientras agachaba la cabeza en señal de respeto.

El rey echó a correr hacia él, agarró la mano y la apretó entre las suyas.

—Sí, ya lo sé. No me lo digas —rió nervioso—. Un rey nunca ha de aceptar la mano de un caballero, pero en esta ocasión necesito tanto asirme a algún lugar seguro... —y comenzó a llorar —. No tengo a nadie. Todos me han abandonado.

—Señor —se levantó Lluís—. Me tenéis a mí. Ahora y por siempre.

—¡No sabes cómo te he echado de menos! ¿Dónde has estado?

—En Tierra Santa, en Foix, en Valencia, en Granada... Pero he vuelto para estar con vos.

—¿Qué dirá mi tío Fernando?

—Él ya tuvo su oportunidad, os apoyó cuando le convenía, pero también os abandonó cuando más le necesitabais —contestó Lluís—. No creo que su opinión importe demasiado ahora.

—He de pensar en mi hijo Alfonso —meditó el rey.

—Os equivocáis, señor. Ahora no es momento de pensar en él.

—¡Pueden matarle! —se asustó Jaume.

—¿Qué caballero mataría a un niño para derrotar a su padre? ¿Qué abad se arriesgaría a padecer la ira de Roma con un acto tan vil? ¿Qué noble mancharía su nombre y recibiría el rechazo de toda la cristiandad por haberse convertido en Herodes? Eso es lo que quieren que penséis. Pero hay demasiadas cosas en juego como para tomar ciertas decisiones.

—¿Y con quién contaré para recuperar un reino?

—Con vos, señor. Sólo con vos —sonrió Lluís—. ¿O es que no recordáis mis enseñanzas? Si un hombre cuenta de veras consigo mismo, sin ninguna duda, ya dispone de un ejército.

—¿Y tú estarás conmigo, suceda lo que suceda?

—Mientras vos, suceda lo que suceda, estéis con vos, yo también estaré, porque tendréis la razón de vuestra parte. Y quien tiene la razón, tiene a Dios de su lado —respondió Lluís.

# 15 - LOS ESCALONES QUE CONDUCEN AL TRONO

Transcurrió un año entero. Un año lleno de luchas que dejaron el rastro de un montón de cadáveres por los caminos. La gente se encerraba en sus casas y los campos ardían, mientras los caballeros desenfundaban las espadas y abrían las carnes de los enemigos. Cuerpos y más cuerpos que se pudrían sin que nadie los enterrase y que llenaban el aire de hedores insoportables. Carroña y alimento de animales salvajes que no entendían de plegarias ni de tumbas. Festín de las aves de rapiña que se reproducían a la sombra de la muerte.

Aragón se había levantado contra su rey, mientras Guillem de Montcada, en Cataluña, permanecía quieto y esperaba a ver hacia dónde se decantaba la balanza, porque tampoco tenía que hacer mucho más. Estaba convencido de que Fernando haría el trabajo sucio y acabaría con Jaume y que sus manos quedarían limpias de todo pecado. Él sólo tendría que recoger el fruto de las conversaciones de los dos hombres más poderosos del reino, porque así lo habían acordado. Aragón para el abad y Cataluña para él. Y en este asunto salía ganando, estaba cierto, porque suyas serían las puertas del mar.

Sin embargo, lo que en un principio parecía sencillo, a medida que transcurrían los días, se complicaba. Tanto Fernando como Montcada esperaban un enfrentamiento directo y una victoria rápida, pero Jaume, al contrario de lo que imaginaba el abad, se dirigió al norte, dejó atrás Huesca y torció hacia el oeste, hacia Bolea y Loarre, que cayeron en sus manos, recuperando así una prenda que su padre había dado a Ahonés y que ya hacía demasiado tiempo que duraba. Allí se estableció y reunió fuerzas para hacer frente a quien todavía pretendía seguir sentado en la silla del poder.

Doce interminables meses que se iniciaron en el preciso instante en que los hombres que Jaume había enviado a Daroca, con el cuerpo de Pedro Ahonés, fueron muertos por los habitantes del castillo, después de escupirles en la cara y de apedrearlos. A partir de aquel momento, cada paso se convirtió en lucha, en nueva confrontación que todavía empobrecía más a un reino dividido y maltrecho, descontrolado y desmenuzado por los señores de los castillos.

Pere Cornell y el abad de Montaragón habían creído que derrotar a un rey sin ejército era una tarea simple, un juego de niños, pero mudaron de opinión cuando se enteraron de que un viejo conocido, de triste recuerdo, había regresado y formaba parte de la escolta del rey.

—Es Lluís de Estemariu —gritaba Cornell, delante del abad de Montaragón—. Ese cabrón le dice cómo tiene que actuar.

Pero, a pesar de todo el odio que Fernando sentía por el caballero que dejó morir a su hermano Pedro, ya no estaba tan seguro. Sobretodo después de escuchar las voces de sus informadores y de contemplar como un joven, un niño asustado, convertido en rey a la edad de cinco años, había crecido y era capaz de mandar a sus hombres y conducirlos a la victoria. Y lo peor de todo era que su paso levantaba la admiración del pueblo llano, que ya empezaba a mirarle como a un rey de verdad, le aclamaba y se sumaba a sus fuerzas, que cada día eran mayores.

—Esta vez no es únicamente él —respondió Fernando con evidentes signos de preocupación—. Lluís no estaba cuando el rey acabó con Ahonés, y lo hizo solo, cuerpo a cuerpo. La gente grita su nombre y canta sus gestas.

—Sin Lluís, Jaume no sería nada —insistió Cornell. Recordaba que su tío Eixemén había hecho con él lo que le había venido en gana y en su mente permanecía la imagen de un niño perdido y engañado por todos.

—Cuando empezó, quizás no. Aún así, no olvidéis que un año es mucho tiempo, como para no haber aprendido nada —replicó el abad.

Más prudente que su aliado, también recordaba el día en que Jaume se presentó por primera vez ante él y no podía olvidar que, aunque fuese gracias a los consejos de Eixemén, le había hecho claudicar y que tuvo que apartarse y cederle el lugar principal. Aquellos ojos, despiertos y limpios, seguían vivos en su memoria. Aquel día tuvo un pensamiento fugaz: Jaume había nacido para reinar. Lo llevaba en la sangre.

Fuera como fuese la balanza comenzaba a equilibrarse y Fernando era consciente de que su poder sobre aquellas tierras había menguado. Había solicitado ayuda a Montcada y había recibido una excusa por respuesta. No podía dejarle hombres, porque Cataluña también andaba revuelta. Todos jugaban sus cartas y nadie arriesgaba más de lo que le convenía.

¿Acaso no se daba cuenta el maldito Montcada, que, si él perdía, todos perderían?, se preguntaba Fernando. Y las preguntas se multiplicaron cuando le llegaron noticias de

Pertusa. El rey no atacaba Huesca, sino que la rodeaba, se dirigía al este y le cortaba el paso a un lado y a otro, dejando Montaragón en medio de dos fuerzas. Además, Ramón Folch de Cardona y su hermano Guillermo se habían unido a las fuerzas del rey y se dirigían a Zaragoza. Si la ciudad caía, ya sería el tercer punto cardinal. ¿Y qué le quedaba al norte? Los Pirineos. Únicamente montañas.

¿Cómo podía detenerle?, no dejaba de preguntarse. Se movía como un conejo, pensaba como un zorro, y luchaba como un lobo.

Lentamente, pero inexorable, el avance de las tropas reales iba recuperando palmo a palmo un territorio que Fernando había imaginado que era suyo, pero que el rey también reclamaba. Lo había heredado de su padre y de su abuelo, repetía a cada nueva victoria y nadie se lo arrebataría, a pesar de que quisieron robárselo, y los nobles, también uno a uno, cambiaban de parecer, se le unían y le juraban fidelidad. El último había sido Rodrigo Lizana, que hasta entonces se había mantenido al margen. Él, que se había enfrentado al rey, que le había obligado a retroceder en Albarracín, ahora le ayudaba. ¿Por qué?, se preguntaba el abad.

—Me perdonasteis y me arrodillé ante vos para ofreceros mi mano —había dicho Lizana cuando se había encontrado con Jaume, dos meses antes—. Un caballero que da su palabra, la mantiene —e hincó de nuevo la rodilla y extendió por segunda vez la mano desnuda noble y limpia.

Lizana es listo como el hambre, pensaba Fernando. Si ha esperado y ahora ofrece sus servicios al rey, es que ha hecho sus cálculos y empieza a ver hacia dónde sopla el viento. Pero el día que el viento cambie de dirección, regresará a mí. Pero Guillem de Cervera también se le había unido.

—Fui a Roma para pedir que le liberasen y ahora debo apoyarle. Él es nuestro rey —había dicho el caballero.

Los temores de Fernando, sobre el tercer punto cardinal, se hicieron realidad y poco pudo hacer el obispo de Zaragoza, hermano de Pedro Ahonés, para detener lo que se le venía encima. Envió a sus hombres a Alcovera, y no regresaron. Ató de Foces, Lizana y Ladró acabaron con todos, entraron en la ciudad y liberaron a Leonor y a Alfonso para devolverlos a Jaume, que tomó en brazos a su hijo y los ojos se le llenaron de lágrimas. Mientras el obispo huyó hacia el norte en compañía de los que le eran fieles y buscó asilo en Fernando de Aragón. A Leonor también la abrazó, aunque sin amor. Si hubiese tenido suficiente valor y hubiese escapado con él aquella noche, dos años antes, muchos hombres seguirían con vida. De manera que respetó los deseos de la reina y no volvió a tocarla. Había descubierto que las demás mujeres que se le ofrecían mostraban una disposición más acorde con su sueño y que, si Leonor no reaccionaba ante sus caricias, posiblemente, no era culpa suya. Aquel año, evidentemente, había servido para mucho más que para aprender a luchar.

—Hay que detenerle —meditaba Fernando, después de escuchar las quejas del obispo Ahonés, que había huido con los pocos hombres que continuaron a su lado y había ido a refugiarse a Montaragón—. O le detenemos o llegará a Huesca —y el abad miraba el mapa en busca de un lugar que le permitiese plantear una batalla a campo abierto.

La puerta se abrió y el secretario le anunció la llegada del mensajero. Traía nuevas. Ponsano también había caído.

El puño del abad se estrelló sobre la mesa.

—¡Ha dividido sus fuerzas y ataca por todas partes! —gritó con rabia, y ordenó que buscasen a Pere Cornell.

El caballero recibió la noticia como un jarro de agua fría y se personó en el despacho cuando Fernando todavía discutía con el obispo de Zaragoza.

—Esto es obra de Lluís de Estemariu. Os lo advertí —fueron las únicas palabras que se le ocurrió pronunciar.

—¡Qué más da ahora! —respondió Fernando.

Y entonces lo descubrió. !Claro! La estrategia del rey era evidente y nadie se había dado cuenta. Dominaba las llanuras, una a una. Por eso había atacado a un lado y a otro.

Primero Bolea y Loarre, al este de Huesca. Después, Pertusa y Ponsano, las puertas del llano que acababa en Las Cellas. Más allá, hacia el oeste, no tenía de qué preocuparse. Barbastro y Monzón ya le eran fieles. Ahora disponía de un buen cojín por detener a Montcada, si es que hacía falta.

¿Y cuál sería el paso siguiente? ¡Las Cellas, evidentemente! Porque, una vez conquistadas, sus hombres podrían esconderse en los bosques y llegar hasta el siguiente llano para tomar Angües. Entonces, sólo quedaría Huesca. Y si él salía a defenderla, lo cazaría. Y, si no lo hacía, las dos llanuras, a un lado y a otro de Montaragón, serían suyas. ¿Qué podría hacer, entonces, sino esperar pacientemente a que se ahogara? ¡Claro! Jaume únicamente tendría que encerrarle en el castillo, sin hacer nada más y, tarde o temprano, las provisiones se acabarían y tendría que salir y luchar o morir o rendirse.

¡Muy hábil!, pensó. Con ayuda de Lluís, o sin ella, era evidente que la suerte le era favorable.

—O le detenemos ahora o no lo haremos nunca —gritó.

*** ***

Los hombres plantaron el campamento delante de Ponsano. Lluís, Lizana, Ramón Folch, Cardona, Pomar, Cervera y el resto de caballeros entraron en la sala grande y se sentaron para descansar. Había sido una dura lucha. El rey no entró. Jaume se había quedado en el patio para contemplar los campos y las pequeñas colinas.

¿Por qué tanta lucha?, se preguntaba. ¿Por qué la codicia nos arrastra a la guerra? ¡Cuanta razón tiene Abu Said!, meditó. Un rey no es rey hasta que no consigue la paz en su propia casa. Y él, por el momento, sólo había conseguido lucha y destrucción.

Dieciocho años contaba, había decidido dejarse crecer la barba y su cuerpo se había fortalecido hasta al punto que ya no era el muchacho delgado y alargado que llegó a Lleida, sino que era casi tan alto como Lluís, aunque menos corpulento, y se sentía viejo en experiencia. ¿Cuánta gente había conocido? ¿Cuántas traiciones había soportado? ¿Cuántas mentiras? ¿Cuántos engaños? ¿Cuántos amigos habían muerto? ¿Cuántos escalones aún tenía que escalar para sentarse en el trono?, se preguntó, finalmente.

Las Cellas era su siguiente destino. Otra batalla, y posiblemente otra conquista. ¿Pero hasta cuándo? Más de un año había transcurrido y muchos hombres no volverían a contemplar la luz del sol. ¿Era necesaria tanta locura para poder entender que no era entre ellos que tenían que luchar?

—El día que seáis rey de pleno derecho, regresad y os entregaré la ciudad —había dicho Abu Said.

¿Era sincero o sólo fue una frase amable para no reírse más de él?

—Regresaré —le había respondido.

Le había dado su palabra, y la cumpliría. ¡A fe de Dios que la cumpliría! Aunque fuese lo último que hiciese en este mundo.

Asintió con la cabeza, lentamente, apartó la mirada de las colinas y abandonó el patio para entrar en la sala donde descansaban los demás caballeros. Nada más cruzar la puerta vio la mesa, las sillas y las paredes. El suelo estaba limpio, pero le recordaba el lugar donde hirió a un hombre por primera vez y que la sangre ensució. ¿Qué había sentido en aquel instante? Miedo, evidentemente. Miedo de morir bajo aquella espada que se alzaba en manos de Ahonés. Y un grito le había salvado. ¿Un grito o un recuerdo? Porque, echado en el suelo, vencido y a merced de su enemigo, la imagen de Lluís se le había aparecido y le había recordado que, a veces, las manos y los brazos actúan por su cuenta y no piden permiso. Así fue. Si alguien, ahora, en aquel preciso instante, le preguntase cómo había acertado el único punto débil de su rival, no podría responder, porque no era consciente de haber dado la orden. Simplemente, el brazo decidió por él, buscó el agujero y acertó.

¡Bien! Era tiempo de comer, dormir y reponer fuerzas porque dentro de poco les esperaba otra jornada llena de sangre.


Aquella noche tardó mucho en conciliar el sueño. Salió al patio y levantó los ojos hacia las estrellas. ¿Dios les miraba desde lo alto? ¿Y qué pensaba? Cristianos contra cristianos, creyentes contra creyentes, amigos contra amigos, parientes contra parientes y hermanos contra hermanos. Una vez se inicia una guerra, todo es posible. Y debes vencer, porque nunca sabes hasta dónde alcanza la piedad y la generosidad del rival. Fernando quería su cabeza, y la de Lluís.

Quizá era el momento de preguntarle cuál había sido la ofensa, pensó. Sin embargo, había dado su palabra y nadie le había hablado de aquel asunto. Claro que él tampoco había preguntado. Un caballero que hace honor a la palabra dada, siempre será un caballero, aunque lo pierda todo.

Al día siguiente, a primera hora, tomó un caballo, abandonó el recinto y se acercó hasta una colina que había allí cerca. Más de un año, había recorrido un largo camino y ahora le parecía que aún se encontraba en el punto de partida. ¡Ojalá fuese el final del camino!, rezaba. Se sentía cansado, con ganas de acabar. Y allí se quedó, solo, mudo y quieto, contemplando el horizonte, aquellos bosques que se extendían hasta alcanzar la Olla de Huesca. Y, en medio, entre él y la ciudad, Montaragón.

Lluís se levantó, fue a la habitación de Jaume para despertarle, tal como hacía cada mañana, y no le encontró. Entonces se dirigió a la sala grande, que también hacía las veces de comedor. Tampoco estaba allí. De manera que salió al patio y preguntó por él.

—Ha marchado hacia allí —le informó un escudero, señalando el pequeño montículo que se alzaba detrás de unos campos, lejos de las tiendas de los soldados.

—¿Iba solo?

—Sí. Ha dicho que quería meditar.

—¿Cómo se le ha ocurrido? Estamos a un paso de Las Cellas, el bosque es peligroso y puede caer en una emboscada —murmuró, y, de pronto, tuvo un presentimiento—. ¡Prepárame el caballo! —ordenó, y fue en busca de su espada, pero con las prisas no se vistió con la armadura. Ahora era importante no perder tiempo.

Lizana, que también acababa de salir, vio que Lluís se marchaba a toda prisa, habló con el centinela y, cuando se enteró de que el rey había salido solo, se asustó, llamó a cinco escuderos, tomaron los caballos y siguieron al de Estemariu.


Cuando ya estaba cerca del montículo, Lluís distinguió tres jinetes que se acercaban por el otro lado. El rey estaba en pie y miraba hacia el este. No podía verles, porque los árboles le impedían la visión. Le rodearían por detrás. Desenfundó la espada y se dirigió hacia los caballeros.

La llanura permanecía en silencio, Jaume oyó el sonido de los cascos de los caballos y se volvió.

—¡Dios mío! —exclamó al descubrir a Lluís que corría al galope hacia tres caballeros—. ¡Está loco! No lleva armadura.

Se encaramó al caballo en un suspiro y lo espoleó para detener a Lluís o, en todo caso, unírsele. Sin embargo, no llegó a tiempo, porque el de Estemariu ya alcanzaba a sus atacantes.

La lucha fue corta. Lluís descabalgó al primero de los atacantes de un sólo golpe de su espada. Sin embargo, el segundo le hirió con la lanza y el tercero le derribó del caballo para pisotearlo y rematarlo, pero al descubrir que Jaume se acercaba y que detrás de él llegaban Lizana y los escuderos, huyeron.

—¡Lluís! —gritó el rey, saltó de la silla y corrió hacia él.

—Señor —dijo Lluís—. Esta vez me han cazado.

—No digas tonterías —rió Jaume, forzado, mientras se quitaba un guante y tomaba la cabeza del caballero para ayudarle a incorporarse ligeramente—. Esto no es nada. Una pequeña herida —dijo y le abrió la camisa para ver el agujero que tenía bajo el pecho, justo a la altura del estómago, por donde brotaba la sangre—. ¡Ayudadme! —ordenó a los escuderos, que ya habían llegado. Estaba asustado. Aquella herida era importante.

Con mucho cuidado levantaron el cuerpo del caballero, le ayudaron a montar y lo condujeron a Ponsano. Sangraba mucho.

Allí lo depositaron en la cama de una de las celdas de los monjes y el médico llegó enseguida y examinó la herida. Era profunda y afectaba órganos internos. Había visto muchas como aquélla y nadie había sobrevivido. Y así lo comunicó al rey.

—No hay nada a hacer.

Jaume lo agarró por los hombros y lo zarandeó con rabia y dolor.

—Él no tiene la culpa —escuchó la voz de Lluís, desde la cama.

Soltó al médico, se acercó y se arrodilló junto a su querido amigo.

—Ahora no puedes abandonarme —dijo con una sonrisa con la que intentaba aparentar fuerza—. Me quedan muchos escalones para alcanzar el trono.

—No —negó Lluís con voz queda — Vos ya sois rey, señor. Subisteis al trono el día que os enfrentasteis a Ahonés y le vencisteis, el día que decidisteis mantener vuestra palabra y reinar. Ahora lo único que tenéis que hacer es acabar con esta estúpida lucha.

—Sí, pero... ¿Cómo gobernaré sin ti?

—Con una sola cosa —dijo, levantó un dedo y miró a los demás caballeros—. *Virtus unita fortior*. Con esto gobernaréis. Con los nobles que os son fieles y que han combatido a vuestro lado.

Su rostro cada vez estaba más pálido y la voz se le quebraba. Hizo un esfuerzo para incorporarse y Jaume se lo impidió.

—Estás un poco débil para cabalgar —bromeó, y escondió el rostro para que no viese la lágrima que amenazaba con escapar de sus ojos.

—Si me permitís, sólo quiero añadir un consejo —dijo con esfuerzo.

—Adelante.

—Nunca deis a una mujer más de lo que le pertenece.

—¿Ahora piensas en pechos? —sonrió el rey.

—Pienso en vos, de la misma manera que he hecho siempre, desde el día que os conocí. Seguid mi consejo y seréis un gran rey.

—De acuerdo. Pero ahora descansa.

—No hay tiempo —rió Lluís—. Aún queda algo por hacer.

—¿Qué es?

—Buscadme un confesor —susurró Lluís.

—¡Traed a un confesor! —ordenó Jaume, volviendo la cabeza, sin levantarse. Y apretó aquella mano con fuerza—. Lluís, Lluís, estamos a las puertas del final, y todo gracias a ti.

—Un final siempre es el inicio de una nueva etapa. La eternidad es eterna. No lo olvidéis nunca. No se cierra nunca una puerta sin haberla traspasado —negó el caballero.

Un monje entró y los caballeros se apartaron. Era delgado y visitaba aquellas tierras porque predicaba el nombre de Jesús. A él le habían escogido, porque era quien mejor conocía la muerte, por haberla visto en los campos de batalla. Jaume se levantó y ordenó que les dejasen solos, al monje y a Lluís, pero el caballero le detuvo un instante.

—No olvidéis nunca mi consejo y seréis un buen rey

Los caballeros salieron, el rey apretó la mano de Lluís y también salió.


Un rato después el monje abandonó la habitación. Tenía una expresión extraña y miró al rey con unos ojos abiertos y sorprendidos.

—¿Habéis visto una aparición, hermano? —preguntó Cervera.

El monje, se acercó al rey y, ante la sorpresa de los presentes, lo abrazó.

—Me ha pedido que lo hiciese por él, porque os quería devolver el abrazo que vos le dedicasteis años atrás —dijo, y se marchó.

Jaume lloró y se dirigió a la habitación.

Los caballeros entraron y encontraron a Jaume arrodillado junto a la cama, con las manos en la cara y lágrimas en los ojos, mientras recitaba una oración.

—Dios del cielo, acoge al más noble de todos los caballeros y concédele un lugar junto a ti. No ha habido nunca hombre tan fiel ni de tan recto proceder. Y si alguien merece que le mires con amor, es él —decía.

Los demás caballeros se arrodillaron y también rezaron por el alma de quien acababa de morir.

\*\*\* \*\*\*

Todos los hombres de Cornell, los de Fernando, los de Artal de Luna, los de Blasco de Alagón y todos los que habían huido de Zaragoza, de Bolea, de Pertusa, de Daroca, de Loarre y de todos los lugares que habían caído, se encontraban en la llanura que hay a los pies de Montaragón.

Fernando tomó el caballo y se dirigió hacia el ejército que le esperaba. No había que postergar más el encuentro. Las noticias apuntaban que Jaume ya iba camino de Las Cellas. Era un buen lugar para decidir quién sería el vencedor. Había reclutado un montón de almogávares, que habían recibido unos buenos dineros, porque con ellos las fuerzas se decantarían de su lado.

Pasó revista a las tropas y comprobó que iban bien armadas. Iba a dar la orden de partir cuando llegó un carro custodiado por soldados.

—¿Quién puede ser? —preguntó Cornell.

—Lo sabremos dentro de muy poco —respondió Artal de Luna.

El carro se detuvo ante las fuerzas y un prelado, vestido con la sotana blanca y el manto rojo, puso pie a tierra. El abad reconoció de inmediato aquella cara pálida y delgada y aquellos pasos mesurados. Era Espáreg, el arzobispo de Tarragona.

—Esperad, que tenemos que hablar —dijo el arzobispo.

\*\*\* \*\*\*

Un poco más y podrían contemplar Las Cellas, pero las noticias le habían detenido. Fernando y Cornell venían de camino. No podía atacar la villa e inmediatamente después enfrentarse al abad, porque sería demasiado desgaste. Además, la lucha sería desigual. Y, si no quitaba aquel estorbo de en medio, las fuerzas de Las Cellas les atacarían por retaguardia y el ejército de su tío por el frente.

—Señor —dijo Pomar, y el rey se volvió—. Podemos hacernos fuertes en aquella colina, mientras enviamos mensajeros en busca de refuerzos —señaló hacia el sur.

—No —negó Jaume—. Soy el rey de Aragón y quien viene contra nosotros no lo hace con la razón. Dios está de nuestra parte.

Durante todo un día esperaron, pero fue en vano porque nadie se presentó.

Al día siguiente, a primera hora, un escudero de los que habían enviado para saber dónde estaban las fuerzas de Fernando, regresó.

—Señor, se han detenido —dijo.

—¿Por qué? —preguntó Lizana.

—Dicen que Montcada viene hacia aquí.

—¡Dios mío! ¿Y ahora qué? —exclamó Pomar.

—Haremos lo que siempre decía Lluís. *Virtuts Unita Fortior* —respondió Jaume, volvió los ojos hacia el sur, desenfundó la espada, la alzó bien alto y gritó : ¡Ahora, Las Cellas!

*** ***

—¡Ha muerto! —gritó Cornell—. ¡El traidor ha muerto! —repitió cuando entraba en la tienda de Fernando

El abad de Montaragón se levantó de la silla y se acercó a la puerta. Lluís de Estemariu muerto, meditó. Con él se

246

encontraba el arzobispo de Tarragona. Llevaban largo rato hablando.

—Hay que atacar —dijo Cornell.

—No —negó Espáreg—. Ya ha habido demasiada lucha. Jaume es el rey.

—Sin el de Estemariu, Jaume no es nadie ni puede hacer nada —insistió Cornell.

El abad miraba el cielo azul y no hablaba. Y así siguió durante un rato, mientras el caballero y el arzobispo discutían. Finalmente, se dio la vuelta y entró en la tienda.

—El rey ya no es un niño y no podemos tratarle como a tal.

*** ***

El carro entró en Pertusa y se detuvo. Un soldado abrió la puerta y el arzobispo Espáreg descendió. Allí mismo le aguardaba el rey.

—Dios sea con vos —saludó el arzobispo.

—Ya está con nosotros, puesto que viene con vos —respondió Jaume, tomó la mano del prelado y se la acercó a la frente.

—He venido para acabar con esta insensata lucha —comunicó Espáreg.

—Insensato es intentar robar un reino a quien por derecho le pertenece, y prudente es defender y reclamar lo que es tuyo. La lucha por ella misma no es insensata. Es un medio para hacer prevaler un derecho —corrigió el rey.

—Montcada ha venido a Aragón y llega con los hombres desarmados. No busca pelea, sino perdón —comunicó.

—¿Y mi tío Fernando?

—Os espera en Huesca y también solicita vuestro perdón. Todos saben que sois el rey de Cataluña y de Aragón y yo espero que Ponsano haya sido la última de todas las batallas —respondió Espáreg.

Jaume miró a sus caballeros: Cervera, Lizana, Pomar, Blasco Maza, Peregrino de Bolas, Asalit y otros. Faltaban muchos más, todos los que habían perecido a lo largo de aquellos meses y... Lluís, el fiel Lluís, el valiente, el prudente, el hombre que le había prohibido pronunciar su nombre. Había muerto cuando se encontraban a un paso del final. Sin embargo, Dios había escuchado sus oraciones y acababa casi en el punto que comenzó. De Burbáguena a Las Cellas había tardado más de un año.

—Nos dirigiremos a Huesca —dijo—. Todo ha concluido, a pesar de que nunca debía de haber empezado.

# 16 - LA ÚLTIMA LUCHA

Lleida resplandecía bajo el sol de primera hora de la tarde. El notario tenía ante sí los documentos y buscaba entre los textos legales. De vez en cuando se rascaba la cabeza y hacía movimientos negativos o afirmativos.

—¡Bien! —escuchó la voz de Jaume, detrás de él—. ¿Tiene derecho o no?

—Sí, lo tiene, pero no lo ha ejercido desde hace veinte años. Esto...

—¿Esto qué?

—Veinte años son muchos años y Guerau de Cabrera también podría tener algún derecho.

En el otro extremo de la mesa repleta de documentos se encontraban Cervera, el señor de Juneda, y Ramón de Peralta, los hombres que Aurembiaix, condesa de Urgell, había escogido para defender su causa, y Ató de Foces, llamado por Jaume para que pusiese el contrapunto.

—Señor, los documentos que he aportado demuestran que Cabrera no tiene ningún derecho sobre el condado de Urgell y que ha pisoteado la legítima herencia de mi protegida —dijo Cervera—. En ellos se demuestra que, por ser hija de conde Ermengol y de la condesa Subirats, una vez se ha separado de Álvaro Pérez, vuelve a tener la potestad de reclamar el condado de Urgell. Es un asunto sobre el que sólo os corresponde a vos decidir, porque los tribunales ya se han pronunciado.

—¿Y vos, qué pensáis? —se dirigió el rey a Ató.

El caballero sopló. Dudaba. Recordaba el día que Aurembiaix se había presentado en el castillo. Era hermosa y altiva, orgullosa y elegante. Lucía un vestido azul con un escote bien pronunciado y una mantilla que había dejado caer sobre los hombros. Su nariz, recta y decidida, con aquellos labios entreabiertos, le conferían un atractivo que no pasó inadvertido a los ojos del rey. Al contrario, no podía olvidar que la mirada de Jaume bajó lentamente para detenerse en sus generosos pechos. Ella lo captó y curvó las manos para asir la mantilla y cubrirse como si tuviera frío, pero no dejó de mirar al rey ni un instante. Ni siquiera parpadeó, y el movimiento fue lento, muy lento, frotando la tela por toda su piel desnuda. Entonces cruzó los brazos y permaneció en silencio.

—¡Bien! había exclamado el rey, y había apartado la mirada de los pechos para fijarla en los ojos de la condesa. En ella, todo era grande y apetitoso—. Estudiaré el caso.

Aurembiaix sonrió y no dijo nada, sino que volvió a dejar resbalar la mantilla, hizo una bien estudiada reverencia para mostrar sus atributos y se retiró lentamente.

—Ya le ha dado Montmagastre —respondió Ató, finalmente, dejando a un lado aquel recuerdo.

—Pero se ha quedado con cuatro castillos para él —intervino Ramón de Peralta.

—¿Tiene derecho o no? —preguntó de nuevo Jaume.

—Habría que estudiarlo más fondo —respondió el notario—. No está del todo claro.

—¿Por qué siempre es tan complicado responder la pregunta más elemental? —exclamó el rey—. Necesito una respuesta concreta y la quiero para mañana.

El notario recogió los documentos y salió seguido por Cervera y Ramón Peralta. Ató se quedó.

—Señor, ¿No estaréis tomando demasiado partido por la condesa? —se atrevió a preguntar—. ¿Tan importante es este asunto?

Jaume le miró sorprendido y estalló en carcajadas. ¿Preguntaba si aquel asunto era tan importante? ¡Claro que lo era! No pudo más y preguntó:

—¿Tú le has visto los pechos?

—No sé si tanto como vos —respondió Ató con prudencia. Naturalmente que los había visto, desde arriba, que es la mejor de todas las perspectivas. Y estaba de acuerdo con el rey. ¡No tenían parangón!

—¿Y no te los comerías? —exclamó el rey.

—Bien... Son hermosos... Pero... no sé si ella me dejaría —sonrió Ató. Enseguida recuperó la seriedad—. Además, yo no... no... —dudó.

—Ya sé que tú no los muerdes como yo —rió Jaume—. Sin embargo, yo no lo hago a cualquier precio —puntualizó—. Por eso es tan importante saber si tiene derecho a la reclamación.

—Y si tuviera derecho, ¿quién os asegura que se los dejaría morder?

—Ella —respondió Jaume, sorprendido—. Así de claro me lo ha dicho. El día que recupere mis derechos, serán para vos —

movió la cabeza a derecha e izquierda—. ¿Comprendes, ahora, por qué es tan importante saber si tiene derecho o no?

—¿Y la reina? —preguntóAtó con timidez—. Todavía estáis casado.

—Espero que no por mucho tiempo. He cumplido la última condición que me ha impuesto Roma y he reconocido Alfonso como mi heredero legítimo. Por otro lado, los abogados me aseguran que la consanguinidad, no existiendo dispensa del Papa, es causa de nulidad. Y Fernando de Castilla no se ha opuesto, porque Leonor le ha confesado que no piensa dejar que la toque nunca más. Es un buen amigo y muy sensato. Además, él entiende perfectamente que soy un rey y que he de tener más descendencia. Y, por si fuese poco, soy un hombre con necesidades —explicó Jaume—. ¡Gran hombre, el rey de Castilla! —exclamó con una sonrisa.


Al día siguiente, a mediodía, el notario se presentó ante del rey. Aurembiaix tenía derecho. Y el rey la visitó y le comunicó la buena nueva.

La condesa se encontraba en su habitación, bordando en compañía de una doncella. Jaume entró con una sonrisa en los labios. La sonrisa del triunfador.

—¿Cuándo tomaré posesión de lo que me pertenece? —preguntó Aurembiaix.

—He ordenado que citen al conde Guerau —respondió el rey, y contempló aquel par de pechos—. No creo que tarde mucho —añadió, alzando la mirada.

La condesa dejó el bordado sobre la falda, bajó la mirada, se contempló los pechos, primero uno y luego el otro, y levantó de nuevo los ojos para clavarlos en los del rey.

—Recuerdo que os prometí que serían vuestros —dijo.

Jaume sonrió satisfecho y lanzó una mirada hacia la doncella, que seguía con la cabeza baja, sin despegar los labios. Entonces miró interrogante a la condesa. Esperaba que Aurembiaix le ordenase abandonar la habitación, pero ella, que había vuelto a centrarse en el bordado, no se movió.

—Y evidentemente, os esperan —sonrió Aurembiaix. Entonces alzó el bordado y lo examinó—. Cuando haya obtenido mi derecho —añadió, y siguió bordando.

El rey se puso tenso. Con aquello no contaba, pero hizo una ligera reverencia, que fue correspondida por Aurembiaix, y abandonó la habitación visiblemente enfadado.

*** ***

La primera citación no sirvió de nada, porque nadie se presentó. De manera que el rey ordenó que enviasen la segunda, que siguió idéntico camino. Finalmente, tal como marca la ley, envió la tercera y definitiva. Entonces se presentó Guillem de Cardona, que venía como procurador del conde, y se reunieron con los procuradores de la condesa, con el notario y con otros nobles, jueces y hombres ricos.

La vista duró horas. Cada cual tenía sus razones y las discusiones se alargaron más de la cuenta, hasta el punto que casi nadie sabía por dónde andaban. En un momento que se había hecho el silencio, Guillermo Cazala, uno de los hombres ricos, pidió la palabra.

—Señor, la condesa no tenía a quien recurrir, sino a vos —dijo—. Y vos sois el rey y Dios quiere que tengáis cuidado de los huérfanos y de las viudas.

—La condesa Aurembiaix no es viuda y ya es demasiado mayor para ser huérfana —rió Cardona.

—Es una mujer sola, apartada de su matrimonio con Álvaro Pérez, que ha sido anulado, y sin hijos ni hombres que puedan defenderla —replicó Cazala—. Reclamo la protección del rey.

—Es ahora que está sola, no antes. ¿Y ahora es cuando se acuerda de sus derechos? —negó Cardona con la cabeza e hizo chascar la lengua—. Hace veinte años que Guerau de Cabrera es conde de Urgell. Y veinte años son demasiados años como para que alguien pretenda reclamar lo que no ha reclamado. ¿Dónde ha estado ella todo este tiempo?

—Los sarracenos llevaban mucho más tiempo en estas tierras cuando las reclamamos —respondió el rey—. ¿Dónde estábamos nosotros entonces? ¿Creéis que debemos restituírselas?

—Es diferente —replicó Cazala—. Nosotros ya estábamos aquí cuando ellos nos las quitaron. No hemos hecho más que recuperar lo que ya era nuestro. Pero Cabrera tomó posesión de unas tierras que no tenían dueño.

—Es cierto que Cabrera entró en estas tierras a la muerte del conde Ermengol, hace veinte años, justo el año que yo nací. Pero os recuerdo que mi padre lo echó fuera y lo encerró en Jaca. Y, no perdáis de vista, que aprovechó la muerte del rey Pedro para escapar y regresar. Parece que vuestro procurado camina sobre cadáveres. El condado de Urgell pertenecía a Elvira Subirats, madre de Aurembiaix cuando él puso los pies por segunda vez. ¿Dónde veis la diferencia con los sarracenos? —preguntó Jaume.

—En que nadie va a perder nada por causa del placer de ningún señor —se atrevió a contestar Cardona.

Se hizo un gran silencio, y el rey enrojeció. Entonces se levantó lentamente y miró con dureza al procurador del conde de Urgell.

—Nunca he dado a nadie aquello que no le pertenece, y menos a cambio de un placer. Nunca ninguna mujer obtendrá más de lo que le corresponde, pero nadie se quedará sin lo que es suyo —sentenció—. Y nunca un argumento tan bajo y ruin tendrá fuerza ante mi tribunal. Decidle esto al conde y añadid que, si no cumple mi sentencia, entraré a su casa para reclamárselo personalmente, porque, desde el instante en que todos los nobles me juraron fidelidad en Huesca, quedó claro que soy vuestro rey y, como decía el Papa Inocencio, Dios así lo ha querido.

—Entonces, será como Dios quiera —respondió Cardona.

—No importunéis a Dios con decisiones que puedo tomar yo —respondió el rey, y abandonó la sala.

*** ***

Guerau de Cabrera hizo caso omiso del sabio consejo del rey Jaume y Menargues, Linesola, Balaguer y Ponts se convirtieron en asedios que el rey puso y puertas de castillos que abrió, hasta que se cumplió su voluntad.

Nadie, nunca más, se opondría a su justicia sin castigo. Esto, por lo menos, había quedado bastante claro.

*** ***

Estaban en la cama. La luz de la luna se filtraba por la ventana y Jaume vio como Aurembiaix se quitaba el camisón y dejaba al descubierto un cuerpo que durante tanto tiempo había deseado.

—Ahora sí, que soy tuya —susurró ella, mientras volvía a tenderse.

El rey contempló aquellos pechos que se movían al mismo ritmo que la respiración y, apoyado en su brazo, se relamió los labios, mientras alargaba el dedo y peinaba ligeramente los pezones, que respondieron enseguida y se endurecieron. Acercó sus labios al cuello blanco que se le ofrecía y depositó su aliento, sin tocarlo. Aurembiaix rezongó de placer.

¡Es placer divino!, pensó Jaume, y se extasió con las caricias. Notaba que la sangre le bullía y deseaba lanzarse sobre ella y acabar, pero recordaba su sueño de una noche plácida, hacía años, y se relajó. Mayor es el placer, cuando es compartido. Esto le había dicho la sustituta de Zoraima y él había podido comprobarlo en otros cuerpos, en otras pieles y en otros deseos. Las grandes obras requieren tiempo.

La obligó a darle la espalda. Entonces, acercó su boca a la nuca y, casi en un roce, paseó sus labios por todos los nudos de la espina dorsal, de arriba abajo. Y no se detuvo, sino que prosiguió por el pliegue de las nalgas y alcanzó los muslos, donde disminuyó aún más la velocidad. Eran tiernos y dulces y le conducían hasta la corva de las rodillas, aquel punto, inmensamente delicado, con una piel sublime que respondía a sus besos con un suspiro.

Aurembiaix notó que todo el vello de los brazos se le erizaba y un extraño temblor la estremecía. No era ninguna mentira, lo que le habían explicado sobre el rey y sus habilidades, porque buscaba el contacto de la sábana como si se restregase con la más suave de las pieles.

De pronto, se dio la vuelta y obligó a Jaume a tenderse boca arriba. Se lo merecía. ¡Por supuesto que sí!

Contorneó con su lengua todo el pecho del hombre y lamió los pezones, mientras lo excitaba con la mano. Entonces, cuando notó que la dureza había alcanzado el máximo, le cabalgó abriendo las piernas y deseando sentir en su interior toda la fuerza de un gran amante.

Jaume la dejó hacer y se quedó extasiado ante los pechos que colgaban sobre él, a muy poca distancia de su boca. Y dudó. ¿El izquierdo o el derecho?

Un grito, mezcla de dolor y de placer, llenó la estancia.

¡El derecho!, había decidido, finalmente.

*** ***

El rey dejó los guantes sobre la mesa. Aún resoplaba a causa del ejercicio de cabalgar.

—¡Me siento bien! —exclamó, mientras estiraba los brazos y bostezaba.

—¿Ha sido buena, la cabalgada? —preguntó Cervera.

—¿Cuál? —sonrió Jaume.

—La que vos prefiráis —le devolvió la sonrisa el caballero.

—Una buena yegua —comentó el rey—. ¡Magnífica!

—No me ha parecido una yegua, sino un buen semental.

—No tenéis buena vista, amigo mío —rió el rey—. Es la mejor yegua que jamás he tenido. Os lo puedo asegurar.

—Pues, no os ha dejado plenamente satisfecho de cabalgar —también rió el caballero.

—De ciertas cosas, nunca tienes bastante —respondió Jaume. Entonces cambió de conversación—. ¿Qué tenemos hoy?

—Ha venido un monje que quiere hablar con vos.

—¿Qué busca? ¿Tal vez un donativo?

—Es un hombre extraño. Me ha dado algo para vos —y alargó la mano para entregarle la daga con la piedra roja en el puño.

Jaume la contempló y sus ojos se abrieron de par en par.

—Que pase inmediatamente —ordenó.

*** ***

El monje acabó con la manzana y sólo dejó el palo. Se había comido incluso las semillas.

—¿Cómo es que tenéis en vuestro poder esta daga? —preguntó el rey.

—Me la confió en el lecho de muerte quien vos ya sabéis.

—¿Por qué?

—Porque me dijo que me recibiríais nada más verla.

—¿Y habéis venido hasta aquí para entregármela?

—Y para revelaros una historia que me confió —respondió el monje—. Tenía que venir el día que vos cumplieseis veintiún años. Y, según tengo entendido, ese día es mañana. Sin embargo, no creo que unas pocas horas quiten validez a mi encargo —respiró hondo—. El caballero Lluís de Estemariu me confió un secreto que vos debéis conocer. Hace dieciséis años él servía a vuestro padre, el rey Pedro. Eran tiempos difíciles. Simón de Montfort os tenía a vos y vuestro padre se le enfrentó. El caballero de Estemariu estaba a su lado y la noche antes de la batalla de Muret, donde vuestro padre murió, tuvo lugar un acontecimiento que cambiaría la historia. Vuestro padre era un hombre a quien le agradaban las mujeres en exceso. Aquella noche, antes de la batalla, se acostó con una muchacha que le ofrecieron, aún sin desflorar. A la mañana siguiente Lluís se encontró con una mujer por la que había sentido un gran amor. Brígida, era su nombre. La pobre mujer lloraba desconsolada y él le preguntó por la razón de su desconsuelo. La muchacha que habían ofrecido al rey era su hija, le dijo Brígida. Ella era la esposa del caballero Anton de Maupasan, un gran amigo del rey, también presente en aquellos parajes. Lluís no podía creérselo, que Maupasan hubiese ofrecido a su propia hija, pero lo comprendió enseguida cuando Brígida le reveló que aquella criatura, desflorada por el rey, era, ni más ni menos, que el fruto del amor que habían sentido el uno por el otro años atrás y que su marido, al descubrir casualmente esta circunstancia, la había entregado a vuestro padre.

—¡Dios mío! —exclamó Jaume, azorado.

—Entonces, Lluís fue a encontrar a vuestro padre y le puso en antecedentes, pero el rey Pedro le contestó que no tenía que preocuparse, que él ya hacía rato que le había sacado la verga de entre las piernas —siguió explicando el monje, y agachó la cabeza avergonzado por la palabra que acababa de pronunciar—. Lluís se sintió tan vejado que atacó al rey y Maupasan sacó la espada y quiso matarle. De aquella lucha surgió un cadáver, Anton de Maupasan, y un proscrito, Lluís de Estemariu.

—¡Virgen Santa! ¡Qué horror! —se cubrió el rostro el rey.

—El rey Pedro fue un gran hombre, me dijo Lluís en su lecho de muerte. «Decidle al rey Jaume que tuvo un gran padre y que este último hecho no puede borrar todos sus aciertos. Decidle también que acepté hacerme cargo de él como si fuese hijo mío y que muero por él, porque es mi rey y digno hijo de su padre. Y decidle que, una vez subidos todos los escalones del trono, mire hacia adelante. Es mucho el trabajo que queda por hacer».

El puñal estaba en manos del rey, que lo observaba con lágrimas en los ojos. El monje se levantó lentamente y se dirigió hacia la puerta.

Él ya había cumplido el encargo y ya podía descansar.

# EPÍLOGO

Ató de Foces subió las escaleras que conducían a la sala de los caballeros. Iba preocupado. Hacía un rato que había hablado con Cervera y no le gustaba lo que el caballero le había explicado que había escuchado en boca de Montcada, al que había visto en Barcelona, justo una semana antes. «Si es cierto, mal asunto», pensaba.

Cruzó por delante de los dos centinelas, que plegaron las lanzas, y entró en la sala de los caballeros del castillo de Lleida. Nada más abrir la puerta vio a Lizana que ordenaba algunos documentos.

—Esto no me gusta nada —exclamó.

Lizana se detuvo y le miró extrañado. Por su aspecto, Ató llegaba muy preocupado.

—¿Qué es el que no te gusta?

—¡Todo! —abrió las manos Ató con desesperación. Se quedó callado un instante, ante la mirada de su compañero. ¡Claro! Si no se explicaba...—. ¿Es cierto que el rey ha firmado un contrato secreto de concubinato con la condesa de Urgell? —preguntó

—No ha transgredido ninguna ley —respondió Lizana, negando con la cabeza—. Tú estabas presente cuando Lluís le dio el consejo de que nunca otorgase a una mujer más de lo que le pertenece. Y es un gran rey, porque lo ha seguido. Como no se pueden casar, porque los nobles no lo desean y Jaume ya ha tenido que soportar bastantes luchas, es la mejor solución —dijo, pero Ató todavía dudaba. De manera que aclaró—: De esta manera puede disfrutar de ella, los hijos serán reconocidos y Urgell no pasará directamente a manos del rey. Todos contentos. ¿Es eso lo que te preocupa?

—Tienes razón, tienes razón —contestó Ató y se dirigió hacia la mesa, pero todavía no había llegado que se detuvo de nuevo—. Me preocupa más el último viaje de Jaume a Barcelona —dijo, alzando el dedo índice y apuntando el techo.

—¡Bien! Es el rey de todos y tiene que viajar por todo el reino —encogió los hombros Lizana y meneó la cabeza a derecha e izquierda, mientras dejaba escapar una sonrisa. Ató veía fantasmas por todas partes.

—Sí, pero... ¿Acaso no sabes que ha mantenido una reunió con los hombres ricos de la ciudad? No paran de quejarse de que las rutas del mar no son seguras y que los barcos de los sarracenos de Mallorca los atacan constantemente.

—Y es cierto. Tienen razón.

—Sí, pero... Después el rey ha ido a visitar a Montcada y en todo el tiempo no dejaba de contemplar el mar.

—Ayer hablé con él y me dijo que tenía una cita en Peñíscola, que allí le aguarda Abu Said. Regresaré. Eso es el que le prometió, al gobernador de aquellas tierras, hace tiempo. Y un rey siempre cumple su palabra, pero también me dijo que antes debe concluir otro proyecto.

—¿Te refieres a Mallorca?

—Podría ser —sonrió Lizana—. La condesa Aurembiaix no me lo ha dicho abiertamente, pero me lo ha insinuado.

—¿Seguro?

—Así me ha parecido entenderlo —abrió las palmas hacia arriba Lizana, en señal de evidencia—. Y la he visto muy convencida, cuando me lo ha comentado.

—¿Y ella como lo sabe?

Lizana le miró divertido. Se dirigió hacia la puerta, la abrió, se volvió ligeramente, sonrió y dijo:

—Esta mañana, cuando me he cruzado con la condesa, se frotaba demasiado los pechos —le hizo un guiño—. Además, el rey ha salido a cabalgar —y cerró la puerta.

Ató se quedó mudo. Entonces, lentamente se acercó a la ventana, miró hacia el este y exclamó:

—¡Virgen Santa! ¡Menuda nos espera!

Albert Salvadó

# OTRAS OBRAS DE ALBERT SALVADÓ

Si habéis disfrutado con la lectura, quizás os interese conocer otras obras de Albert Salvadó, todas disponibles en formato de libro electrónico.

# LA REINA HÚNGARA

## Segunda parte de la Trilogía de JAUME I EL CONQUISTADOR

LA REINA HÚNGARA es la segunda parte de la trilogía de JAUME I EL CONQUISTADOR, una de las obras cumbres de Albert Salvadó. Ha estado más de cuatro meses en las listas de los más vendidos.

Jaume ya es rey. Ha conseguido escalar los peldaños que ascienden hasta el trono, ha pacificado ARAGÓN y CATALUÑA y se ha sentado en lo más alto del poder. Ahora llega el momento de contemplar el horizonte e iniciar las grandes conquistas. MALLORCA y VALENCIA le aguardan.

Y aparece también con toda fuerza de la pasión, su conquista más importante, Violante de Hungría, LA REINA HÚNGARA, una de las historias de amor más tiernas y, al mismo tiempo, más turbulenta. Entre plazas, castillos y luchas internas con los nobles, caen las murallas y los corazones. Y en medio se alza Violante, LA REINA HÚNGARA. Sin duda es la etapa más apasionante y más apasionada de JAUME I EL CONQUISTADOR.

# HABLAD O MATADME

## Tercera parte de la trilogía de JAUME I EL CONQUISTADOR

HABLAD O MATADME es la tercera y última entrega de la trilogía de JAUME I EL CONQUISTADOR, la gran aventura en la Europa del siglo XIII, una de las obras cumbre de Albert Salvadó, sin duda alguna. Más de cuatro meses en las listas de los más vendidos.

El rey Jaume ya ha conquistado Mallorca y Valencia, pero sus enemigos son cada vez más poderosos. Ahora se enfrenta a la Iglesia, a las envidias e intrigas de los nobles y a las luchas de sus hijos por conquistar el poder. Los reinos de Castilla y León se enfrentan con Aragón y Cataluña y hay revueltas y sublevaciones en la Corona.

En esta tercera parte, Jaume I el Conquistador, el rey que conquistó tierras y corazones, nos ofrece su legado ideológico y en ella descubriremos el desenlace de la trilogía y cómo utilizar la última vocal de la Escuela de los Sonidos, la que Lluís de Estemariu, el caballero proscrito, no pudo enseñarle y que abre la puerta del espíritu.

# EL INFORME PHAETON

Ésta no es una novela normal. Si la empieza, tiene que acabarla. No porque se lo diga el autor, sino porque, quizás, no podrá dejarla hasta cerrar la última página.

A través de un relato lleno de misterio, un escritor halla una explicación alternativa a todo lo que nos han contado, que mueve su interior y le abre las puertas de un mundo fascinante, hasta conducirle a un descubrimiento demoledor que lo cambia todo: el Diluvio Universal lo provocamos nosotros mismos: el ser humano. No hubo ninguna intervención divina. Y lo demuestra.

Dice la leyenda de los indios Hopi: «La explosión demográfica, la multiplicación de las mega-polis y de los transportes aéreos hicieron que el Hombre no se conformase únicamente con la creación... siempre deseaba más y más. No dejaba de producir incluso lo que no necesitaba y cuanto más tenía, más reclamaba.»

¿De qué «mega-polis» y de qué «transportes aéreos» hablaban? Porque la leyenda Hopi tiene siglos y siglos de antigüedad.

Por otro lado, hay un mínimo de 83 relatos y leyendas que hablan de un gran cataclismo y de montañas de agua que se nos vinieron encima. Y todos esos relatos hablan de un hombre previsor, que en nuestro caso fue Noé. Pero cada región tiene su salvador particular: Nata, Ouassou, Montezuma, Manu, Bergelmir, Yima, Nan-Choung y otro muchos Noés repartidos por toda la geografía mundial.

La pirámide de Keops... ¿Sólo es una tumba para un faraón?

Y, por si fuese poco, existe un libro silenciado y apartado de la Biblia, llamado el Libro de Enoc (uno de los patriarcas bíblicos) que habla sin tapujos de experimentos genéticos, naves, estaciones orbitales...

Ante semejante despliegue de información silenciada, el protagonista de esta misteriosa historia se pregunta: ¿Lo que nos han contado es la verdad? Y lo que es más interesante: ¿Las leyendas son sólo leyendas o son gritos de un pasado que nos implora que no lo olvidemos?

# LA GRAN CONCUBINA DE EGIPTO

Obra ganadora del IX Premio Néstor Luján de Novela Histórica (2005)

En el año 1100 antes de Jesucristo gobierna el faraón Ramsés XI, los caminos no son seguros, los comerciantes están asustados, las naciones vecinas no respetan a Egipto, la nación se rompe... Herihor, general del ejército del faraón, viaja a Tebas para salvar el imperio de las garras de Penehasy, usurpador nubio. Tras la gran victoria, recibe una revelación de los dioses y ocupa el puesto de Sumo Sacerdote. Él será el primer miembro de una nueva dinastía: la dinastía de los sacerdotes. Y pacta con el otro gran general, Smendes, que Ramsés XI continuará siendo el faraón, pero ahora habrá dos reyes: Smendes reinará en el norte y Herihor reinará en el sur. Ellos pactan la división de poderes y toman todas las decisiones. Sin embargo, la muerte de Herihor se convierte en un misterio que amenaza con desencadenar la peor de todas las crisis. Su cuerpo ha desaparecido y si no pueden enterrarlo su sucesor no puede acceder al trono, con lo que

Ramsés puede reclamar de nuevo el reino de Tebas. ¿Dónde está el cuerpo de Herihor?, se preguntan todos y el misterio crece,mientras su esposa Nodyme, la Gran Concubina de Egipto, mueve los hilos con una sutileza digna del mejor de los gobernantes y decide por encima de todos.

# EL ENIGMA DE CONSTANTINO EL GRANDE

El emperador Constantino el Grande es una de las figuras más impresionantes y controvertidas de la historia universal.

Sus decisiones son un verdadero enigma que esta obra desvela magistralmente. Su vida es un sinfín de luchas y conquistas, amistades y odios, amores y desamores, grandezas y miserias, noblezas y crímenes, engaños y traiciones. Y él, desde la humildad del hombre que se enfrenta a su muerte, hace balance de todo.

Fue el último de los grandes emperadores. Hijo bastardo de Constancio Cloro, reunificó el Imperio romano por última vez, concedió la libertad a los cristianos, creó el primer ejército móvil, instituyó la moneda única (el Solidus, verdadero precursor del Euro), fundó Constantinopla, asesinó con sus propias manos... y vivió un gran amor con Minervina, su primera esposa.

Sumergirse en la vida de Constantino es revivir una época increíble y descubrir el gran misterio de sus decisiones, aparentemente absurdas y contradictorias y, a pesar de todo, cargadas de una lógica sorprendente e implacable que Albert Salvadó nos disbuja con pulso firme y mano maestra. Una obra

Albert Salvadó

que jamás se olvida y que mereció ser finalista en el I Premio Néstor Luján de Novela Histórica.

# EL ANILLO DE ATILA

Obra ganadora del Premio Fiter i Rossell del Círculo de las Artes y las Letras.

En pleno siglo V, Constantinopla y Roma contemplan con preocupación cómo todas las tierras entre el Rin, el Danuvio, el Volga y el mar Báltico rinden homenaje y pleitesía al nuevo emperador de los hunos, como se hace llamar Atila.

Y la preocupación se convierte en pánico cuando empieza a circular la leyenda que habla de un hombre que está por encima de los demás mortales, porque ha recibido de manos de los dioses la espada de Marte.

Severo Antonio Braulio Teodosio, general, embajador y senador, vivirá una vida entera para descubrir que somos los hombres que levantamos los imperios y, también somos nosotros, quienes los hundimos.

Mientras, todo el Imperio cae a su alrededor, él, desde su villa de Tarraco, relata a su amigo Pablo Orosio, que escribió la historia de aquellos días, sus recuerdos, los de una época increíble, en la que la aparición de un hombre irrepetible, el gran Atila, se unió a otra figura que marcó el final absoluto del Imperio Romano de Occidente: Gala Placidia. Nieta, hija, hermanastra, esposa y madre de emperadores, se sentó durante treinta años en la silla imperial.

El gran Severo, espectador privilegiado por los cargos que ocupó, grita: ¡Nunca, en toda la historia, hubo una mujer tan predestinada! Y relata con todos los pormenores cómo Gala

270

Placidia enfrentó a los mejores generales de Roma entre sí, impulsó a Atila a atacar un Imperio debilitado y ahogado por la corrupción, la traición, la codicia y el vicio, y dejó en el trono a su hijo Valentiniano, un verdadero monstruo.

El resultado no podía ser otro, y la historia ha hecho justicia.

# EL MAESTRO DE KEOPS

Obra ganadora del PREMIO NÉSTOR LUJÁN DE NOVELA HISTÓRICA.

Esta es la historia de la época del faraón Snefrú y la reina Heteferes, padres de Keops, el constructor de la mayor y más impresionante de las pirámides. También es la historia de Sedum, un esclavo que llegó a ser el maestro de Keops, del sumo sacerdote Ramosi y del nacimiento de la primera pirámide.

Sebekhotep, el gran sabio de aquellos tiempos, decía: «Todo está escrito en las estrellas. La mayor parte de nosotros vivimos sin ser conscientes de ello; algunos son capaces de leer en ellas y ver el destino; pero muy pocos aprenden a escribir sobre ellas y pueden cambiar el destino».

Ramosi y Sedum aprendieron a escribir e intentaron cambiar sus destinos, pero su suerte fue muy desigual. He aquí el relato del enfrentamiento de dos inteligencias: una luchaba por el poder y la otra por la libertad.

# ¡MALDITO CATALÁN!
## Primera parte de LA SOMBRA DE ALÍ BEY

¿Quién se escondió bajo el nombre de Alí Bey?

Se llamaba Domingo Badía y nació en Barcelona durante la segunda mitad del siglo XVIII. En poco tiempo se convirtió en uno de los personajes más fascinantes de nuestra historia: aventurero, viajero, dibujante, escritor y espía al servicio de varios países.

Viajó por todo el Mediterráneo hasta llegar a tierras islámicas donde, para pasar desapercibido, adoptó una nueva personalidad. Se hizo circuncidar en Londres, se disfrazó de príncipe turco, ejerció la poligamia, mientras dejaba a una esposa en España, espió a las órdenes de Godoy, fue el primer occidental capaz de entrar en La Meca, se puso al servicio de Napoleón... y vivió una vida real que supera a cuanto una fértil imaginación sea capaz de engendrar.

¡MALDITO CATALÁN! es la primera parte de la trilogía de LA SOMBRA DE ALÍ BEY y representan una visión ácida, no exenta de humor, del mundo de la política en el que hay cabida para advenedizos, arribistas, sinvergüenzas, traidores, aprovechados...

A finales del siglo XVIII o inicios del XIX, Europa parece que ha perdido el rumbo. La Revolución Francesa cambia todos los planteamientos, la monarquía absoluta llega a su fin, Inglaterra y España se disputan la supremacía en el Atlántico y el Mediterráneo y Francia se enfrenta a todos sus vecinos, mientras Rusia lo contempla todo desde la lejanía.

En medio de tanto alboroto, Godoy, el hombre que maneja los hilos del poder en Madrid gracias a su estrecha relación con la reina María Luisa, tiene sobre su mesa un curioso tratado de globos y máquinas aerostáticas firmado por un tal Polindo Remigio. Los Servicios de Inteligencia británicos se preguntan quién es este hombre, porque saben muy bien que el primer ministro español es calculador y peligroso.

La máquina del espionaje se pone en marcha y llegan las primeras sorpresas. Polindo Remigio no existe. ¿Entonces... qué o quién se esconde tras ese nombre?

A partir de aquí se inicia una investigación que obligará a Sir Blum, jefe de los Servicios de Información del ministerio de Asuntos Extranjeros encargado del área del Mediterráneo comprendida entre España, Francia, Italia y el norte de África, a exclamar: ¡Maldito catalán!

Sin embargo, ni él ni nadie son conscientes de que están asistiendo al nacimiento de una verdadera leyenda: la leyenda de Alí Bey

# ¡MALDITO MUSULMÁN!
## Segunda parte de LA SOMBRA DE ALÍ BEY

Con un deje de humor que planea a lo largo de toda la novela, y sin dejar de lado la crítica mordaz al mundo de la política, en donde todo vale, Albert Salvadó nos presenta ¡MALDITO MUSULMÁN!, la segunda parte de su celebrada trilogía LA SOMBRA DE ALÍ BEY, y nos guía a través de una de las aventuras más increíbles de la historia real. «Merecería ser llevada al cine», han dicho muchos de sus lectores.

Domingo Badía viaja a Londres y Alfred Gordon desvela el misterio de Alí Bey. Sin embargo, ahora, aparece un nuevo enigma: ¿Qué pretende el gobierno de Godoy? Porque después de la aventura del globo, todo es posible.

Badía, bajo el disfraz de Alí Bey atraviesa el estrecho de Gibraltar y desembarca en Tánger. A partir de aquí, sin ningún conocimiento de la lengua ni de las costumbres de aquellas tierras, se inicia su gran aventura en Marruecos, país que recorrerá de punta a punta, conociendo al sultán Sulaiman y a buena parte de los hombres que ocupan el poder. Entre ellos encuentra Abd-as-Salam, el hermano ciego del sultán, que le conducirá por los caminos del placer y le descubrirá un mundo oculto.

Mientras, en Madrid, Godoy espera con ansia las noticias del viajero, que es como llama a Domingo Bahía, y sueña con la conquista del norte de África para obtener los cereales que Sulaiman le niega. Y todo ello bajo la atenta mirada de los servicios secretos ingleses.

¿Quién fue en realidad Alí Bey? ¿Un conspirador y un espía? ¿O podría haber sido un científico y un explorador? ¿O incluso un aventurero, un vividor y un polígamo? ¿O... tal vez otro misterio por resolver?

# ¡MALDITO CRISTIANO!
## Tercera parte de LA SOMBRA DE ALÍ BEY

Con ¡MALDITO CRISTIANO!, Albert Salvadó nos conduce hasta el desenlace de su trilogía LA SOMBRA DE ALÍ BEY, un personaje que marcó toda una época y que, aún hoy en día, sigue despertando un interés inusitado. Una obra que conforme se avanza en su lectura, cada vez apasiona más, hasta que las sorpresas se suceden y explican quién fue de veras Alí Bey.

Europa cambia, Napoleón ha sido derrotado y enviado al exilio.

En este contexto, Domingo Badía (Alí Bey) tiene que huir a Francia y se establece en París con su familia. Allí publica el relato de sus viajes por el norte de África y los dedica al rey Lluís XVIII.

Sin embargo, la vida no es fácil en un país que no es el tuyo y Badía descubre que tiene que integrarse, si quiere alcanzar sus objetivos, pero no cuenta con que el Duque de Richelieu no es Godoy y no cree en sus proyectos.

A partir de aquí Domingo Badía tendrá que ser capaz de encontrar el camino que le permita convencer al gobierno francés para que le financie una nueva expedición, única manera de enderezar su maltrecha economía familiar. Todo ello bajo la atenta mirada de los servicios secretos británicos que observan sus movimientos con creciente preocupación. Máxime cuando Domingo Badía consigue su objetivo y parte para una nueva expedición.

Pero la gran aventura de Domingo Badía, Alí Bey o Othman Bey, el hombre de las mil caras, aún no ha llegado. Él es capaz de crear una trama portentosa con la que se burlará de ingleses y franceses. Es ahí donde verdaderamente nace la leyenda del más grande de todos los viajeros del siglo XIX.

www.ingramcontent.com/pod-product-compliance
Lightning Source LLC
Chambersburg PA
CBHW060531260626
47161CB00003B/859